KB129863

예측할 수 없는 내 '운명'에 대한
명쾌한 해답을 듣는다

다시 세상 속으로

運命

— 일파스님 자서전 —

청어

다시 세상 속으로

일파합장 지음

발행처 · 도서출판 청어
발행인 · 이영철
영 업 · 이동호
홍 보 · 최윤영
기 획 · 천성래 | 김홍순
편 집 · 김영신 | 방세화
디자인 · 김바라 | 서경아
제작부장 · 공병한
인 쇄 · 두리터

등 록 · 1999년 5월 3일
(제321-3210000251001999000063호)

1판 1쇄 발행 · 2014년 9월 30일
1판 2쇄 발행 · 2017년 7월 20일
1판 3쇄 발행 · 2018년 11월 10일

주소 · 서울특별시 서초구 효령로55길 45-8
대표전화 · 586-0477
팩시밀리 · 586-0478

홈페이지 · www.chungeobook.com
E-mail · ppi20@hanmail.net
ISBN · 979-11-85482-61-3(03810)

이 도서의 국립중앙도서관 출판시도서목록(CIP)은 서지정보유통지원시스템 홈페이지(http://seoji.nl.go.kr)와 국가자료공동목록시스템(http://www.nl.go.kr/kolisnet)에서 이용하실 수 있습니다.(CIP제어번호: CIP2014027041)

다시 세상 속으로

글을 시작하며

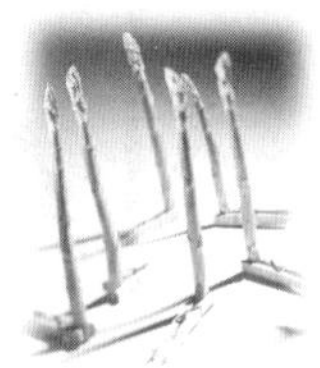

그 동안 부침의 세월을 돌아보면 마치 환몽을 앓은 것처럼 아득하다.

세상을 살면서 누구에게나 부침의 세월은 있기 마련이지만 그 부침의 시간들이 나에게는 가혹한 수행의 시간이었던 것이다. 거듭되는 시련과 끝없이 엉키기만 했던 인연, 그리고 산 생활, 언제나 칼날 같았던 스승님의 학문과 대답들……. 주마등처럼 스쳐 가는 지난 일들을 지그시 누르고 앉아 오로지 단독자로 명멸하는 한 여름 밤하늘의 별들을 쳐다보며 나와 저 별의 까마득한 간극의 세계를 생각한다.

우주는 원리의 세계인 '본체적 세계'와 이 본체에 의하여 현상된 '현상적 세계'의 양 세계로 구성이 된다. 본체적 세계라 하는 것은 소위 실상의 세계며, 현상계라 하는 것은 '연기의 세계'이다.

이것은 현상계가 즉 본체적 세계요, 본체적 세계가 즉 현상계인 것이다. 현상적 세계는 모든 사람이 경험할 수 있는 가상의 세계이다.

이 우주를 일러 세계 또는 세간이라고 말하는데 이것은 '유정

세간' 과 '기세간' 을 말하는 것이며, 유정세간이라고 하는 것은 모든 동물들이 업을 지어 그 업력의 과보로 삶을 영위하는 것이다. 그것은 즉 유정의 육체와 정신을 말함이다. 또한 기세간이라 하는 것은 유정이 거주하여 생활할 거처를 말하는 것이며 이것은 곧 과보라는 의미이다. 이와 같이 생사의 이치는 인과를 따르지 않는 것이 없고, 우주의 이치를 벗어남이 없거늘 우리가 흔히 '찰나' 라고 말하는 순간의 천지간에도 몸을 다투어 어찌 조심하여 살지 않겠는가.

하늘과 땅.

사람이 존재한다고 하는 것은 무수한 억겁의 세월을 돌아 오늘 이 자리에 내가 있는 것이니, 멀게는 수 없는 인과로 맺어진 여러 인연들로부터이고 가까이는 조상과 그 부모의 영과 육의 결정체로 존재하는 것이니, 부모의 실체가 없다하여 어찌 가볍게 여길 것인가.

천지가 곧 부모요, 부모가 곧 천지니, 천지와 부모는 둘이 아니다. 부모의 유, 무형의 자리가 곧 천지의 자리이니 사람들은 다만 부모의 형체 있음의 이치만 알고 천지 근본의 이치와 기운은 알지 못하는구나.

하늘과 땅이 이토록 나를 품고 해와 달이 비추어 나를 키우니 그 은덕이 온 우주를 차고 넘침이 아니고 무엇이며, 만물이 시절의 인연대로 생과 멸을 거듭하여 영속케 하니, 이 또한 천지 이치의 조화가 아니고 무엇인가.

부모는 만상의 으뜸이요 정기이니 그러므로 성현이 이르기를 부모는 무극하여 천지와 같이 섬기는 것이라 하였다. 천지를 기려 모셔 잊지 않는 것은 하늘의 길이고, 부모를 지극한 효도로써 공경을 다하는 것이 사람 된 도리다. 그 자식 된 자들이 부모를 공경치 아니하고 홀대하거나 가볍게 한다면 부모와 천지는 둘이 아니니 천지가 그 자식의 앞날에 큰 짐을 지울 것이다. 그 자식 된 자들은 마땅히 이점을 명심하여 경계하고 삼가 해야 할 일이다.

내 부모 섬기는 이치를 어찌 천지의 진노를 불러 억지로 할 것인가. 도무지 이것은 그 자식 된 자가 어리석고 미련하여 천지의 이치에 밝지 못한 까닭이요, 게으르고 부정하여 의롭지 못한 탓이니 실로 서글픈 일이다.

사람이 곡식을 먹고 생명을 유지한다는 것은 곧 하늘과 땅의 기운을 먹는 것과 같고 하늘과 땅의 기운을 먹는다는 것은 곧 부모의 기운을 먹는 것이니 천지가 이러한 이치인 줄 모르고 사람들이 거역하니 이것이 안타까운 일이 아니고 무엇인가. 살아생전 이러한 이치를 깨닫지 못하고 불효하였다면 부모가 돌아가신 후인들 어찌 그 영혼이 편안히 가셨다고 믿을 수 있겠는가.

사람의 마음이 동하고 정하는 것은 다 그 음양의 기운이 들고 나는 것이 조화롭기 때문이며, 영과 혼이 둘이 아니라 하나이기 때문이다. 이와 같이 그 부모가 돌아가신 후 잘 가시고 못 가신 이유는 바로 이러한 이치에 연유한 것이다.

원래 모든 만상에는 영혼이 깃들지 않음이 없다. 영혼의 현현이 바로 형상 있는 것이며, 영혼의 형상 없는 것은 그 세력이 잠겨 있는 것이라, 형상이 있고 없음은 유리의 안 밖을 구분하지 못하는 것과 같이 둘이 아니다. 이것을 보고 사람들은 생사를 구분지어 그 경계를 삼으려 한다. 천지 만물은 이러한 사실로 합하고 흩어진다. 그러나 사람들이 이를 깨닫고 깨닫지 못하는 것은 그 근본 이치를 수지하고 마음을 바로 일으키지 못함으로 말미암음이니 이것이 어찌 안타깝지 않을 수 있겠는가.

이로써 나는 사람들에게 천지 기운의 이치에 순응하고 생시나 사후나 부모님을 받들어 공경하며 효도를 다할 것을 바라니, 이러한 나의 기도가 작은 정성으로 모아져 도움이 되기를 바랄 뿐이다.

끝으로 이 글이 세상 속에서 여러 사람들에게 읽힐 수 있게 도와주신 많은 분들에게도 심심한 감사의 말씀을 드린다. 아울러 모든 제가(齊家) 조상님들의 영혼들도 두루 평안히 가셔서 번뇌가 없는 맑은 세상이 되어지기를 발원하고 또 발원할 따름이다.

계룡산에서

일파 합장

C·O·N·T·E·N·T·S

4 다시 세상 속으로

5 좌절과 꿈, 영욕의 세월

다•시•세•상•속•으•로

1

운명을 따른다

영도다리 아래 출렁이는 밤바다가 저승사자의 망토처럼 나를 덮쳤다.
나는 깊고 깊은 바다 속으로 빠져들고 있었다.
냉기가 온 몸으로 파고들었다.
그리고 나는 마치 꿈꾸듯이 어디론가 빨려들어 갔다.

다•시•세•상•속•으•로

여정의 시작

검찰청사 문 밖을 나올 때는 벌써 해가 지고 있었다.

거리에 가로등이 불을 밝히고 있을 때쯤, 검찰청사 담 옆에 차를 세워두고 무작정 나를 기다리고 있던 제자 성현이 나를 발견하고 황급히 차 문을 열고 나왔다. 성현의 얼굴에는 당혹스러운 빛이 역력했다. 당연한 일이었다. 나를 믿고 따르며 나의 학문을 좀 더 깊게 배우고자 함께 지리산으로 가는 길에 스승이 경찰심문에 걸려 이곳까지 오게 되었으니 그의 마음에 의심이 이는 것은 당연할 일일 것이다.

"선생님, 괜찮으세요. 어떻게 되신 일입니까?"

성현이 조심스럽게 물어왔다.

"별일 아니네. 가던 길을 가세."

이미 속세에 마음을 등진 지 오래였다. 무슨 일인지, 어찌된 연유인지 궁금해하는 제자의 마음을 모르는 바는 아니지만 새삼스레 옛 일을 들추고 싶지 않았다.

"선생님, 저는 선생님을 믿고 선생님의 학문을 배우고자 모든 것을 버리고 여기까지 왔습니다. 선생님을 의심하는 것은 아니지만, 선생님을 기다리며 마음이 몹시 불안했던 것은 사실입니다. 어찌된 일인지 알고 싶습니다."

제자의 눈빛은 간절했다. 나는 가로등 불빛 속에 서 있는 은행나무를 쳐다보았다.

"선생님은 제가 힘들고 방황을 할 때 저에게 길을 보여 주시고 힘을 주신 분입니다. 저를 절망의 구렁텅이에서 꺼내 주신 분이 아닙니까. 선생님은 제가 살아야 될 이유가 되는 분입니다. 저는 선생님께 공부를 배우려고 결심을 했고 이 학문에 목숨을 걸기로 했습니다. 그런데 선생님께서 아무런 말씀도 안 해주시면 어떻게 합니까?"

"내 마음 속에서 다 용서한 사람들인데 이제 와서 잘잘못을 따지고 이야기하면 무엇 하는가?"

"선생님……."

성현의 마음은 흔들리고 있었다. 나를 따르는 제자의 마음을 불편하게 하니 마음이 아팠다. 늘 따뜻하고 넓은 마음으로 내게 가르침을 주었던 나의 스승을 떠올리자 더욱 그러한 마음이 들었다.

나의 스승님.

지금은 이 세상에 계시지 않지만 절망의 늪에서 허우적거리는 내게 삶의 새로운 의미를 찾아주고 넓고 심오한 학문의 세계로 인도하신 분이었다. 나의 스승을 처음 만난 곳은 오늘 성현과 함께 가서 수도를 닦으려고 하였던 지리산이었다. 성현이 나를 만나 새로운 삶을 막 시작하려고 하는 것처럼 나 또한 지리산에서 나의 스승을 만나며 새롭게 태어났던 것이다. 새롭게 태어나기 위해서는 한 번 죽어야 했다. 스승님을 만나기 전 나는 부산 앞 바다에서 분명 죽었었다.

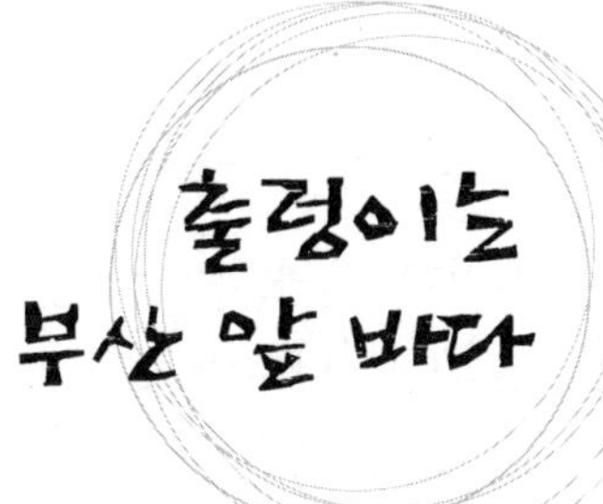

2월의 밤바다에서 불어오는 바람은 유난히 차가웠다.

부산 앞 바다는 시커멓게 출렁거리고 있었다. 나는 영도다리 난간을 붙잡고 한없이 깊고 차가워 보이는 바닷물을 하염없이 바라보았다. 여기서 지금 뛰어내린다면 이제 정말 이 지긋지긋한 세상과 끝이로구나, 생각하니 후련한 것 같기도 했으나 한편으로는 서글픔이 밀려왔다.

어머니 얼굴이 떠올랐다. 일찍 아버지를 먼저 보내고, 홀로 자식들을 키우며 고생하신 어머니께 효도 한 번 제대로 못하고 이렇게 불효를 저지르는구나 생각하니 뜨거운 눈물이 솟구쳤다. 아들과 딸의 얼굴도 차례로 떠올랐다. 울컥 감정이 격해지자 난간을 꽉 잡은 손이 떨리기 시작했다. 어쩌다 사랑하는 아내에게 이혼 당하고, 보고 싶은 자식들의 얼굴마저도 못 보는 처참한 지경이 되었는지. 누구보다 열심히 살아왔는데, 결국 노숙자로 전락하여 전전긍긍하다 이곳에서 죽는다고 생각하니 심장이 터질 것만 같았다. 이곳 부산은 내가 아내와 만나 신혼살림을 차린 도시이기도 했다. 그 행복하고 단란한 결혼 생활을 시작했던 이곳에서 이런 모습으로 생을 마감하다니…….

다시 일어나 보란 듯이 재기하고 싶지만 이제는 더 이상 도저히 일어설 여력이 없었다. 가진 것 하나 없이 맨주먹으로 시작해 그 누구보다도 열심히 살아왔다. 그런데 왜 이다지도 하는 일마다 틀어지고 어떻게 겨우 형편이 나아지는가 싶으면 와르르 무너져 내리고 다시 일어나면 또 무너진단 말인가. 이젠 더 이상 내려갈 곳도 없는 맨 밑바닥 인생, 남은 것이라고는 빚더미뿐. '나' 라는 놈은 더 이상 살아봐야 어머니, 형제들, 그리고 가족들한테 더 피해만 줄 뿐이라는 생각에 비참했다. 지난 몇 달간의 생활이 주마등처럼 스쳐갔다.

한때는 잘 나가던 사업가였던 나는 서울역 지하도의 노숙자 신세가 되어 매일 아침 주린 배를 채울 걱정을 하며 배고픔과 추위에 떨었다. 지나가는 행인들이 가끔 던져주는 동전이 나를 더욱 초라하게 했다.

1997년, 그해 겨울.

차가운 밤공기는 나의 온 몸과 영혼을 갈가리 찢어발기는 듯했다. 어찌해서 내 인생이 이렇게 되었을까?

세수도 하지 못해 얼굴엔 누런 기름때가 번들거리고, 입고 있는 낡은 옷은 세탁을 하지 못해 지저분하기 짝이 없었다. 주머니 속에는 천 원짜리가 서너 장 있을 뿐 당장 갈 곳도 의지할 사람도 없는 생활이었다. 그렇게 서울역에서 몇 달을 보냈다.

수첩을 꺼내 연락할 만한 사람들을 찾아보았지만 모두 죄송하고 미안한 마음만 드는 사람뿐 마땅히 연락할 곳이 없었다. 오랫동안 서로 연락이 없었던 부산 친구의 이름을 보고 혹시나 하고 수화기를 들었다. 친구가 받았다.

"여보세요?"

"진수, 이 문디야. 내다."

"하이고, 야야. 얼마 만이고? 어데 있나?"

"서울인데 니 보고 싶어 전화 안 했나."

"그라믄 퍼뜩 내려오지 무슨 놈의 전화질이고? 얼른 오너라."

"내 가면 소주 한 잔 사 줄래?"

"문디 자슥. 짝으로 사줄끼구만 퍼뜩 와서 전화 하그라."

"알았다. 내가 그럼 도착해서 전화할게."

나는 서슴없이 곧장 부산으로 향했다.

날 반기는 이가 한 사람이라도 있다는 것 그 자체가 너무도 소중했다. 그건 천 길 낭떠러지로 추락하기 직전에 벼랑 끝 바위를 비집고 삐죽 나와 있는 나뭇가지를 본 것과 같은 심정이었다. 그러나 그 나뭇가지는 너무나 가냘팠다.

저 멀리 진수가 보였다.

부산역의 찬바람에 자꾸 눈물이 묻어났다. 서로 말이 필요 없었다. 나의 몰골이 수천 마디의 말을 이미 전하고 있었다.

포장마차에서 함께 소주를 마시던 진수는 취기가 어느 정도 올랐을 무렵 그제서야 말을 이었다. 술기운이 아니면 진수도 그 무거운 침묵을 깨지 못했으리라. 그만큼 나의 몰골은 말이 아니었다.

"내도 마 죽지 못해 사는기라. 회사라고 콧구녕만한 데에 월급은 빤하고 그나마 경기가 이래 안 좋으니 월급도 제대로 못 갖다줘서 마누라 눈치만 억수로 보는기라. 아들도 자꾸 대가리는 굵어지는데……."

진수는 고래 고기를 한 점 씹으며 술잔을 털어 넣었다.

"니도 한잔 받아라."

"우리 어려서는 꿈도 많고 희망도 많았었는데 지금은 이게 뭐꼬? 나이는 사십이 넘고 몇 푼 돈에 얽매이고 시간에 쫓기고 희망도 없고."

"그러게 말이다."

우리는 밤이 깊도록 술을 마셨다.

사람대접 받지 못하던 서울역의 부랑아였던 나를 따뜻하게 맞아주는 진수가 너무나 고마웠다. 오랜만에 마시는 술과 안주에 나는 금세 취했다. 진수는 헤어지며 힘내라는 말과 함께 여관비라도 하라며 두툼한 만 원짜리 지폐를 쥐어주었다.

손이 떨렸다.

왜 떨리는지 알 수가 없었다. 창피함인지 아니면 오랜만에 만져 본 돈에 대한 반가움인지, 손에 쥔 돈 사이로 겨울 하늘에 뜬 별 조각이 부서져 내렸다.

다음 날 아침.

일찍 목욕탕에 가서 깨끗이 씻고 자갈치 시장에서 옷을 사 입었다. 친구에게 위로를 받고 나니 다시 시작해보자 하는 의욕이 솟았다. 구직 광고를 보고 이곳저곳 일자리를 구하러 다녔지만 IMF 직후 일자리를 잃은 사람들이 도처에 널려 있어 직장을 구하기란 하늘에 별 따기였다. 몸이라도 건실하면 막노동이라도 하겠지만, 교통사고로 오른쪽 무릎을 다쳐 몸으로 하는 힘든 일은 할 수가 없었다.

길거리에서 노점상을 하자니 그것도 밑천 없이 시작할 수 있는 일이 아니었다. 결국 일자리를 구하지 못한 채 계속 진수의 도움을 받을 수밖에 없었다. 그러나 진수도 그리 넉넉하진 못 했다. 간신히 잡았던 벼랑 끝 나뭇가지가 뚝 부러지고 있었다. 저 밑 컴컴한 어둠이 입을 쩍 벌리고 있었다.

어느덧 주머니에는 백 원짜리 동전 몇 개 밖에 남아 있지 않았다. 이걸로 하루, 아니 이틀이나 견딜 수 있을까? 그래, 언젠가는 한번 가는 인생. 이렇게 구차하게 살 바에야 깨끗이 죽어버리자. 전쟁에서 지고 돌아온 장군은 자결을 한다고 하지 않던가. 나도 열심히 산다고 살아왔지만 어쨌거나 결과는 실패자야. 누구를 원망할 것도 없다. 모든 것이 내 책임이다. 아무도 모르게 깨끗하게 죽어버리자. 막상 죽기로 결심하니 두 눈에서 눈물이 흘러내렸다.

아무에게도 피해를 주지 않고 고통 없이 죽을 방도를 생각하며 부산 역 광장에 앉아 지나가는 사람들을 바라보았다. '내가 이 세상에서 마지막으로 보는 모습들이구나. 기차를 타려고 바쁘게 뛰어가는 노신사는 어디로 가는 걸까? 사랑하는 아내와 착한 자식들이 있는 따뜻한 가정으로 돌아가는 길이겠지. 나에게도 저렇게 돌아갈 수 있는 따뜻한 가정이 있었는데…….'

할머니 한 분이 보따리를 머리에 이고 대합실을 나선다. 어머니 생각이 난다. 다리가 아프다고 하셨는데, 당뇨 때문에 늘 피곤해 하시고 눈도 침침하다고 하셨는데 어떠신지……. 지나가는 남자아이를 보면 큰아들 보현이 생각이 났다. 예쁜 계집아이를 보면 딸 빛나를 보는 것 같아 그 애가 시야에서 사라질 때까지 눈을 뗄 수가 없었다. 지금은 헤어졌지만 사랑했던 아이들 엄마, 부산에서 나고 자라서 부산에서 결혼을 했고 신혼시절의 고달픔을 같이 이겨냈던 사람, 아이들 낳고 고생만 시켰다는 미안함이 내 가슴을 메어지게 했다.

서울가정법원에서 모든 서류 정리를 끝내고 돌아섰을 때 그녀에게서 느껴지던 쌀쌀함, 그 후로 몇 번인가 만났을 때의 그녀의 싸늘한 시선들, 모든 것이 나의 잘못으로 인해 그렇게 된 것이었다. 정말 미안했다.

내가 죽고 난 다음에라도 아무도 찾을 수 없게 신원이 밝혀지지 않는 게 좋을 것 같았다. 가족들에게 공연한 폐와 슬픔을 안겨주고 싶지 않았다. 부산 역 지하도에 있는 보관함에 가지고 있던 신분증과 소지품을 모두 넣어뒀다. 이제 내가 죽더라도 내가 누구인지 알아낼 수 있는 그 무엇도 내 몸에서 나오지 않으리라. 사물함 열쇠를 부산 역 광장 분수대 의자 옆 잔디밭에 묻었다. 이제 나의 존재는 영원히 아무도 모르게 사라져가겠구나 하는 생각을 하니 또 눈물이 흘러내렸다.

지난 일을 다시 돌이켜 보아도 여기서 내 생을 마감하는 것이 좋을 것 같았다. 난간을 잡은 손에 더욱 힘을 주었다. 갑자기 두려움이 엄습해오고 술이 확 깼다. 문득 영도다리 난간에 써있는 낙서가 눈에 들어왔다. '자기야, 사랑해', '넌 내 꺼야', '우리는 하나가 되었다' 등등.

'그래, 나에게도 저런 시절과 추억이 있었지.'

주머니에서 동전 하나가 잡혔다. 저승 갈 때 노잣돈으로 쓰려고 아까 주머니에 넣어둔 백 원짜리 동전이었다. '그래 이것마저 세상에 버리고 가자. 아무 것도 가지고 가지 말자' 하는 생각이 들었다. 남은 돈을 톡톡 털어 구멍가게에서 소주를 한 병 사 단숨에 들이켰다.

'나를 알고 있는 모든 세상 사람들이여. 나로 인해서 피해를 봤다면 나를 용서하시오. 정말로 죄송합니다. 어머니 건강하시고 안녕히 계십시오. 여보, 미안하오. 특히 보현아, 빛나야, 못난이 아빠를 용서하렴. 누나, 잘 있어요.'

영도다리 아래 출렁이는 밤바다가 저승사자의 망토처럼 나를 덮쳤다. 나는 깊고 깊은 바다 속으로 빠져들고 있었다. 냉기가 온 몸으로 파고들었다. 그리고 나는 마치 꿈꾸듯이 어디론가 빨려들어 갔다.

꿈속의 아버지

내가 눈을 뜬 곳은 선착장 바닥이었다.

맨 바닥의 차가운 기운 때문에 정신이 든 듯했다. 처음에는 한동안 아무 생각을 할 수 없었다. 어슴푸레한 새벽이었다. 온몸이 물에 젖어 있었고 심한 갈증이 났다. 한 모금의 따뜻한 물을 마시고 싶다는 생각이 너무 간절했다. 그런데 내가 어떻게 죽지 않고 여기에 있을까…… 차츰 정신이 들며 이상한 생각이 들었다. 혹시 내가 정말 죽은 것은 아닐까. 분명 나는 바다 속으로 뛰어들었는데…….

'그러면 그건 꿈이었을까?'

마치 방금 전에 본 것 같은 생생한 정경이 머릿속을 스쳐갔다. 나는 울창한 숲 속을 걷고 있었다. 하늘을 올려다보면 햇빛이 찬란한 맑은 날이었는데, 내가 걸어가는 길에는 흰 안개가 계속 피어나고 있었다. 분명 처음 가보는 곳이었는데, 꿈속에서 나는 너무 편안한 마음으로 어딘가를 향해 익숙하게 발걸음을 옮기고 있었다. 계속 가다보니 깊은 숲 속에 난데없이 우물이 나타났다. 옆에는 두레박까지 걸려있었다. 깨끗하고 아담한 우물이었다. 우물을 보자 갑자기 타는 듯한 갈증이 느껴져 나는 정신

없이 물을 마셨다.

한참 물을 마시다 이상한 기분에 앞을 쳐다 보니 그 곳에 웬 사람이 서 있었다. 안개 때문에 분명하게 얼굴을 알아볼 수가 없었지만 왠지 친근한 느낌이 들었다. 그 사람이 돌아서서 숲 속을 향해 걸어갔다. 말은 없었지만 나에게 따라오라고 하는 것 같아 그 뒤를 따랐다. 천천히 걸어가는 것처럼 보였는데 막상 따라가니 앞서 가는 사람의 걸음이 어찌나 빠른지 숨을 헐떡이며 뛰어야만 했다. 우리는 계속 숲으로 깊이 들어가기만 했다. 숨이 차서 도저히 더는 따라가지 못할 것 같아 멈춰서 숨을 고르고 있자, 앞서 가던 사람이 돌아서서 손짓을 하는 것이었다.

"아버지!"

내게 손짓하는 사람의 모습은 분명 돌아가신 아버지였다.

"아버지 어떻게 여기에 계십니까?"

나는 너무 반가워서 소리쳐 부르며 아버지에게 다가갔다. 그러나 아버지는 움직이지 않고 그대로 서서 내게 손짓을 하고 있었다. 그런데도 나는 아버지에게 다가갈 수가 없었다. 아무리 걸어가도 아버지와의 거리가 좁혀지지 않는 것이었다.

"아버지! 아버지!"

아버지는 계속 온화한 웃음을 지으며 내게 손짓만 할 뿐이었다.

다시 생각해도 너무 생생한 꿈이었다.

"보시오. 정신이 듭니까?"

갑자기 옆에서 사내의 목소리가 들렸다. 놀라기도 하고 너무 많은 일이 있었던지라 목이 갈라져 대답이 나오지 않았다.

"오늘 새벽에 당신을 물에서 건진 사람이오. 처음엔 사람인 줄 몰랐소. 아, 하늘을 보고 반듯한 자세로 누워서 물에 떠 있는데, 어찌나 놀랐던지…… 죽은 사람인 줄 알았는데. 살기 힘들다고 그러면 쓰나……"

사내와 눈이 마주쳤다. 50대쯤으로 보였는데 어딘가 모르게 기품이 있어 보였다.

"당신, 산으로 가 보시오. 그렇게 하는 게 좋을 것 같아"

한 동안 나를 바라보던 사내가 불쑥 그런 말을 했다.

산이라…… 산길을 헤매는 꿈을 꾼 뒤라 그런지 산이라는 말이 낯설게 들리지 않았다. 정신이 다시 몽롱해지며 나른한 잠이 쏟아졌다. 나는 다시 잠이 들고 말았다.

얼마나 지났을까, 사람들이 웅성이는 소리에 정신이 들었다.

"놔두소. 경찰이 오면 정신병원으로 데리고 갈 낀데, 뭘."

어느 남자의 목소리. 정신병원! 정신이 번쩍 들었다. 언젠가 듣기로 자살 미수범은 정신병원으로 데리고 간다는 말을 들은 것 같았다. 정신병원은 감옥이나 이런 곳보다도 더 무서운 곳이라는 말도 들은 것 같았다. 경찰이 오면 나를 조사하고 정신병원으로 보내겠지. 아니면 보호자에게 연락을 해서 신변인수를 한다고 해도 내 몰골을 보시는 어머니, 누나의 마음은 어떨까? 여러 생각들이 머리를 스쳐 지나갔다. 멀리서 경찰차의 사이렌 소리가 들려오는 것 같았다.

나는 벌떡 일어섰다. 옷이 물에 흠뻑 젖어 바닷물이 줄줄 흘러내렸다. 몸은 물에 젖은 솜처럼 말을 듣지 않았다. 하지만 그 순간에는 체면이고 뭐고 없었다.

나는 뛰기 시작했다.

사람들이 많은 자갈치 시장 쪽으로 무작정 뛰어갔다. '잡히면 정신병원이야. 뛰어야 돼.' 뛰는 나의 머릿속에는 오직 이 생각밖에는 없었다. 정신없이 뛰다보니 좌판을 놓고 생선을 파는 아주머니들이 보이고 경매를 하는 아저씨들도 눈에 띄었다. 자갈치 시장이었다. 뒤를 돌아보니 아무도 따라오지 않는 것 같았다. 그제야 온 몸의 긴장이 풀렸는지 숨이 가빠오고 갈증이 났다. 옷에서는 김이 모락모락 피어올랐다. 시장 아주머니에게 물을 얻어 마시고 숨을 돌리고 있을 때였다. 낯선 남자 두 사람이 다가왔다.

"여보시오, 급하게 뛰어 오는 것 같은데, 무슨 일이오?"

"누구신지요?"

"몹시 피곤해 보이는데, 우리 어디 가서 아침이나 먹읍시다."

나는 그 사람들이 누구인지, 생전 처음 보는 나에게 왜 친절을 베푸는지 이상한 생각이 들었다. 그러나 죽기로 결심하고 물속에까지 들어갔다 나온 마당에 꺼리길 것이 없었다.

'그래 따라가자. 아무렴 어떠랴, 따뜻한 밥이나 한 끼 얻어먹으면 되지.'

이른 새벽부터 사람들이 많이 모이는 자갈치 시장이기 때문에 일찍부터 문을 연 식당들이 많았다. 우선 가까운 국밥 집에 들어가 앉자 긴장이 풀리며 곧 쓰러질 것만 같았다.

"무슨 일인지 모르겠지만 용기를 내고 다시 열심히 살아보시오. 모두 힘든 상황에서도 처자식 생각하며 버티고들 다 살아가는 것 아니겠소."

마치 내 마음을 다 알고 있다는 듯 용기를 주는 따뜻한 말이었다.

“지금까지 잘 살아보려고 정말 뭐든 열심히 했습니다. 그런데 인생이 왜 이런지…… 정말 다시 살고 싶은 마음이 없습니다.”

“그래도, 그러면 안 되지요”

“정말입니다. 세상이 싫습니다. 어디 조용한 산 속에 가서 산다면 모를까.”

나는 꿈에 본 아버지의 얼굴도 떠오르고, 나를 물에서 건져주었다고 말하던 사내가 한 말이 머릿속에 떠돌고 있던 차라 불쑥 그렇게 말을 내뱉었다. 그렇게 말을 하고 보니, 정말 세상을 떠나 조용히 살고 싶다는 마음이 간절해졌다.

“정말, 그런 마음이오? 그렇다면 내가 도움을 줄 수도 있겠군. 글쎄, 그분께서 지금도 거기 계시는지 모르겠네.”

그 남자는 지리산에서 도를 닦고 있는 도인을 알고 있는데, 그 분은 사람들의 미래를 점칠 뿐 아니라, 사람들에게 깔린 나쁜 기운을 몰아내고, 귀신을 볼 수 있는 영험한 능력을 지니고 있다고 했다. 그 분을 찾아가 그 분의 학문을 배운다면 나에게도 큰 도움이 될 것이라는 말도 덧붙였다.

“작년 작은 아들놈이 서울대 시험 볼 때 찾아뵙고 지금까지 찾아뵙지 못했는데…….”

자신도 몇 년 전 우연히 알게 되어 그 수도승과 상담한 후 시키는 대로했더니 몸이 많이 아프던 아내가 하루아침에 건강해지고, 두 아들이 다 서울대에 합격하고 본인도 건강하게 잘 지낸다면서 그 보답으로 자신도 아무도 모르게 선을 행하며 산다고 했다.

그 분이 나를 만나기 위해서 지리산에서 꼭 기다리고 계실 것만 같았다. 지리산으로 당장 달려가고 싶었다. 그분을 만나서 나의 미래를 알고 싶었다. 오늘은 너무 늦었으니 여관에서 하룻밤 자고 내일 일찍 떠나라고 하면서 그들은 쪽지에다 자세히 약도를 그려 주었다. 그리고 십 만원을 여비로 쓰라며 내 손에 쥐어주었다. 너무 고마워서 어떻게 무슨 말을 해야 될지 생각이 나지 않았다.

"인연이 있으면 또 만나세."

그들은 자리에서 일어섰다. 세상에 이런 분들이 또 있을까?

"선생님 함자라도 알려 주십시오."

"무슨 함자, 그냥 다시는 자살일랑 생각 말고 용기 있게 열심히 살게."

"연락처라도……"

"언제 내가 지리산에 꼭 한번 가겠네. 그때 보지 뭐."

이렇게 말하며 그들은 끝내 자신들의 신분을 밝히지 않았다.

커피숍을 나온 나는 대전에 사는 누나에게 전화를 했다.

"누나, 나야."

"그래, 어떻게 지냈어?"

"잘 지내고 있어. 내 걱정은 말아요."

어머니 안부를 물어보고 산에 가서 푹 쉬고 싶다고 했다. 소식이 없더라도 걱정 말고 어머니 잘 부탁드린다는 말을 하고는 누나의 어려운 형편을 알지만 백만 원을 부탁했다. 그리고 누나가 부쳐준 돈으로 국제시장에 가서 산으로 갈 준비를 했다. 아직 삼월 초라 산은 무척 추울 것 같았다. 두꺼운 파카 점퍼를 한 벌 사고는 속옷, 내복, 배낭, 생활용품 등을 한 아름 장만했다. 내 마음은 벌써 지리산으로 달려가고 있었다.

지리산에서 스승님을 만나다

아침 일찍 일어나 지리산 중산리행 버스에 몸을 실었다.

운전기사에게 물으니 세 시간 정도가 소요된다고 했다. 스님이 거기에 안 계시면 어쩌나 하는 생각이 들었다.

'어떤 분일까. 어떻게 생기셨을까? 나의 미래는 어떻게 되며 희망은 있는 걸까? 21세기가 다가오는 이때에 과연 도인이란 존재가 있는 것일까? 병원에서 포기한 시한부 인생을 과연 사진만 보고도 좋게 할 수 있을까. 나도 수도하면 도인이 될 수 있을까?'

이런 저런 생각을 하는 사이 어느덧 차는 중산리에 도착해 있었다. 점심을 걸러 배가 몹시 고팠지만 빨리 수도승을 뵙고픈 심정에 약도를 펼쳐들고 헤매기 시작했다. 그러다가 맨 끝에 산 속으로 찾아가다 보니 수도승이 산다는 그 조그만 토굴이 보였다. 흥분과 기대감이 온몸에 퍼져갔다.

"누구 계십니까? 아무도 안 계세요?"

내 말이 끝나자마자 토굴 안에서 칠순쯤 되어 보이는 할아버지가 나왔다. 토굴 안에서는 무슨 구수한 냄새가 나고 있었다.

"처음 뵙겠습니다. 말씀 좀 드릴 게 있어서 찾아왔습니다."

내 말이 끝나기도 전에 그는 대뜸,

"점심은 먹었느냐? 안 먹었으면 같이 먹자."

라고 말했다. 그는 또 내 대답은 듣지도 않고 내게 자리를 내주며 음식을 주었다. 수제비였다. 마치 내 속을 훤히 읽고 있는 듯 했다. 점심을 거르고 산을 오른 때문인지 아니면 뵙고자 했던 수도승을 만났다는 안도감 때문인지 수제비 맛이 기가 막혔다. 나는 허겁지겁 배를 채운 다음 내 이야기를 했다.

"스님, 부산에서 스님의 소식을 접하게 되었습니다. 저는 자살을 시도했지만 실패하고, 어느 신사 분의 도움을 받아 스님의 말씀을 들었습니다. 앞으로 제 인생의 미래가 궁금하기도 하고 스님의 제자가 되어 공부를 하고 싶습니다."

스님은 나의 얼굴을 뚫어지게 쳐다보더니 이렇게 말했다.

"되는 일이 없어. 심신이 많이 지쳐 있구만."

그리고 이곳은 춥고 내가 너에게 가르쳐 줄 것도 없으니 그냥 내려가라고만 했다. 조금만 더 있으면 날이 어두워지니 서둘러서 내려가라고 했다. 나는 갈 곳이 없다며 스님에게 간청하기 시작했다.

"스님, 저는 지금 몸도 아프고 갈 곳도 없으니 며칠만이라도 묵었다 가게 해 주십시오. 모든 잡일들은 제가 하겠습니다. 저는 진짜 갈 곳이 없습니다."

나의 거듭된 간청이 딱했던지 스님은,

"그럼 며칠만 쉬었다가 내려가시게."

라며 내가 거기에 있는 것을 허락하였다.

"고맙습니다. 정말 고맙습니다."

넙죽 절을 하고 점심으로 먹은 수제비 그릇을 치우고는 청소를 시작했다. 잠시 후 스님이,

"푹 쉬도록 해."

라고 하며 손수 이불을 펴주었다. 몸이 피곤해진 나는 체면이고 예의고 차릴 겨를이 없이 그대로 쓰러져 잠이 들었다.

달가닥거리는 소리에 눈을 떠보니 어느새 날이 밝아 있었다. 스님이 아침을 준비하고 있었다. 이불을 개키고 앉아 있으니 스님이 아침을 들여오며 말했다.

"무척 피곤했나보군. 밤에 어찌나 코를 골던지 한잠도 못 이루었네. 오늘 내려가실 텐가?"

"저는 가지 않을 겁니다. 여기가 제 집입니다."

내가 억지를 쓰니, 스님은 빙그레 웃기만 하였다.

지리산의 맑은 공기, 개울가의 물소리, 산새들의 울음소리를 들으면서 먹고 자고하며 아무 생각 없이 이틀을 보냈다. 그 동안 스님은 아무 말도 없었다. 아침에 일어나니 비가 무척 많이 내리고 있었다. 봄비치고는 너무 많이 오는 것 같았다. 개울가에는 흙탕물이 넘쳐 걱정이 되었다.

"스님, 이 움막이 괜찮을까요?"

그러자, 스님은 미소를 지으면서 물었다.

"자네의 미래가 궁금하다고 했지?"

"예, 스님. 궁금합니다."

"이 곳에 남아서 내 학문을 공부하고 싶다면 오늘부터 명상을 통해 우선 마음을 비우는 것부터 시작하게…… 명상을 하며 지나간 자신의 삶을 돌아보면 내가 자네의 미래를 말해주지 않아도 스스로 알 수 있게 될 것일세…… 어허, 그놈의 비……."

스님은 엷은 미소를 지었다. 봄비 소리가 그 미소를 타고 점점 가라앉고 있었다.

2

지리산에서의 수도

그토록 힘들었던 겨울이 지나고 봄이 오고 있었다.
진달래꽃이 하나 둘 피기 시작한 어느 날,
깔끔하고 중후한 옷을 차려입은 두 분의 신사가 찾아왔다.
어딘가 낯이 많이 익은 얼굴.

다·시·세·상·속·으·로

삶을 되돌아보며

스승님이 마련해 준 자리에서 명상을 시작했다.

스승님은 토굴에서 그리 멀리 떨어지지 않은 남동쪽의 넓은 바위 위에 자리를 깔고 해가 뜰 때부터 질 때까지 가부좌를 틀고 명상을 할 것을 지시하였다. 매일 아침 일찍 깨끗하게 몸을 씻고, 꼼짝없이 가부좌를 틀고 앉아 있는 일이 처음에는 무척 고통스러웠다.

명상을 하는 동안에는 하루에 세 번 묽은 미음으로 끼니를 대신하였기 때문에 처음에는 정신을 집중하기는커녕 허기를 참는 것만도 힘들었다. 그러나 오직 스승님의 말을 믿고 나의 운명을 알고 싶다는 열망으로 하루하루를 참아 나갔다. 죽음까지 결심하였던 내가 못할 일이 없다는 오기가 일기도 했다.

그러기를 얼마나 했을까?

열흘쯤 지나자 배가 고프다는 생각도 그다지 들지 않았고 앉아 있는 일도 차츰 익숙해졌다. 점점 머리가 맑아지며 나의 지난 삶에 대한 여러 생각이 들었다.

그 동안 나에게 일어났던 일들이 영화 필름이 돌아가듯 몇 번이고 반복해서 머릿속에 떠올랐다 사라졌다. 꿈에 너무도 생생하게 아버지의 모습을 보았기 때문인지 아버지 생각이 많이 났다.

아버지는 내가 열여덟 살이 되던 해에 후두암으로 돌아가셨다. 집이 넉넉하지 않았기 때문에 치료 한 번 제대로 못 받고 이른 나이에 돌아가신 아버지를 생각하면 늘 마음이 아팠다. 아버지가 돌아가시고 그나마 어려운 살림이 더욱 힘들어졌다. 어려운 살림에 공부를 계속하지 못한 나는 제대 후 무엇이든 열심히 일해서 돈을 벌어 홀로 계신 어머니를 봉양하고 잘 살아 보아야겠다는 일념으로 무작정 서울로 올라갔다. 그러나 배움도 짧고 연고도 없는 내가 취직하는 것은 정말 어려운 일이었다. 신문 광고를 보고 여러 곳을 돌아다녀 보았지만 세일즈, 외판원뿐이었고 배움이 부족해 안정된 직장에는 이력서조차 낼 수가 없었다.

서울에서의 첫 직장은 광화문에 있는 '오리엔탈 사무실'로 감시용 카메라를 판매하는 곳이었다. 첫 직장 생활은 무척이나 힘들었다. 아직 서울 생활에도 익숙하지 않은 나는 혹독하고 냉정한 사회생활을 잘 견디지 못하고 곧 그만 두었다.

마음이 답답하고 외롭던 나는 교회에 나가며 사람들도 만나고 기도도 하며 마음의 위안을 찾기 위해 노력했다. 철야기도도 하고, 금식기도도 많이 했다. 첫 직장을 그만 두고 전전하던 중 우연히 친구를 만나러 가는 길에 학생들에게 교재용 책을 파는 것을 보고, 그 일이라면 나도 할 수 있을 것 같아 책 외판 일에 뛰어 들었다. 삼성 출판사에 취직을 하여 박영식이라는 부장 밑에서 영업을 배우게 되었다. 그 당시 박 부장은 세일즈에 신화적인 존재였다.

그런 부장을 본받아 정말 열심히 일했다. 열심히 일하다 보니 회사에서도 인정을 받게 되고, 전국 지방부에서도 일하게 되었다.

출판사 영업부 시절을 떠올리면 지금은 헤어져 나와 부부의 인연이 끊어진 전 아내가 생각이 난다. 부산 지사에 있을 때 아내를 만나 결혼까지 하였기 때문이다. 신혼의 단꿈에 젖어 더욱 열심히 일하며 출판사를 하나 차려 보겠다는 야무진 꿈을 키워 갔다. 아내가 첫 아이를 임신하였을 때 나는 대구 지사로 스카웃 되었다. 이제 차차 내 삶도 안정되어 간다는 생각이 들었다. 곧 태어날 첫 아이를 생각하며 행복하게 지내는 시절이었다.

겨울이 오고 아내의 해산이 다가왔다. 변함없이 회사에서 일을 하고 있던 나는 아내로부터 진통이 온다는 연락을 받고 급히 병원으로 향했다. 유난히 눈이 많이 오는 날이었다. 병원에 도착했을 때, 아내는 이미 분만실에 들어가 있었다. 첫 아이를 기다리는 모든 아버지의 마음이 그러한 것일까. 무척 설레이기도 했지만 한편으로 걱정스러웠다.

꽤 많은 시간이 흘렀는데도 분만실에서는 아무 기척이 없었다. 점점 더 초조해졌다. 초조한 시간을 넘기고 드디어 아이가 태어났다. 첫 아이는 아들이었다. 눈물이 날만큼 기뻤다.

그러나 새 생명이 태어난 것을 기뻐한 것도 잠시, 하늘이 무너지는 일이 일어났다. 아이는 태어난 지 두 시간 만에 숨을 거두었다. 열 달 동안 정기적으로 검진을 받았지만 별다른 이상이 없었다. 초산이라서 아내가 고생을 하였으나 아이의 생명이 걱정될 만큼 난산은 아니었다. 숨을 쉬지 않는 아이를 내 눈으로 확인하였지만 도저히 믿어지지 않았다. 죄 없는 어린 영혼이 태어나자마자 고통 속에 이 세상을 뜨다니…….

우리 부부의 고통은 이루 말 할 수가 없었다. 첫 아이의 죽음은 아내와 나를 무기력한 상태로 몰고 갔다. 도저히 전처럼 열심히 일에 매달릴 수가 없었다. 의욕이 떨어지자 당장 회사의 실적에도 영향을 미쳤다. 한동안 방황을 하다 우리 부부는 대구 생활을 정리하고 인천으로 이사를 했다.

새 출발을 하면서 나는 성당에 다니기 시작했다. 아내와 같이 영세도 받았다. 첫 아이를 잃은 슬픔을 달래가며 다시 일에 전념하고자 노력했다. 아들 보현이가 태어나고 생활이 안정되면서 작은 출판사를 차리게 되었다. 책 외판 일을 시작하면서 그렇게 그리던 출판사 사장이 된 것이다. 건강하게 자라는 아들 보현이를 보며 행복한 생활에 만족하며 감사한 마음을 잃지 않았다.

그러나 성당에 다니던 나는 대부인 프란시스코 씨와 사업 이야기를 하고 돌아오는 길에 교통사고를 당했다. 오른쪽 무릎 골절 및 인대 파열이라는 중상을 입게 되었던 것이다. 수개월 동안 입원을 해야 하며 치료를 받더라도 무릎 골절이 정상으로 돌아오지는 못한다는 것이었다.

눈앞이 캄캄했다. 왜 이런 악재가 계속되는 것인지. 출판 사업도 초기라 해야 할 일이 정말 많을 때였다. 회사의 모든 업무를 부장에게 맡기고 수술을 받은 후 병원에서 입원치료를 계속했다.

겨우 거동을 할 수 있게 되었을 때, 목발을 짚고 사무실로 향했다. 예상대로 사무실은 엉망이었다. 부장은 이미 사업에서 손을 뗀 채 다른 일을 알아보고 있었다. 모든 것을 정리하고 건강에만 신경을 썼다. 몸만 전처럼 건강해진다면 다시 일을 시작하는 것은 자신이 있었다.

결국, 만만치 않은 병원비와 초기에 투자만 하고 제대로 운영하지 못한 출판사는 문을 닫고야 말았다. 나는 하루아침에 빈털터리가 되어 버렸다. 그러나 우리 부부는 서로를 위로하며 재기를 다져갔다.

그 당시, 나는 다시 무엇인가 시작하기는커녕 물리치료를 받으러 갈 차비마저 걱정해야 하는 형편이었다. 병원에 갈 차비도 없는 형편에 물리치료를 받는다는 것은 말이 되지 않았다.

병원에 다니는 대신 나는 동네 목욕탕에 가서 아침부터 저녁까지 뜨거운 물에 몸을 풀고 사우나에서 운동도 하였다. 이렇게 매일 목욕탕을 드나들자 목욕탕 주인이 목욕탕 잡일을 하며 용돈이라도 버는 것이 어떠냐는 제안을 했다. 몸도 성치 않아 마땅히 할 일을 구할 수도 없을 때라 나는 군말 없이 수락했다. 목욕탕 청소를 하고, 목욕탕에 온 손님들 구두를 닦고, 음료수를 팔며 하루에 몇 만원씩 받아 집으로 돌아가는 날이 계속되었다.

얼마 전까지 작지만 어엿한 출판사를 운영하다 부지불식간의 사고로 다리를 제대로 쓰지 못하게 되어, 목욕탕에서 구두를 닦는 신세가 되었지만 그래도 희망을 버리지 않았다. 동네 목욕탕이라 아는 사람과 마주칠 때면 곤혹스러웠지만 지금의 모습이 전부가 아니라는 생각을 가지고 작은 일이지만 목욕탕에서 내가 하는 일에 최선을 다 하고자 했다. 내 옆에는 아내와 아이들이 있었기에 그래도 행복했다.

노숙자가 되어

목욕탕에서 일을 하고 있는데 어디서 나를 부르는 목소리가 들렸다.

"야, 나 김만주야. 너 이게 어떻게 된 거야?"

나에게 말을 건 사람은 처음 서울에 올라와서 얻은 첫 직장이었던 광화문 오리엔탈 사무실에서 만났던 선배였다. 칠팔 년 만에 이런 곳에서 만나니 반갑기도 하고, 창피하기도 했다. 서로가 살아왔던 이야기를 나눈 뒤 그는 나에게 명함을 건네주며 말했다.

"이 짓 그만 해라. 내가 도와줄게. 저녁에 꼭 놀러 와라."

목발을 짚고 찾아간 곳은 부평 효성동 사거리의 코오롱 모델하우스였다. 당시만 해도 아파트 값이 많이 오르고 건설 경기가 무척 좋을 때였다. 그 선배의 도움으로 부동산 일을 하게 되었다. 처음 하는 일이었지만 다시 시작한다는 마음으로 열심히 했다. 경기가 좋을 때라서 어느 정도 돈을 벌 수 있었다. 아파트 경기가 떨어지면 일산, 평촌, 분당, 광명 등지에 상가도 분양하고 주택공사 부지 입찰에도 참여했다. 오른쪽 무릎에 핀을 꽂고 열심히 일한 내 정성 때문인지 일이 잘 풀렸다. 서울 강남으로 집도 옮기고 아이들도 좋은 학교에 입학시켰다.

그러나 차츰 건설 경기가 침체되어 갔다. 여기서 또 다시 주춤거리게 된다면 어렵게 재기한 모든 것이 다시 무너질지 모른다는 불안감이 일었다. 그러던 중 평소 호형호제하며 알고 지내는 분이 중국관련 사업을 준비하는데 동업을 하자고 하였다. 한 번 뛰어들어 보기로 했다.

중국에서 사업을 시작하면 모든 것이 잘 될 것 같은 생각에 강남구 역삼동에 사무실을 차리고, 중국 베이징에도 사무실을 개설했다. 점포도 임대하고 남대문, 동대문의 의류, 액세서리 등 보따리 무역을 시작하면서 여행사, 무역회사를 설립하고 몇 년간을 정신없이 뛰어다녔다. 그런데 잘 풀릴 듯하던 사업은 자꾸 자본만 축낼 뿐 계속 손해였다.

나중에는 아내와 아이들을 처갓집에 들어가 살게 하고 보금자리인 집마저도 사업자금으로 날려내게 되었다. 다시 빈털터리가 된 것이다. 사업이 극도로 악화되고 결국 온 가족이 장모님 댁에 얹혀살게 되었다. 아내를 볼 면목도 없고 하루하루가 고통이었다. 직업 없는 실업자. 처갓집의 눈칫밥. 아는 사람들로부터의 냉대. 어떻게 살아야 할지 자신이 없었다.

그렇게 온 가족이 힘들게 지내던 어느 날, 아내와의 사소한 말다툼 끝에 장모님과 아내는 도저히 살 수 없다며 이혼을 요구했다. 이 상황에서 가족까지 잃게 된다면 나는 다시는 일어서지 못할 것 같아 무릎을 꿇고 애원하면서 아내를 잡았으나 아내의 마음을 되돌릴 수는 없었다. 아내와 이혼하고 나는 어머니에게 갔다. 중년을 바라보는 나이에 사업 실패에 이혼까지 당한 못난 아들을 보는 어머니의 심정을 생각하며 정말 죽고만 싶었다.

몇 달 간 시골 생활을 하면서 나는 절망하고 내 문제에 대해 곰곰이 생각해 보았다. 왜 이다지도 나의 인생은 험난한가? 악마가 붙어 있는 것일까? 답답하고 도대체 무엇이 잘못된 것인지 알고 싶을 뿐이었다. 그래서 어머니가 마련해 준 돈으로 유명한 철학관, 무속인, 전국의 유명하다는 기도원을 다 찾아다녔다. 많은 곳을 다녔지만 어느 곳에서도 성에 차게 시원한 이야기를 들을 수는 없었다. 역학, 주역, 철학에 관한 서적들을 모조리 탐독하고 역학에 관한 개인 교습도 받았다. 남은 돈으로 굿도 하고 조상님 제사도 지내드렸지만, 원인과 이유와 해결 방법은 아무리 노력해도 찾을 수 없었다.

나는 내 인생에 대한 의문을 풀기 위해 몇 개월을 떠돌다 재기를 위하여 서울로 다시 돌아왔다. 반드시 성공해서 사랑했던 아내도 만나고 아들딸도 떳떳하게 만나리라 다짐했다. 모든 체면을 버리고 평소 알던 선배를 찾아갔다. 그 선배는 명동 유네스코 빌딩에서 사채업을 하고 있었다. 어음할인, 당좌 등 선배 밑에서 일도 배우면서 약간의 돈이 모이자 어머니 생활비와 내게 남은 빚도 조금씩 갚아 나갔다. 적은 돈이지만 조금씩 저축도 했다. 마음 한구석엔 고리대금업인 이 사채업을 빨리 그만 두고 돈이 웬만큼만 모이면 장사라도 해야겠다는 생각이 자리를 잡고 있었다. 영업에 자신이 있었기 때문에 장사를 가장 잘 할 수 있을 것이라 생각해서였다. 명절 때는 그렇게도 보고 싶던 아들딸도 다녀갔고 생활비를 건네주면서 잠시나마 아내 얼굴도 볼 수 있었다.

"나는 꼭 재기한다. 내가 누구냐? 오뚝이다!"

가족들에게 큰소리를 쳤지만 아내가 지금 무슨 일을 하냐고 물어오면 차마 사채업을 하는 직원이라고 말할 수는 없었다. 빨리 다른 일을 찾아야겠다고 생각했다.

사채업을 하면서 김덕용이란 사람과 알게 되었다. 그 사람은 여행사를 차릴 준비를 하고 있었는데, 여행사 일이 전망이 있다며, 내가 중국 관련 사업을 할 때 잠깐이나마 여행사 경험도 있고 영업에도 유능하니 같이 일을 하자고 하였다. 김덕용을 통해 규모가 그리 크지 않은 여행사의 사장인 심재문을 알게 되어 그 때부터 함께 여행사 사업을 시작했다. 심재문 사장은 모든 것은 자기가 책임진다며 미국비자를 받지 못해 가지 못하는 고객들을 이용해 사업을 하겠다고 했다.

새로 시작한 여행사 일로 바쁜 하루하루를 보낸 지 보름 정도 지난 어느 날이었다. 지난밤 꿈자리가 뒤숭숭하고 몸살 기운도 있어서 조금 늦게 출근하고자 사무실로 전화를 했다. 그런데 직원들은 통 전화도 받지 않고 휴대폰 연락도 되지 않는 것이었다. 이상한 생각에 급히 사무실로 갔다.

사무실 분위기는 어수선하고 형사 같이 보이는 사람들이 왔다 갔다하고 있었다. 직원들의 모습은 하나도 보이지 않았다. 분명 무슨 일이 생긴 거다 싶어 슬그머니 사무실을 빠져 나왔다. 여기 저기 연락을 하고 수소문 해보니 심재문 사장, 김덕용, 그 밖의 전 직원, 미국 비자를 신청한 고객들, 종로구청 직원 등 모든 사람들이 미국 비자 사건으로 서울경찰청 외사계에서 조사를 받고 있다는 것이었다. 어떻게 된 일인지 영문을 알 수 없었다.

아는 분을 통해 알아보았지만 어떻게 수습할 대책이 없었다. 나라의 신용도를 낮춘 대단히 큰 사건으로 취급되고 죄명은 '사문서 위조'로 되어 있었다. 앞으로 나는 어떻게 되는 걸까? 내 직장은? 복잡한 심경에도 나는 여행사 일을 시작하며 함께 일하자고 데리고 왔던 고향 후배인 해남이가 걱정되었다. 해남이가 무슨 죄가 있단 말인가. 취직시켜 준다고 오라고 해놓고 경찰에서 조사를 받게 하다니 너무나 죄스러웠다. 내가 상담한 고객들도 이상이 없어야 할 텐데…….

며칠 후, SBS 뉴스에서 '미국 비자 사기단 검거 서른두 명'이 대서특필로 보도되었다. 사장부터 비자 신청 고객까지 모두 구속, 수감되고 나는 모집 총책으로 전국에 수배가 되어 있었다.

방송이 나가자 선배, 친구, 고향 후배들, 나를 알고 있는 분들이 호출기로 연락을 해왔다. 방송의 위력은 정말 대단했다. 한 번의 방송으로 나를 알고 있는 모든 사람들이 이 사건을 알고 나를 사기꾼으로 생각하는 것 같았다. 창피함과 두려움 속에 인천 송도에 있는 여관에 숨어 지냈다. 마음이 너무나 불안하고 지나가는 경찰차의 사이렌 소리만 들려도 떨리고 형사에게 잡혀가는 악몽에 시달렸다. 내가 왜 이렇게 되었을까?

도대체 나의 인생은 왜 이다지도 험난할까? 며칠간의 고민 끝에 매를 맞아도 빨리 맞는 게 좋을 것 같아 자수를 결심했다. 서초동에 있는 변호사를 찾아가 이야기를 털어놓았다.

변호사는 내가 초범이고, 사정을 모르고 한 일이라 정상참작이 될 거라고 하면서 자수할 것을 권유했다. 자수를 하면 열흘에서 보름정도 구치소 생활을 하고 보석으로 풀려나게 될 터이니 한 동안 쉰다고 생각하고 책이나 많이 보고 나오라고 했다. 해남이도 걱정 말라고 했다. 보름이면 길다면 길고 짧다면 짧은 시간이지만 죄를 지었으니 깊이 반성하고 죄 값을 치러야겠다는 결심이 섰다. 어머니와 누나에게 연락을 하고 자수할 것을 알렸다. 평소 가장 친했던 선배를 만나 통장과 살고 있는 아파트 열쇠를 건네주면서 보름만 잘 지켜줄 것을 부탁했다. 변호사를 선임하고 나서 서울지검으로 가서 자수를 했다. 몇 시간의 검찰조사를 받은 후 서울 구치소로 수감이 되었다.

구속이 되고 난 후 며칠 동안은 선배가 면회도 자주 와서 걱정도 많이 해주고 세상 밖의 이야기도 많이 해주었는데 날이 갈수록 점점 소식이 뜸해져 갔다. 변호사에게도 소식이 없었다. 어머니, 누나, 아이들은 잘 생활하고 있는지 걱정이 되어 잠도 이룰 수 없었다. 며칠만 있으면 보석으로 석방시켜 준다고 했던 변호사한테는 20일이 지나도 소식이 없었다. 답답해 미칠 지경이었다.

"3971! 변호사 접견."

교도관의 변호사 접견이라는 그 목소리가 얼마나 반가웠는지 모른다.

'오늘 드디어 보석으로 석방되는구나.'

달력을 힐끗 보니 구치소에 들어온 지도 25일이 지나 있었다.

'보름이면 된다고 하더니…'

그래도 일단 안심이 되며 마음이 설레었다. 그러나 변호사는 공범이 너무 많아 보석신청을 하면 괘씸죄로 오히려 좋지 않다고 하였다.

"그럼, 어떻게 해야 됩니까?"

절망감이 밀려왔다.

"저는 당신을 믿고 의지하고, 시키는 대로했고 또 오늘을 얼마나 기다렸는데……."

"재판을 받고 선고를 받아봐야 됩니다. 모든 것이 잘 될 테니 밥 잘 드시고 힘내세요."

"재판은 언제 열립니까?"

"연말연시라 판사님들 인사이동도 있고 해서. 하지만 최대한 빨리……."

변호사는 말끝을 흐리며 희미하게 대답을 했다.

"저보다도 이해남을 신경 쓰셔서 꼭 석방되게끔 해주십시오."

그 말을 남기고 접견이 끝났다. 구치소 생활에 적응해야만 했다.

운동시간이나 면회를 다녀올 때 심재문 사장의 얼굴을 볼 수 있었고 이해남과도 마주칠 수 있었다. 심 사장은 미안하다고 하며 자기와 김덕용만 죄가 있으니 다른 모든 사람들은 석방될 것이라고 말했다. 심재문 사장은 벌써 여러 번째 교도소에 출입했고 이번에 몇 년 간 살고 나면 일본어를 공부해서 일본으로 이민 가서 살 계획이니 앞으로 만나지 못하더라도 늘 건강하고 자기를 용서해달라고 말했다. 나는 그저 해남에게 미안할 따름이었다. 구치소에 수감된 지 약 한 달 보름 만에 수갑을 차고 포승줄에 묶여 법원으로 가게 되었다. 과천에서 서울 법원으로 이송되는 동안 창밖으로 자유롭게 거리를 활보하는 사람들을 보자 마음이 아팠다.

'나는 언제 저렇게 자유로울 수 있을까?'

재판장에 들어가 판사 앞에 주범 심재문과 공범 32명이 섰다. 판사가 이름을 모두 호명하는데 긴장이 되어 내 이름을 부르는 것만 간신히 알아들을 수 있었다. 검사의 심문 후 마지막으로 판사가 할 말이 있으면 하라고 하였다.

나는 눈물을 흘리며 말했다.

"잘못했습니다. 선처 바랍니다."

검사의 구형이 시작되었다.

심재문 징역 5년, 김덕용 징역 3년, 이해남과 나는 징역 3년이었다. 선고는 재판 2주 후에 이루어진다고 했다. 선고 날짜를 받아놓고 나니 마음이 심란하고 하루하루가 불안하여 아무 것도 할 수가 없었다. 드디어 선고 날 아침이 밝았다. 모든 것을 운명에 맡기기로 결심하고 심호흡을 크게 했다. 흰 고무신을 신고 판사 앞에 섰고, 드디어 선고가 시작되었다.

"피고는 모든 잘못을 뉘우치고 깊이 반성하고 있으나 죄질이 너무 크고……."

느낌이 이상했다. 다음 말이 들리지가 않고 가슴이 크게 방망이질 쳤다.

"선고를 시작한다. 심재문 징역 2년, 김덕용 징역 2년, 000 징역 1년 6개월, 이해남 징역 1년 6개월……."

다리에 힘이 쫙 풀리면서 온몸에 맥이 빠졌다.

'1년 6개월'

어떻게 산단 말인가? 눈물이 났다. 그런데 이어 판사가 다시 상세하게 선고문을 읽었다.

"심재문 징역 2년, 김덕용 징역 1년 6개월 실형. 000 징역 1년 6개월, 이해남 1년 6개월. 000부터는 형 집행을 2년간 유예한다."

집행유예로 나오게 되었다. 드디어 석방이구나. 그날 저녁 굳게 닫혀 있던 철문이 열리고 보름만 있으면 나오게 될 것이라 생각했던 곳에서 두 달 만에 나오게 되었다. 철문이 열리자 밖에서 출소자를 마중하기 위해 수백 명의 사람들이 와서 기다리고 있었다. 서로 부둥켜안고 울고 기뻐하는 모습을 보며 주위를 둘러보았지만 꼭 있어야 할 선배의 모습은 어디에서도 찾을 수 없었다. 차가 막혀서 늦는 걸까? 나온다는 소식을 듣지 못했나? 아무리 기다려도 나타나지 않자 나는 택시를 타고 내 아파트로 갔다. 벨을 누르니 웬 낯선 여자가 문을 열었다. 언제 이사 왔냐고 물으니 한 달 정도 되었다고 했다.

'아! 이럴 수가. 내 통장, 내 차, 나의 모든 것. 믿고 있었던 선배가 이럴 수가. 아니야, 분명히 무슨 사연이 있을 거야.'

라며 내 자신을 위로하며 며칠을 수소문한 끝에 선배와 간신히 통화를 할 수 있었다.

"형, 나예요. 나 지금 오갈 데도 없어요. 무슨 사연인지는 모르겠지만 우선 만나요. 만나서 얘기합시다. 형."

"미안하다. 하지만 지금은 만날 수가 없다. 네 돈은 다음에 꼭 갚으마."

"형, 제발. 형……!"

딸깍.

정말 세상이 나를 등지는 것 같았다.

나는 다시 빈털터리로 오갈 곳이 없게 되었다. 이미 사기단 공범으로 알려진 마당에 어머니, 누나, 가족, 친구, 선후배들을 창피해서 만날 수도 없었다. 하루종일 거리를 걷다가 멍하니 하늘만 쳐다보고 돈이 떨어지면 친구들에게 한 푼 도와달라고 전화를 해서 술에 취하고, 술이 깨면 또 마시는 생활을 하다 노숙자 신세로까지 전락한 것이다.

그리고 부산에서의 자살 시도. 꿈에서 본 아버지.

지난 일을 돌이켜 생각하니 어쩌면 모든 일이 이 곳 지리산에서 내가 수도하게 만들기 위해 일어났을지도 모른다는 생각이 들었다. 그렇게 생각하자 조금씩 마음이 가벼워지며 지나간 일에 대한 회한도 잊혀져 가는 듯 했다.

스승님의 영험한 능력

하루의 명상을 마치고 토굴로 돌아오는 길이었다.

쉰 살쯤 되어 보이는 아주머니가 큰 보따리를 머리에 이고 손에 들고 찾아왔다. 스승님 곁에 와서 처음 보는 외부인이었다.

"스님, 안녕하셨어요."

"허허허. 어서 오십시오."

"스님, 정말 고맙습니다. 스님 덕택에 저희 아들이 정신이 들고 몸이 무척 좋아졌습니다."

옆에서 얘기를 들어보니 사연은 이랬다. 아주머니의 아들이 병원에서는 살 가망이 없다고 해 아주머니가 아들을 살리려고 전국을 안 다녀본 곳이 없고 안 써본 약이 없으며 굿도 수도 없이 했다고 한다. 아주머니 자신도 몸이 항상 피곤하고 집안에 우환도 많았다. 그런데 스승님을 찾아뵙고 스승님이 천도를 행하고부터는 아들의 병세가 몰라보게 좋아지고 아주머니의 피로도 사라지고 또한 바깥 분의 사업도 잘 풀리기 시작했다. 그래서 스승님이 너무나 감사하고 고마워 이렇게 찾아뵙는다고 했다.

"스님, 앞으로도 저희들을 잊지 마시고 기도를 많이 해주세요."

아주머니는 스승님 앞에서 연신 머리를 조아리며 감사를 표시하더니 주머니에서 봉투를 꺼내어 건네었다.

"제가 뭐 한 것이 있다고 이런 걸…… 다 감사히 받아 좋은 곳에 쓰겠습니다."

스승님은 이렇게 말하고서 한 마디 더 덧붙였다.

"보살님이 제가 시키는 대로 하셨으니 앞으로 후손들도 잘 될 것입니다."

나는 '이 추운 날씨에 이 깊은 산 속에까지 찾아와 저 많은 음식과 돈 봉투까지 아낌없이 내놓고 갈 정도로 사람을 감복시킨 스승님의 그 신비한 능력은 과연 어떤 것인가? 내가 그걸 배울 수 있을까?' 하는 생각을 그 아주머니를 보면서 더욱 강하게 갖게 되었다.

스승님의 비법이 너무나 궁금했다. 하루 빨리 배우고 싶었다. 그러나 나는 스승님의 학문을 직접 배우기 전으로, 아직 홀로 명상하는 일에 전념하고 있었다.

어느덧 겨울이 끝나가고 있었다.

스승님이 나에게 오늘은 목욕을 같이 가자고 하였다. '오래간만에 뜨거운 물에서 몸 한번 실컷 풀 수 있겠구나' 하는 기대에 나는 스승님의 말이 그렇게 반가울 수가 없었다. 그러나 그 반가움은 내 성급한 판단일 뿐이었다. 토굴을 나선 스승님은 목욕탕이 있는 마을 쪽으로 가는 것이 아니라 오히려 그 반대 쪽 깊은 산 속으로 자꾸만 들어갔다. 스승님을 따라 한참 동안 계곡을 따라 들어가니 계곡 물이 고인 큰 웅덩이가 보였다. 스승님은 옷을

벗고 웅덩이 속 찬물로 들어갔다. 주저하는 나에게 스승님은,

"자네도 얼른 옷 다 벗고 깨끗하게 씻으시게."

라고 말하면서, 나도 어서 들어 올 것을 종용했다. 겨울이 다 지나가지 않았고 더군다나 깊은 산중이라 나뭇가지 끝 여기저기에는 아직도 고드름이 달려 있었다. 나는 이를 악물고 웅덩이 속으로 들어갔다. 입술이 부들부들 떨리기 시작했다. 스승님의 연세가 팔순이 넘었다고 들었는데 이 추운 날씨에 아무렇지도 않게 냉욕을 하다니 나는 스승님에 대해 새삼 놀랄 뿐이었다. 한참 어린 나이인 내가 오히려 추워서 어쩔 줄 모르며 정신을 못 차리고 있는 것을 재미있다는 듯 바라보며 스승님은 대뜸 이렇게 말하였다.

"이제 자네를 인조인간이라고 불러야겠네."

"스승님! 인조인간이라니요?"

"교통사고가 났을 때 박은 핀들이 아직도 자네 몸속에 박혀있지 않나. 그리고 몸에도 이런저런 이유로 손을 많이 댔구."

나는 한편으로는 무안하고 한편으로는 그걸 알아낸 스승님의 능력이 놀랍기만 할 뿐이었다.

"앞으로는 몸에 손을 대지 말고 신이 내려주신 그대로 살다 다음 세상으로 가게나, 그게 좋은 것이야. 물 흐르는 대로 놔둬야지, 그걸 억지로 틀고 막으면 물이 더러워지는 법이지."

"예, 스승님. 잘 알겠습니다."

나는 죄송한 마음에 더 이상 꾀를 부리지 않고 추위를 꾹 참으며 부지런히 몸을 씻었다.

"다 씻었는가? 다 씻었으면 비누 챙기고 내려가자."

"예, 스승님."

그날부터 내 산중 생활은 시작되었다. 밥하고 청소하고 빨래하는, 매일 반복되는 산 속 생활이 점점 지루해갔다. 어머니, 누나가 어떻게 지내는지 궁금하고 무척 보고 싶기도 했다. 아이들도 꿈속에서 보일 정도로 학교는 잘 다니는지 궁금하고 너무나도 보고 싶었다. 아이들이 보고 싶을 때는 모든 것을 다 그만 두고 당장에 산을 내려가 애들에게 달려가고 싶은 마음이 굴뚝같았다. 책을 읽고 공부를 하는 것도 아니고 그렇다고 비법을 가르쳐주는 것도 아니고 스승님은 모든 것들에 대해 '왜, 무엇 때문에?' 라는 의문만을 남겨주며 명상을 할 것을 지시하니 나는 점점 도대체 뭐가 뭔지 알 수가 없었다.

그토록 힘들었던 겨울이 지나고 봄이 오고 있었다. 진달래꽃이 하나 둘 피기 시작한 어느 날, 깔끔하고 중후한 옷을 차려입은 두 분의 신사가 찾아왔다. 어딘가 낯이 많이 익은 얼굴.

어디서 봤을까? 스승님은 잠시 밖에 나가 있으라고 하였다. 밖에 나와서 곰곰이 생각해보니 TV에서 본 얼굴들이었다. 정치하는 사람들이었다. 이름만 대면 대한민국 사람이면 누구나 알 수 있는 유명한 정치인들이었다. 그런데 저 사람들이 이곳엔 왜 왔을까? 무엇 때문에 왔고 무슨 얘기들을 나누는 것일까? 무척이나 궁금했지만 스승님과 그들이 나누는 대화 소리는 잘 들리지 않았다. 그분들이 돌아가고 난 뒤, 스승님은 무척 화가 난 것 같았다.

"세상이 썩을 대로 썩었구나."

스승님은 한탄을 하였다.

"뭐가 썩었단 말씀이십니까?"

"기본들도 안 된 녀석들이 설쳐대고 있으니…… 쯧쯧."

역정이 많이 난 모양이었다.

온 산에 진달래, 개나리, 철쭉이 만발하고 봄은 절정으로 치닫고 있었다. 내가 산에 들어온 지도 어느새 3개월이나 지난 듯했다. 그 동안 수많은 사람들이 스승님에게 다녀갔다. 암환자, 중풍환자, 뇌성마비 환자 등. 거동조차 힘든 사람들은 물론이고 간질이나 정신병을 앓는 사람, 사업에 실패한 사람, 정치인, 종교인, 사업가 등. 오는 사람마다 스승님께 머리를 조아리고 무언가를 상의하고 감사드리는 모습을 보면서 그 모습들이 불가사의하게 보였다. 나는 얼마를 공부해야 하고 또 배워야 스승님의 저런 경지에 오를 수 있단 말인가? 정말 궁금했다.

그러던 어느 날이었다.

나는 토굴 속을 청소하느라 정신이 없었다. 그런데 갑자기 토굴 속이 어두워졌다. 누군가 토굴 입구를 막고 있었다. 스승님이었다. 그러나 스승님의 얼굴은 보이지 않았다. 어둠 속 너머에서 태양을 등에 진 목소리가 흘러 나왔다.

"네 마음 속 어둠을 다스려라. 그래야 된다."

"예?"

"그래야 내 학문을 네가 배울 수 있다. 내일부터 몸 정결히 하고 배울 준비를 해라."

나는 갑작스런 스승님의 말에 순간 당황했다. 갑자기 햇살이 내 온몸을 휘감았다. 나는 햇살 쪽으로 다가갔다. 스승님은 이미 모습이 보이지 않았다. 그리고 갑자기 내가 드디어 스승님의 학문을 배우는구나 하는 생각이 들었다. 가슴이 벅차올랐다. 온 산으로 아지랑이가 빠르게 번지고 있었다.

스승님의 가르침

"자네가 지금껏 인생을 살아오는 동안 최선을 다 하고 열심히 노력하면서 살아왔다고 생각 하는가?"

스승님의 질문이었다. 명상을 하는 동안 내 지난 생을 곱씹으며 회한에 젖었던 것을 아는 것만 같았다.

"예, 스님. 노력했습니다. 본의 아니게 실수를 하고 다른 사람에게 피해를 주는 일도 하게 되었지만 항상 최선을 다했습니다."

나는 최선을 다했다는 말을 하고 있었지만 왠지 가슴 한구석이 무겁게 내려앉았다. 스승님은 아무 말도 없이 앉아 있었다. 침묵의 시간이 흘렀다.

"명상을 하는 동안 자네의 얼굴은 늘 피곤해 보이더군. 지나간 일을 돌이켜 생각해 볼 수는 있으나 누군가를 원망하고 그간의 일들을 후회만 한다면 결코 마음을 닦을 수 없어. 마음을 닦는다는 것이 무엇인가? 마음을 비우는 것이야. 마음을 비워야 몸이 가벼워지고 가벼운 몸과 마음을 통해 사람의 얼굴엔 평화로움이 넘치고 몸은 좋은 기운으로 넘치게 되는 것이다."

"정직한 마음으로 성실하게 살아도 늘 고통만 겪게 된다면 산다는 것의 의미를 찾을 수 없지 않습니까?"

스승님의 얼굴은 근엄하고 무표정했다.

"대부분 사람들은 욕심 때문에 화를 부르지. 세상에 나왔으니 먹고, 입고, 자식을 낳아 기르는 것이 당연한 이치이나 너무 많은 욕심이 세상에 돌고 있어."

"그러나 스승님 말씀대로 사람은 세상에 나온 이상 입고 먹고, 또 자식을 키워야 합니다. 그런데 그것마저 하기 힘들어 허덕이는 사람들이 세상에는 너무나 많습니다. 저 역시 그랬으니까요. 그러면 그 사람들의 고통의 이유가 단지 모두 욕심이 과하기 때문이라는 말입니까?"

스승님은 한동안 나의 얼굴을 바라보았다. 아직도 그렇게 세상에 대한 원망이 남았냐는 질책 같아 마주 대하고 앉아 있는 시간이 길게 느껴졌다.

"사람들은 이 세상이 사람들 것이라고 여기며 기고만장하며 살고 있지만, 이곳은 우리들만 사는 곳이 아니야. 우리는 보이는 것만 믿으며 보이지 않는 수많은 것들에게는 정성을 기울이지도 믿지도 않지. 그러나 세상은 보이지 않는 수많은 사람들의 기와 영혼으로 뒤덮여 있어. 사람들은 다른 사람과 관계를 맺으며 살아가는 것처럼, 보이지 않는 영혼도 서로 얽혀 세상을 살고 있는 것이야."

우리는 영혼과도 서로 얽혀 있다? 그렇다면 그 영혼은 도대체 무엇이란 말인가? 머릿속이 윙윙거리며 여러 생각이 맴돌았다. 내 눈은 점점 더 진지해지고 스승님은 더욱 천천히 말했다. 내게 생각할 시간을 주기 위해 말을 아낀다는 생각이 들었다.

"영혼과 사람이 얽혀 있다면…… 영혼은 무엇이고, 어떤 인연으로 얽혀 있단 말씀이십니까?"

스승님이 희미하게 웃었다.

"그건 자네도 알고 있을 텐데…… 실은 모든 사람이 알고 있지, 다만 그 존재를 믿느냐 믿지 않느냐는 차이가 있을 뿐."

그것은 스승님의 말씀이 옳았다. 스승님의 말대로 모든 사람이 알고 있는 영혼이라면 나 또한 알고 있다. 사람은 육체와 정신으로 이루어졌고, 육체가 죽고 나면 정신은 영혼이 된다고 생각하지 않는가. 그러나 그것을 직접 본 사람은 아무도 없다. 나 역시 보통 사람들처럼 내가 직접 보지 못한 것은 믿지 못한다.

그러나 나는 긴 시간은 아니지만 스승님 곁에 머무는 동안 아픈 사람을 치료하고, 정신이 흐린 사람들의 머리를 맑게 하고, 말 몇 마디로 사람들의 마음을 어루만지며 고민과 근심을 꿰뚫는 스승님의 놀라운 예지력을 여러 차례 보아왔다. 스승님이 행하는 모든 일들이 정말 영혼과의 교류를 통해서 이루어진단 말인가. 세상에는 귀신을 쫓을 수 있으며 앞을 내다보는 능력을 가졌노라고 떠드는 사람들이 많다. 그러나 스승님의 능력은 내 눈으로 직접 보았기 때문에 그 영험함을 의심할 수는 없는 것이었다. 그러한 스승님의 능력이 모두 영혼과 연결되어 있다는 말인가.

나는 스승님의 다음 얘기를 기다리며 한참을 앉아 있었다.

"다른 사람들과 조화를 이루고, 과한 욕심을 부리지도 않는 성실한 사람들이 아무 이유 없이 일어나는 한 순간의 재난으로 고통을 겪는 것은 세상에서 사람들과의 관계는 잘 맺었으나 영혼과의 관계가 순탄치 않기 때문이지. 내가 공부해 온 것은 이 영혼과 사람과의 관계를 잘 풀어주어 사람들을 편안하게 해 주는 방법들이야."

스승님의 말은 이미 내가 알고 있는 익숙한 이야기들인 듯하면서도 뭔가 전에는 느끼지 못한 감정들을 불러일으켰다. 그것은 강한 믿음이었다. 영혼이 존재하며 그 영혼이 사람에게 영향을 끼친다는 강한 믿음. 내 얼굴은 긴장으로 딱딱하게 굳어갔다.

"이제 그만 물러나시게."

내 얼굴을 찬찬히 바라보던 스승님은 책 두 권을 주며 이야기를 중단하였다. 스승님이 그 동안 수련하시며 접했던 많은 영혼들에 대한 이야기와 영혼에 대한 스승님의 생각을 정리하여 둔 것으로 모두 스승님이 손수 쓴 것들이었다.

나는 바짝 긴장을 한 뒤라 무척 피곤했다. 그러나 스승님이 주신 낡아서 겉장이 반쯤 떨어져 나간 낡은 책 두 권을 들고 잠자리로 돌아오자 도저히 잠을 이룰 수 없었다. 촛불을 켜고 그것을 읽어 나갔다.

'…… 무릇 하늘의 도란 그 모양이 없는 것 같으나 기운으로 그 흔적을 남기고 이 세상은 넓은 것 같으나 다 그 갈 곳과 방향이 정하여 있다. 그러므로 음양이 두루 미치어 모든 만물이 그 안에서 화하고 사계절의 일어남과 멸하는 것이 그 때를 잃지 않는다 …… 천지의 기운이라는 것은 눈에 보이지는 않으나 천하 모든 일에 관여하지 않음이 없고 그 영향은 죽고 사는 모든 때에 응하느니라 …… 천지 이치의 조화란 그렇게 되리란 마음이 없이 저절로 그렇게 된다는 뜻이오. 머무른다는 것은 천지의 덕에 합하고 바르게 천심을 정한다는 것이니라 …… 자신의 허물을 뉘우친 사람은 헛되이 욕심을 내지 않고 거하고 정함에 정성을 다하는 사람은 이 세상에 더 이상 보탤 것이 없느니라 …… 천지의 기운은 그 사람됨의 자리에 더불어 머무나니 옳은 것을 옳다 하고 그른 것을 그르다하여 시시비비에 너무 지나침이 없고 …… 내가 이 육체의 형상을 오늘 비로소 갖춘 것은 그 부모의 기운과 천지의 이치로 그러하거늘 이에는 천지간의 간극이 무극함이라 …… 한 순간에 일어나고 사라지는 이 마음은 본래 비어서 어떤 자리에도 머물지 않고 그 자리는 바람이 풀잎을 스쳐서 자국이 남지 않듯이 무형무색이라 빈 것은 능히 그 기운이 천지에 닿고 …….'

겉장이 낡은 책을 읽고 또 읽었다.

영혼시(靈魂視)를 체득하다

나의 수도생활은 강행군으로 시작되었다.

새벽 두 시에 일어나서 청소하고 목욕하고 난 후 절대 신과 지신께 지성을 드렸다. 그리고나서 스승님의 말을 듣고 정신통일의 수행생활을 반복했다. 수도를 하면 처음에는 영혼을 느끼게 되고 좀 더 훈련이 진척되면 영혼을 볼 수 있게 된다. 영혼을 볼 수 있는 경지에 이르게 되어야 고통 받는 영혼과 접속하여 영혼의 영향으로 세상에서 고통 받는 사람들을 도울 수 있게 된다.

영혼과 접속하는 일은 처음에는 엄청난 고통을 수반하게 된다. 깊은 밤 조용히 명상에 잠겨 있으면 구천을 떠도는 수많은 영혼들이 내 주위를 배회하다 나의 정신에 머물다 가고는 했다. 그 영혼들이 나에게 다가올 때면 내 몸에서는 철을 녹인 쇳물에 들어가 있는 듯한 열기가 솟아 몸이 뜨거워졌다. 하루의 수도가 끝날 때마다 온몸이 땀으로 뒤덮였다. 끔찍한 일이었다. 영혼들의 고통이 나에게도 육체의 고통으로 다가오기 때문이었다. 그러나 그 영혼들의 고통을 알아야 그들을 위로할 수 있게 된다.

영혼들의 고통을 체험한 뒤, 나는 하루 빨리 영혼들의 고통을 달래는 일까지 수행할 능력을 키우고 싶어졌다. 원귀를 달래고 천도하는 처방비법인 경면주사 등 여러 가지 비법을 온 힘을 다해 터득해 나갔다.

스승님은 때론 나를 친자식처럼 한없이 너그럽게 대하였다. 하지만 그 배움에 있어서는 한 치의 흐트러짐도 보이지 못하도록 추상같은 얼굴로 나를 엄격히 다스리면서 나에게 모든 가르침을 주었다. 내가 잘 이해를 하지 못하는 부분은 이해할 때까지 밤을 꼬박 지새워가며 전수하였다.

전국에서 찾아오는 많은 사람들을 상담할 때마다 나를 옆에 앉혀 두고 당신이 사람들과 상담하는 것을 내가 직접 보고 느끼게 하였다. 그러면서 상담자 집안의 불행의 원인을 찾아 천도하는 비법과 방법을 깨우치게 해주었다. 쉬운 상담일 경우는 직접 나에게 해 보라며 그 상담에 대한 처방까지도 내게 맡기곤 했다. 그럴 때마다 큰 대꾸 없이 스승님의 말을 수행하는 나를 보며 스승님은 흐뭇함을 감추시지 않았다.

나는 스승님의 넉넉한 가르침에 자신감을 갖고 더욱 열심히 수행생활을 꾸려 나갔다. 그러던 어느 날, 나는 전부터 품고 있던 한 가지 풀리지 않는 의문을 스승님께 물어 보았다.

"우리나라는 사람이 돌아가시면 산에다 묻어 주는 풍습이 있지 않습니까?"

"그렇지."

"산소를 쓸 때 명당을 쓰기 위하여 후손들은 지관에게 많은 돈을 지불하면서 애를 쓰지 않습니까. 그런데 그런 명당을 쓰고도 그 후손들이 잘못되는 경우도 많은 것 같은데 그건 왜 그런 겁니까?"

"명당이란 좌청룡이니 우백호니 그런 것까지 갈 필요도 없이 그냥 땅이 좋고 햇볕이 잘 들고 물이 잘 빠지고 바람이 잘 통하는 곳이면 다 명당이라 할 수 있다. 우리나라 사람들이 그런 명당에 유독 집착하는 것은 돌아가신 고인이 편안히 쉬시기를 바라는 것과 한편으론 그것이 후손들이 잘되는 중요한 원인이 된다는 생각 때문이지. 하지만 거기에서 한 가지 놓친 게 있어. 명당을 쓴다고 무조건 돌아가신 분의 영혼이 천도되는 것은 아니거든. 아무리 좋은 명당을 쓴다 해도 영혼이 좋은 곳에 가지 못하고 구천을 떠돌 수가 있기 때문이다. 그걸 모르고 쓸데없이 돈만 많이 들여 무조건 명당에 집착하는 것은 어떻게 보면 눈 가리고 아웅하는 꼴밖에 되지 않는 일이다."

"……!"

스승님의 가르침과 나의 피나는 수련으로 나는 영혼의 세계를 더욱 이해하고 사람들에게 도움을 주는 방법을 차츰 익혀가고 있었다.

유체이탈을 통해 영혼에게 다가가다

어느덧 온 산에 매미 울음소리가 진동하는 여름이 다 되어 있었다.

이젠 수도에 정진하는 동안은 모든 잡생각이 없어지고 순결한 정신상태가 되곤 했다. 티끌하나 없는 깨끗한 정신 상태에선 수억만 리 떨어진 영혼의 이야기까지 접속할 수 있을 것 같았다. 그러던 어느 날 스승님은 조용히 나를 불렀다.

"얘야!"

"예, 스승님."

"이 정도면 너도 많이 배운 것 같구나. 이제 앞으로 내 가르침보다는 네 스스로 깨우쳐 나가며 수도하고 연구하는 것이 더 중요할 것이다."

"아닙니다. 저는 아직 멀었습니다, 스승님."

"그래, 너는 지금 시작한 것에 불과하다. 그러나 그 시작을 내가 도와 줄 수 있을 뿐 이제 남은 길은 너 혼자 가야 하느니 내가 오늘부터는 너에게 천도하지 못하고 고통스러워하는 영혼을 만나게 해주마."

"네?"

스승님의 갑작스런 말에 온 몸에 전율이 느껴졌다.

"영혼을 볼 수도 있고 느낄 수도 있으니 이제부터 더욱 바짝 정신 차리고 수도하거라."

스승님이 그날부터 내게 가르치기 시작한 것은 유체이탈 법이었다. 유체이탈이란 정신이 몸을 떠나 영혼과 더욱 자유롭게 교류하는 방법이다. 잘 접속되지 않는 영과 접속을 시도할 때는 유체이탈을 통해 그 영혼에 더욱 가까이 다가가야 한다. 스승님은 마지막 과제로 유체이탈을 깨우치기를 바랐다.

그날부터 금식이 시작되었다. 3일 정도 금식을 하니 눈앞이 보이지 않았다. 먹는 것이라고는 몇 모금의 물이 전부였다. 그렇게 3일을 굶으니 모든 것이 먹을 것으로 보였다. 배고픔의 고통이 모든 이성적 판단을 짓눌러 왔다. 5일 정도 지나자 오히려 배고픔의 고통을 참을 만했다. 그리고 보름정도가 지나자 정신이 몽롱해지며 무언가가 내 몸에서 빠져나가는 것을 느낄 수 있었다. 그것은 나의 영혼이었다.

그리고 18일째 되는 날, 드디어 원귀가 보이고 또 느껴지고 그것이 나를 유혹하기도 했다. 그 유혹은 20일 가까운 금식으로 인해 육체적 정신적으로 탈진되어 있던 나에게 참기 어려울 만큼 고통스런 것이었다. 때로는 옷을 하나도 걸치지 않은 미녀들이 나를 데리고 진수성찬 앞으로 데려가 먹을 것을 권했고, 때로는 깊고 달콤한 죽음의 품이 팔을 벌려 나를 안으려고 하기도 했다. 나는 온 힘을 다해 그 유혹에 맞서다 기절을 하고 말았다. 그리고 간신히 정신을 차렸을 때, 내 눈엔 스승님의 인자한 미소 띤 얼굴이 보였다. 스승님의 손에는 미음이 담긴 그릇이 들려 있

었다. 스승님은 이마에 맺힌 내 땀을 훔쳐 주시며,

"수고했구나. 다 끝났다. 잘 해냈다."

라고 말하였다. 순간 드디어 해냈구나 하는 안도감과 그간의 고생들이 주마등처럼 흘러가며 나도 모르게 눈에 눈물이 고였다. 나는 선생님을 부둥켜안았다.

"고맙습니다, 스승님."

스승님은 나의 등을 다독이시며 따뜻하게 말하였다.

"그래, 앞으로 더욱 수도하여 네가 터득한 비법을 좋은 곳에만 쓰도록 하거라."

정·재계 유명 인사들의 운명을 예언하다

바람의 냄새가 달라지기 시작했다.

맑은 물이 가득 담긴 수각위로 구름이 지나갔다. 나는 하던 공부를 잠시 멈추고 수각이 내려다보이는 언덕 위에 있었다. 하늘은 오늘따라 더욱 깊어서 심해를 보는 듯이 어지럽기까지 했다. 까치 한 마리가 앉았다가 날아간 굴참나무 가지 끝에서 나뭇잎 한 장이 떨어지는 것이 보였다.

나는 오늘까지 저 떨어지는 나뭇잎 하나에도 마음을 놓지 못하고 매달리며 집착하여 살아오지 않았던가. '존재하는 것은 아무 것도 없다.' 라고 외치며 고요히 움직이던 수각 안의 물이 갑자기 파문을 일으켜 내게로 한꺼번에 쏟아질 것 같았다.

그 때 후원 끝을 돌아 나오시던 스승님이 조용히 나를 불렀다. 스승님은 오랜 시간을 아무 말이 없었다. 내가 그 동안 많은 것을 인내하며 열심히 수행구도를 했는지조차도 물어오지 않았다. 당신은 스스로 모든 것을 알고 계시리라. 언덕을 내려와 막 수각을 돌아서 가려는 내게 당신은 조용하면서도 위엄이 있는 목소리로 물었다.

"공부는 잘 되어 가느냐?"

한동안 침묵하고 있던 분이 느닷없이 물어 오는 질문이라 나는 미처 대답을 드리지 못하고 미적미적 뜸을 들이고 있었다. 기실 내 자신의 공부가 어디까지 온 것인지 나도 가늠할 수 없기는 한 일이지만, 갑자기 침묵으로 일관하던 분이 한 말이라 온 몸의 근육이 일어서는 것처럼 긴장이 되었다.

스승님은 수각 안의 물을 한 번 휘 젓더니 재차 물었다.

"공부는 잘 되느냐고 물었다."

"저, 아직……."

그때서야 나는 간신히 자신이 없어 하는 목소리로 가늘게 대답하고 있었다.

그 대답이 채 끝나기도 전에 따라오라는 말을 하고 당신이 먼저 성큼 처소로 드는 것이 아닌가. 그날 스승님 말의 요지는 이러했다.

그 동안 산중에서 너도 어느 정도의 실력을 갖추었으니 이젠 세상에 나가 살아있는 지식과 경험을 쌓고 오라는 것이었다. 아무리 좋은 학문이라도 자신의 영달을 위해 쓰여져서는 안 되며 옳은 학문은 옳게 쓰여져야 하고 특히 그것을 고통 받는 사람들을 위해 쓸 줄 알아야 진정한 구도자의 길을 걷는 것이라 말하였다. 그러면서 세상에는 혹세무민하여 선량한 민중들을 선동하고 잘못된 길로 인도하는 수도자와 성직자들이 있으니 나의 학문 이론과 비법을 설명하고 그것이 실현되는 것을 보여주어야 세상 사람들이 나를 믿을 것이란 말을 하였다.

그러면서 비록 색이 바래긴 했지만 아주 정성스럽게 보자기에 싸여진 봉투 하나를 내놓으며 여기 새로운 공부를 줄 테니 직접 찾아가서 설명하고 대화하면서 산지식들을 직접 느끼고 체험하라고 하였다.

■ 고 P대통령, 영부인 Y여사 영혼감정 및 고인의 영혼이 아들인 P씨에게 미치는 영향을 알려라.

■ S그룹 고 L회장의 묘지와 영혼의 감정 및 고인의 영혼이 아들인 현 회장 및 자손에게 미치는 영향을 예언하라.

■ 괌 비행기 추락으로 사망한 고 S의원. 비행기 추락사고 직전의 고 S의원 어머니의 별세와 S의원 사망과의 상관관계 및 고인의 영혼의 현재 상태를 알아 맞춰라. 그리고 후손들에게 미칠 영향을 예언하라.

■ 당당하던 세도가였던 C의원이 갑작스런 중풍으로 쓰러진 이유와 앞으로 그 집안의 운명을 예언하라. 그리고 C의원의 병을 고쳐줄 수 있다는 것을 증명하라.

■ 부산의 갑부 T백화점의 부도 이유와 그 사장의 자살 이유, 그리고 그것이 후손에게 미치는 영향을 설명하고 증거를 보여주어라.

■ 앞으로 대통령이 누가 될 것인가와 우리나라의 국운과 앞으로 밀어닥칠 국가의 큰 경제적인 타격을 예언하라.

나는 갑자기 글씨를 잘못 읽었는가 하는 착각을 하고 있는 것만 같았다.

"해 볼 수 있겠느냐?"

스승님의 질문에 잠시 나는 멈칫거렸다. 과연 내가 해낼 수 있을 것인가? 그동안 피나는 수행의 절차를 밟아 왔다고는 하나 내 학문의 깊이가 이러한 문제를 헤쳐 나갈 만큼 자라기는 했을까? 어떠한 기준으로 세도 권력자들인 그들의 인적을 보아야만 하나? 그리고 당사자들의 반응은? 당사자들이 이러한 문제에 자세히 귀 기울여 만나는 줄까? 설사 만난다 해도 과연 믿어는 줄까? 하는 생각이 꼬리에 꼬리를 물었다.

"왜 대답이 없어? 못 하겠는가?"

나는 스승님의 거듭되는 다그침에 속으로 '그래 안 믿어도 좋다. 부딪혀 보는 거야. 비록 믿어주지 않아도 나에게는 좋은 경험이 될 거야.' 라고 단단히 각오를 했다.

"스승님, 할 수 있습니다. 고인들의 후손을 만나서 설명하고 오겠습니다."

고개를 끄덕이는 스승님의 얼굴에 잔잔한 미소가 번졌다. 그 미소에 나는 스스로에 대한 일말의 의구심을 흔쾌히 떨쳐낼 수 있었다. 나는 스승님께 첫 번째로 광주로 가서 고 S의원의 가족을 만나고 다음에 서울로 올라가서 S그룹 L 회장을 만나고 고 P 대통령의 딸이 이사장으로 있는 Y재단에 들른 다음 부산으로 내려가 C의원 사무실에 들른 후 T백화점 후손을 만나고 돌아오겠다는 계획을 설명해드리고 물러 나왔다.

한 낮의 해는 벌써 반쯤 기울고 있었다. 산 빛이 제법 희끗희끗 익어 가는 것이 머지않아 겨울채비를 서둘러야 할 것 같았다. 나는 여름내 땀을 흘리며 가꾸었던 채마 밭머리에 싱싱하게 자라는 배추며 고추 등 겨울 부식거리를 쳐다봤다. 내가 내일 길을 나서면 추워지기 전에 돌아와 겨울나기를 준비나 할 수 있을 것인지 그것이 걱정이었다.

다음날 아침, 서둘러 길 떠날 채비를 했다. 스승님은 밥 굶고 다니지 말고 많은 공부하고 돌아오라고 하면서 그 동안 알뜰살뜰 모아두었던 생활비를 주머니에 찔러 주었다. 전화도 반드시 필요할 테니 휴대폰도 구입하라고 말하였다. 스승님의 자상한 배려가 내 콧날을 찡하게 했다. 그리고 한편으로는 '스승님의 가르침대로 제대로 실행이 되어야 할 텐데' 라는 부담감이 마음을 무겁게 했다. 스승님에게 인사를 하고 산을 내려왔다.

하직 인사를 할 때까지도 잘 느끼지 못했는데 막상 산을 내려오면서 생각해보니 막막한 생각이 들었다. 전화번호, 주소, 가족관계도 잘 모르거니와 일면식도 없는 사람들인데 과연 내 말을 믿어줄까 걱정되었다. 어디서부터 시작을 하고 어떻게 풀어나가야 할지, 지금으로선 뚜렷하게 잡히는 게 없었다. 그러나 세상의 보이지 않는 상처받은 많은 영혼들이 내 위무의 손길을 기다린다고 생각하니 어려운 가운데서도 힘이 솟았다.

■ S의원 집안의 운명 예언

직장인들이 한차례 끼니 소동을 벌이고 지나간 뒤 식당의 주인이 계산대에 앉아서 졸고 있는 것을 보니 족히 점심때는 지난 듯 했다. 광주였다. 버스에서 내려 무조건 중심가로 가기 위해 택시를 탔다. 시내로 가는 동안 운전기사는 룸미러에 비친 내 모습을 힐끗거리며 쳐다볼 뿐 한마디 말이 없었다.

아스팔트의 한 쪽을 가로막고 집집마다 붉은 고추를 말리고 있었다. 아직은 여름의 뒤끝이라 여전히 햇볕은 따가웠다. 차창 밖으로 빠르게 지나가는 도시의 풍경들이 여느 도시와 다를 바 없이 한가롭지만 자세히 들여다보면 무겁게 가라앉아 있었다.

택시는 얼마지 않아 도청 앞에 멈췄다. 나는 셈을 치르고 나서 늦은 점심과 S의원의 근황도 알아볼 겸 작은 식당으로 들어갔다. 식사를 하면서 주인에게 S의원에 대해 이것저것 물었더니 이상타는 듯이 쳐다보면서도 자세하게 말을 해주었다. 덕분에 내가 알고 싶은 것은 다 알 수가 있었다. 그리고 수소문 한 끝에 S의원의 형 자택 전화번호를 어렵게 알아내 그와 전화 통화를 했다.

"안녕하십니까? 저는 지리산에서 묘지 및 영혼에 대하여 공부하고 연구하는 수도인입니다."

"그런데요?"

전화 너머 음성은 무척 냉담했다.

"선생님 집안의 조상님의 묘지와 몇 분의 영혼께서 크게 잘못되어 어머니와 동생 분까지 액운을 당하셨습니다."

"뭐라고요?"

"이것을 잘 따져서 그것을 바로 잡아야 먼 훗날까지 후손들이 잘 되고 집안의 건강, 사업 등에 문제가 없으십니다. 마음의 부담을 드리려는 것이 아닙니다. 믿지 못하시겠다면 저의 학문과 비법으로 언제, 어느 때, 어느 자리에서나 증명, 확인시켜 드리겠습니다."

S선생의 음성이 약간 부드러워져 있었다.

"우리와 한 번 만나본 적도 없는 선생이 우리 집안일을 어떻게 알 수 있습니까?"

"저는 영혼에 대해 연구, 수도하기 때문에 알 수 있습니다."

"그럼 한 번 와주십시오. 근처에 도착하면 전화주세요. 기다리고 있겠습니다."

S선생 자택 근처, 월산동 로터리 현대 자동차 건물 지하에 있는 환희 다방에서 S선생을 만났다. 내 소개를 하고 나니 선생은 대뜸 물었다.

"원인이 무엇입니까?"

"선생 부친의 묘가 잘못되어 있습니다."

말이 채 끝나기도 전에 버럭 화를 내며 S선생은 당신이 무엇을 안다고 잡신을 가지고 우리 부친이 어떻다는 둥 헛소리를 하느냐며 고함을 쳤다. 갑작스런 고함에 나는 어안이 벙벙했다. 순식간에 분위기가 험악해지고 더 이상 무슨 대화를 할 상황이 아닌 듯 했다.

"선생님 진정하십시오. 제가 전화로 먼저 선생님께 양해를 구하고 선생님께서 오라고 하셔서 찾아뵈었는데 저의 학문과 예언, 그리고 문제에 대한 설명을 다 듣지도 않으시고 화를 먼저 내시니 제가 사람을 잘못 본 것 같습니다. 그만 화를 누르시지요. 저는 이대로 그냥 돌아가겠습니다."

인사를 하고 일어서는데 S선생이 서둘러 나를 만류했다. 그의 얼굴에 돋은 화기는 어느새 사라지고 무언가 많은 곡절을 담은 표정이 되어 있었다.

"여보시오. 잠깐 앉으세요. 화내서 미안하오. 어머니 돌아가시고 며칠이 지나지 않아 동생마저 그런 일을 당하니 너무 울분이 복받쳐…… 미안하외다."

그가 당하고 있는 고통의 부피가 느껴졌다.

"예. 얼마나 상심이 크시겠습니까."

"차근차근 설명해 보시오. 집안이 이렇게 되고 나니 대한민국에서 이름 있다는 무속인은 다 찾아와서 별의별 소리를 다 하고 어느 무속인은 동생이 괌으로 가기 전날 큰 별이 광주에서 떨어졌다는 둥……."

"예. 그랬군요."

"선생께서는 어떻게 생각하시는지? 상세히 말씀 좀 해 주십시오."

나는 침착하게 설명을 시작했다. 내가 배운 천기, 지기, 조상의 기, 후손의 기를 설명하고 조상님들이 그 동안은 다 잘 가시어 후손들이 발복되고 잘 생활하고 있었지만 부친의 영혼이 구천을 떠돌고 있어 집안에 계속 액운이 있었다고 말해 주었다. 그리고 선산이 있다 하니 내일이라도 나와 함께 선산에 가면 그 자리에서 증명하고 확인시켜 주겠다고 하였다. 그러면서 여러 가지 테스트하는 방법 등 내가 배운 학문을 하나도 빠짐없이 설명했다. 부친 그리고 어머니와 고 S의원까지도 좋은 곳으로 인도받으셔야 집안이 앞으로 발복될 수 있음을 강조해서 말했다.

"만약 그래도 믿지 못하시겠다면 선생님 가족 분들 이름만 가르쳐 주셔도 어느 분이 액운을 당하게 되는지 어떤 미래가 기다리고 있는지에 대해 말씀드리겠습니다."

"그래 맞아요. 몇 달 전 선산 산지기 말이 부친 산소가 무너지고 잔디도 잘 자라지 않고 구렁이가 나왔다고도 그랬어요. 그래서 동생이 괌에 다녀오면 아버님의 묘를 이장하자고 의논을 했었는데 그만 이렇게……."

선생은 어느새 천지의 기운과 영혼의 현상들에 대해 어느 정도 이해를 하는 것 같았다. S선생이 저녁을 대접하겠다고 하여 식당으로 자리를 옮긴 후에도 대화는 늦은 밤까지 계속되었다.

"다 맞는 말씀인 것 같습니다만 저는 기독교인입니다."

"선생님, 저의 학문은 종교와 무관합니다. 조상님의 묘, 영혼, 제사 등의 문제는 우상숭배가 아닙니다. 다만 살아 계신 분께도 효요, 돌아가신 분께도 효라고 잘 가시고 못 가신 분의 영혼이 후손에게 미치는 영향을 말할 뿐입니다. 하느님을 믿으십시오. 좋은 일입니다. 하느님은 절대 신이니까요."

이런저런 대화를 나누다보니 시간이 꽤 지나갔다. S선생은 생각을 좀 하고 내일 다시 만나자고 하며 여관을 예약해 주었다. 내일 오전 열 시 환희다방에서 만나기로 약속하고 헤어졌다.

잠자리에 들었으나 통 잠이 오질 않았다. 여러 시간 동안 믿을 수 있고 느낄 수 있게 설명했지만 종교적인 이유로 멈칫하는 것 같아 답답한 생각이 들었다. 내가 공부하는 학문은 유구한 역사 속에서 선조들이 대대로 전수해온 묘지 및 영혼의 천도 비법이었다. 이런 비법으로 천도를 하게 되면 영혼의 속도는 빛의 속도보다 빠르기 때문에 천도를 받은 이는 금방이라도 느낄 수 있는데 참으로 안타까웠다.

어느 때부터 세상은 물질의 가치를 최고로 치게 되었다. 물질의 가치를 최고로 친다는 것은 곧 보이지 않는 가치, 즉 정신적 가치를 홀대한다는 것을 뜻한다. 따라서 가시적으로 증명되지 않는 영혼의 세계를 이런 물질적 세계에 젖어 있는 사람들이 선뜻 믿을 수는 없으리라. 이런 생각 끝에 다른 사람들도 믿어주지 않는다면 내가 배운 모든 것이 소용없지 않나 하는 생각에 조바심이 났다. 스승님께서는 내가 겪을 이런 난관과 문제를 미리 알고 나를 속세로 내려 보낸 것 같았다.

'가서 직접 부딪히며 이 난관을 극복할 지혜를 터득하라고 일부러 나에게 어려운 과제까지 내주셨으리라.'

다시 한 번 스승님의 나에 대한 지극한 사랑을 가늠할 수 있었다.

오전 열 시. S선생과 다방에서 마주앉았다. 선생은 양복 주머니에서 작은 쪽지를 꺼내며 가족의 미래를 봐달라고 하였다. 그리고 조심스레 대권의 향방도 물어왔다.

"김대중 선생님은 어떠하실까요?"

"김대중 선생님의 집안은 발복되는 집안입니다. S의원이 사고만 안 당하셨어도 내년에 나라의 중책을 맞을 수 있었을 텐데……."

"하기야 선생님이 고생 많이 하셨지. 이번에 꼭 되실 거야. 그럼. 선생님은 꼭 되실 거야."

"꼭 되십니다. 만약 안 되시면 하나밖에 없는 제 목을 내놓겠습니다."

나의 확신에 찬 어조에 선생이 나를 보며 껄껄껄 대며 호쾌하게 웃었다. 선생이 내보인 쪽지에는 선생의 가족 이름과 S의원 자녀들의 이름이 적혀 있었다. 나는 상세하게 내가 아는 사항을 말해줬다. 그들의 건강, 사업, 액운의 원인까지 하나하나 이야기했다. 그리고 먼 미래의 문제까지 예언했다. 선생은 진지하게 듣고 난 뒤 생각해 보고 연락을 다시 주겠다며 노잣돈에 보태 쓰라면서 삼십만 원을 건넸다.

"선생님, 저는 상담비를 받으려고 이렇게 찾아뵌 것이 아닙니다. 다만 산지식을 얻고 또 선생님 집안에 화목이 있기를 기원하는 심정에서 온 겁니다. 하지만 주신 돈은 고맙게 쓰겠습니다. 건강하시고 연락 기다리겠습니다."

사흘을 허비했다. 하지만 그 후로 그에게선 아무런 연락이 없었다. 거리는 너무나 공허했다. 내가 걸어가는 발자국 소리에 스스로 지칠 만큼 나는 힘이 들었다.

왜 이렇게 되었는가. 내가 지금까지 직접 만난 사람은 물론 모든 사람이 사람에 대해서 엄청난 불신과 회의로 자기 자신을 온통 가두고 있다는 사실이 서글프고 안타까울 뿐이었다. 사흘 동안 머무르며 나는 되도록 아무 것도 생각하지 않으려고 많은 거리를 걸었다. 금남로와 도청과 골목들, 그리고 망월동까지. 한 시대의 역사를 온통 시커멓게 장식해도 좋을 어두웠던 과거의 언저리를 그렇게 하염없이 서성거렸다.

■ Y재단을 찾아가다. 그리고 그 안에 감돌던 원귀의 기운

몇 년 사이 서울은 많이 변해 있었다. 이곳에서의 삶은 양지나 음지를 구분할 것 없이 변하지 않으면 지금 당장이라도 큰일이라도 일어날 것처럼 정신을 차릴 수 없게 모든 것들이 제자리에 오래도록 놓여있는 법이 없었다. 익숙했던 것들이 갑자기 낯선 모습으로 우뚝 마주서면 사람들은 불안해 진다.

나도 예외가 아니어서 차창 밖으로 낯설게 지나가는 그림들을 볼 때마다 내가 해야 될 일과 스승님을 생각했다. 터미널에 도착하자마자 Y재단으로 전화를 걸었다. 한편으로는 오랫동안 보지 못한 아들과 딸을 보고 싶은 마음이 간절했지만 그것보다 더 시급한 것이 스승님이 주신 과제를 수행하는 것이 급선무였다.

"안녕하십니까? 저는 산에서 수도하는 사람입니다."

"그런데요?"

"P씨 집안 문제로 상의드릴 게 있어서 만나 뵙고 싶습니다만."

"지금 안 계십니다. 만나실 수 없습니다."

"꼭 만나야 합니다……. 여보세요, 여보세요!"

딸깍.

전화는 금세 끊어지고 말았다. 산에서 내려와 이곳까지 오면서 얼마나 많은 시간과 노력을 들였단 말인가. 이대로 물러날 수는 없었다. 내가 들인 정성은 그만두고서라도 고 P대통령 집안을 위해 내가 배운 학문과 비법을 사용해야 했다. 내 영혼을 생각하고 전 생애에 걸쳐 정복한 모든 것들을 풀어놓고 싶었다. 그러나 가장 큰 난관은 비서들이 만나보게 조차 못하게 하는 것이었다. 나는 일어섰다. 숨이 막힐 것 같았다. 나는 광주에서의 경험도 있고 해서 일단은 무조건 Y재단을 찾아가 강력하게 나의 예언을 전하기로 했다.(그 당시 P씨는 마약사건으로 구속 수감되었다가 나와서 비교적 잘 지내고 있었다.)

나는 Y재단의 수위실로 발길을 옮겼다. 세 명의 수위가 경비를 서고 있었다.

"안녕하십니까? 저는 지리산에서 수도를 하는 사람인데 고 P 대통령 집안에 앞으로 액운이 닥칠 것 같기에 그 원인을 바로 잡아 액운을 막아 드리려 합니다. 그런데 아무리 연락을 해도 P씨를 만나 뵐 수 없어 이렇게 무작정 찾아왔습니다."

"무슨 문제가 있단 말이오?"

수위는 퉁명스런 어조로 나를 따갑게 쏘아보며 물었다. 나는 그 퉁명스런 얼굴을 향해 주먹이라도 날리고 싶었지만 사소한 일에 신경을 쓰고 싶지 않아서 참았다. 정오를 넘긴 햇살이 이 도시의 콘크리트를 온통 뜨겁게 달궈 놓고 있었는데, 그러는 동안에도 많은 승용차들이 정문을 들락거리고 있었다.

짧은 침묵이 흐른 뒤 나는 강경한 어조로 말했다.

"하여간 전, P 전 대통령의 후손들을 만나야 합니다."

확신에 찬 내 행동과 말이 심상치 않았던지 그 중 한 명의 경비 직원으로부터 점심 식사 후 세 시 경에 P씨가 돌아온다는 정보를 얻게 되었다. 그리고 P씨의 남매가 지금 어떤 회사를 경영하고 있다는 사실도 알게 되었다.

나는 마땅히 기다릴 곳도 없고 해서 경비실에서 기다리기로 하고 출입증을 가슴에 달고 기다리기 시작했다. 한 낮이라 그런지 별로 찾아오는 사람들도 없고 윙윙거리며 돌아가는 선풍기 소리만 고적한 시간을 메우고 있었다. 도심 속이라고는 해도 아직 이곳은 많은 숲과 그늘을 간직하고 있었다.

얼마간의 시간이 지나자, 서로 경계하는 마음이 누그러졌는지 근무하는 직원들이 나에게 이것저것 질문을 해오기 시작했다. 어디서 수양했는지? 왜 왔는지? 만나서 무슨 말을 할 것인지? 어떤 예언인지? 등등을 물어왔다.

어떤 사람은 자기 집안의 문제와 자식들 문제를 상의해오기도 했다. 나는 나의 학문을 설명하고 가문의 영혼이 후손들에게 미치는 영향과 상관관계 등을 친절하게 이야기 해 주었다. 그리고 P 전 대통령의 영혼과 Y여사의 영혼이 편히 못 가시고 구천을 떠돌고 계시다는 것과 그 이유로 후손들의 건강이나 사업 운이 막혀 있으며 특히 아들인 P씨가 그 영향을 많이 받아 몇 달 안에 또 다시 구속이 될 것이라고 말해 주었다. 그것을 막아 줄려고 내가 찾아 왔다는 것까지도 말했다. 그러자 그때까지 가만히 듣고만 있던 얼굴이 검고 키가 큰 삼십대 중반쯤 되어 보이는 한 직원이 벌컥 화를 냈다. 그의 억양엔 전라도 말씨가 묻어 있었다.

"무슨 말을 그렇게 해, 당신! 여기에 당신 같은 사람이 하루에도 몇 사람씩 오지만 그런 소리는 처음 들어. 아들 P씨가 뭐 어째? 그분이 지금 얼마나 사업에 열중하고 계시는데 말야, 어디서 돼먹지 않은 소리를 지껄이고 있어!"

금방이라도 주먹이 날아올 기세였다. 주위의 직원들이 그를 진정시켰고, 나에게 나중에 다시 오는 것이 좋을 것 같다고 말했다.

"몇 달 후에 봅시다. 방문기록에 내 인적사항과 연락처를 적어 놓았으니 맞으면 나에게 연락을 하세요. 만약 나의 예언이 틀리면 나를 사기꾼으로 생각해도 좋습니다."

나의 단호한 표정에 수위들은 놀랐는지, 눈만 꿈뻑이며 쳐다볼 뿐이었다.

"내가 여러분들의 심기를 건드려 가면서까지 이렇게 단호하게 말할 수 있는 것은 개인적인 차원에서 말씀을 드리는 것이 아니기 때문입니다. 왜냐하면 Y재단 사업이라는 것이 이 나라의 장래를 이끌어 갈 어린아이들을 위하는 사업일 테고 이러한 교육의 목적이 어떠한 경우라도 방해를 받거나 약화되어서는 안 되겠기에 드리는 말씀입니다. 그리고 Y재단이 잘 되어야 여러분들도 좋을 것 아닙니까? 나는 P대통령 집안과 Y재단이 잘 되게 하기 위해 찾아온 것일 뿐 아무 사심도 없습니다."

나는 단호하고 신념에 찬 어조로 말을 이어갔다.

"우리 다 같이 Y재단과 P씨를 보호해야 할 거 아닙니까. 더군다나 P 전 대통령의 영혼이 고통을 받고 계셔서 내년에 국가의 기운이 휘청거릴 수도 있는데 그것을 막을 방법을 알고 있는 내가 어떻게 가만히 있을 수 있겠습니까? 나 하나 편안하자고 하면 여러분에게 이런 수모를 당할 필요가 없을 겁니다. 그렇지만 이 나라 국민의 한 사람으로 나라가 나빠지는 걸 알면서 어떻게 가만히 있을 수 있겠습니까. 난 그래서 온 것 뿐 입니다."

내 이야기를 끝까지 듣고 있던 직원들 중에 화를 냈던 사람이 아직도 뭔가 못 믿겠다는 듯한 표정으로 대뜸 나에게 질문을 한 가지 해왔다.

"그럼 당신이 이번 대선에 누가 당선된다는 것도 알고 있소?"

"그거야, 당신 고향 분 아닙니까? 그분이 안 된다면 내 목을 가져가도 괜찮습니다."

그러자 그가 씨익 웃었다. 그때 검은색 승용차가 정문을 통과해 언덕으로 올라갔다. 수위들은 그제야 순순히 나를 통과 시켰다. 나는 Y재단 건물 안으로 들어갔다. 입구에서부터 싸늘한 냉기가 감돌았고 건물 왼쪽에 있는 화장실에 들어가니 원귀가 가득 차 있었다.

입구 정면에는 고 Y여사의 동상이 있었다. 나는 거기서 영혼 접속을 시도했고 그 자리에서 그만 쓰러질 뻔했다. 영혼들의 고통이 Y재단 안을 온통 뒤덮고 있었다. 도저히 이대로 두어서는 안 되겠다 싶었다.

재단 이사장 실을 노크했다. 60세 정도 되어 보이는 머리가 벗겨진 분이 나를 맞았다. P씨를 만나러 왔다고 하자 저쪽 방으로 가자고 해 서로 마주앉았다. P씨는 지금 외출 중이시니 자신에게 말하면 전해드리겠다고 했다. 나는 그에게 P씨는 지금 분명히 이 사장실에 계시다고 말하자, 그는 놀라는 표정을 지었다. 나는 그의 표정을 살피며 이야기를 시작했다.

나는 수도인이며 나의 학문과 비법으로 형제이신 P씨가 앞으로 다시 구속될 것임을 예언할 수 있다. 그리고 Y재단이 처한 어려움의 이유가 부모님의 영혼이 지금 아주 힘드신 상황에 놓여 있기 때문이라는 것을 말했다. 종교를 떠나 지금 내가 말한 모든 것을 증명해 보일 수 있다는 것과 이것이 나라의 국운과도 연관이 있다는 것까지 말해 주었다.

그제서야 그분은 자기를 성 비서라고 나에게 소개했다. 자기는 P씨를 청와대에 있을 당시부터 보좌해 왔다고 했다. 그리고 지금 P씨는 이름도 바꾸고 활발히 Y재단 일을 하고 있다고 말했다. 이사장님은 공인이라 매일 많은 사람들이 찾아와 약속을 잡아 놓고 있으니 오늘은 시간을 낼 수 없고 다음에 꼭 연락을 주겠다고 나에게 약속을 해 줬다. 나는 허탈하게 돌아설 수밖에 없었다. P씨 집안 사람은 만나지 못하고 비서하고만 이야기를 하고 나오는 발걸음이 쓸쓸하고 무거웠다. 정문을 나오면서 직원들에게,

"다음에 또 올 겁니다. 그때 봅시다. 여러분, 잘 보십시오! P씨의 미래와 이번 대선에 누가 당선되는 가를."

라는 말을 남기고 정문을 빠져 나오니 마음이 허탈했다. 여전히 햇살은 온 도시를 집어삼킬 듯이 달아 있었다. 가파른 언덕길을 승용차들만 간간히 지나갈 뿐 대낮이라 놀러오는 사람도 없는지 애들을 상대로 과자나 장난감을 파는 상인들도 웃옷을 벗은 채 그늘에서 쉬고 있었다. 그들의 얼굴은 하나 같이 삶의 고단함이 묻어 있어서 어두운 모습이었다.

사람이 한 평생을 산다는 것은 모질고 험악한 시간의 연속이다. 저들도 이 고단한 인생을 저렇게 살아가고 싶었겠는가. 모두가 업이고 발복이 되지 못한 조상들의 영향이 아니겠는가. 하루라도 빨리 내가 안정이 된다면 저들을 위해 내 모든 정열과 시간을 나누어 저들의 삶의 무게를 가볍게 해주고 싶었다.

■ S그룹 L회장의 암 발병을 예언하다

침착을 되찾은 나는 어둠의 힘에 대해서는 생각하지 않기로 했다. 오로지 일을 성취시키기 위해 나는 절규하며 이 모든 장애들과 싸우지 않으면 안 된다. 세상이 바라든 바라지 않든 나의 이 고단한 여행은 중단이 되어서는 안 되리라.

끼니까지 걸렀더니 무척 시장했다. 간단히 점심을 해결하고 나서 시계를 보니 4시 30분이었다. S그룹으로 가야 하는데 시간이 너무 촉박했다. 우선 선약을 하기 위해서 회장 비서실로 전화를 했다. 그러나 비서실에서는 직접 찾아오는 대신 편지나 팩스로 내용을 보내주면 다시 연락을 주겠다고 했다. 미루어 짐작한 일이다. 아무려면 그렇지 않겠는가. 나는 다시 한 번 숨을 가다듬고 조용하고 침착한 어조로 내가 하고자 하는 일의 성격과 지금 처해 있는 그룹의 현실을 설명할 테니 잘 들어보고 좋은 결정을 해줬으면 좋겠다고 말했다.

'워낙 발복이 잘된 집안이니 그 동안 별 문제가 없이 이 나라 경제 일익을 담당하여 많은 업적을 쌓아 왔다. 그러나 고 L회장이 돌아가시고 그 동안 유지되었던 조화와 균형이 깨어

져 가고 있다. 이것은 고인의 영혼이 지금 너무 힘이 들기 때문이며 이것으로 인해 집안이며 가족들이 안정되지 못하고 있다. 또한 현 L회장의 건강도 무척 안 좋다. 아들 역시 결혼은 잘 하겠지만 이별의 운이 끼어있다. 회장은 2년 정도 후면 암 판정을 받을 것이다. 당신들 그룹이 자체병원을 가지고 있지만 과연 치유가 될지 모르겠다. 이것은 모두 L 전 회장의 영혼이 아직도

좋은 곳으로 가지 못한 채 고통스러워하시기 때문에 그렇다. 전화가 아니고 만나서 상담을 한다면 직접 확인시켜 주겠다. 회장 이하 모든 구성원들이 건강해야 S그룹이 잘 이끌어 질 것이고, 그래야만 이 나라 경제도 흔들리지 않고 튼튼할 수 있지 않겠는가? 꼭 나의 말을 전해서 만나게 해 달라.'

그러나 돌아온 것은 냉담한 반응일 뿐이었다. 지금은 바쁘니 내가 말한 내용을 서신으로 달라고 했다. 나는 내 연락처를 남기고 씁쓸한 기분으로 전화를 끊었다. Y재단, S그룹은 모두 일반인들이 쉽게 접근할 수 있는 곳은 아니었다. 그러나 그 집안의 액운을 해결할 수 있는 비법을 전달한다 해도 그것이 번번이 비서실에서 차단되는 것이 무척 안타까웠다. 또한 서글프고 착잡했다.

저녁 무렵의 도시는 마치 벌떼가 모여 웅웅거리며 내는 소리처럼 방향을 가늠할 수 없으리 만큼 복잡해졌다. 나는 전율을 느꼈다. 이 잔인한 행군이 언제까지 이어져야만 할지 도무지 판단이 되지 않았다.

해가 기울고 있었다. 서울역 육교를 지나가자 몹시 여윈 노인이 다리를 꼬고 앉아 무릎 위에다 책을 펴들고 두꺼운 안경을 내려 낀 채로 지나가는 행인들을 위해 앞날의 운세를 점치고 있었다. 석양 무렵이기는 했으나 나는 순간 짖어가는 노을에 걸려 그 노인이 한 떨기 능소화처럼 붉고 노랗게 타고 있다는 느낌이 들었다. 바람이 조금씩 불 때마다 그 노인의 귀밑머리가 가늘게 흔들리는 것이 보였다. 심신이 지친 나는 그 광경을 물끄러미 쳐다보며 '지금쯤 스승님은 무엇을 하고 계실까' 라는 생각에 마음이 울적해졌다.

■ C의원의 중풍은 고칠 수 있다

서울역으로 가서 부산행 야간열차를 탔다. 몸이 무척 피곤했다. 내일을 위해 잠을 청했지만 이런 생각, 저런 생각 등이 꼬리에 꼬리를 물어 쉽게 잠이 오지 않았다.

'부산에 가서도 나를 믿어주지 않으면 어떻게 할 것인가? 어떻게 해야 내 말을 믿어 줄 것인가? 그냥 이대로 가면 스승님을 무슨 면목으로 뵐 것인가?' 등등의 불길한 생각이 나를 놓아주지 않았다.

부산에 도착하자 늦은 밤이었다. 거리는 한산하고 바람조차도 시원하게 바뀌어 바닷가를 거닐지 않아도 비릿하게 바다 냄새가 배어 있는 것만 같았다. 적당히 취기가 오른 술꾼들이 가끔씩 그들의 취기에 못 이겨 비틀거릴 뿐 밤거리의 풍경은 여느 도시와 다르지 않았다. 다르다면 단지 이곳이 아이들 엄마의 고향이었다는 기억들이 다를 뿐이었다. 그러나 오랜 여행 끝에 다다른 심신의 피로감은 웬일인지 별반 느끼지 못했다. 나는 되도록 천천히 거리를 걸으면서 스승님이 내게 가르쳤던 학문의 과정을 생각했다.

'모든 일은 처음 생각하고 발심한 듯이 하라 초발심에 배어 있는 정신이 세상일의 끝이고 시작이다' 라는 가르침이 오늘에야 비로소 칼끝으로 나무에 무늬를 새기 듯 절실하고 또렷하게 느껴지는 듯 했다.

다음 날 아침.

C의원 사무실에 전화를 걸어서 자세한 위치와 교통편을 알아냈다. 연산동 로터리 C의원 사무실. 전화를 미리 하면 또 바쁘다는 핑계를 댈 것이고 일의 의도를 펼쳐 보이기도 전에 또다시 문전박대를 당할 것 같아 무작정 C의원 사무실로 찾아갔다. 대선 준비로 사무실은 그야말로 눈코 뜰 새 없이 바빠 보였다. 그러나 처음부터 일이 잘 풀리지 않으려는지 C의원은 중국에서 중풍을 치료 중이었고 동생 되는 사람도 그 날 중국에 가게 돼 있어 나를 만나줄 시간이 없다고 했다.

'모든 일을 준비도 없이 의욕만 앞세워 추진하고자 했으니 당연한 결과가 아니겠는가' 라는 생각이 들면서도 먼 길을 방문한 목적만이라도 전하고 싶었다. 그런 나를 책임자인 듯한 사무실 직원은 친절하게 맞아주었다. 그는 자기에게 이야기를 하면 중국에 있는 C의원에게 그대로 전달될 것이라고 말했다. 그래서 나는 그와 단 둘이 이야기하고 싶다고 말했다. 그는 선선히 내 청을 들어주었다.

어수선한 분위기 속에서 둘이 자리에 앉았다.

"단도직입적으로 말하죠. 내가 C의원 병을 고칠 수 있습니다."

그는 나의 말에 이 사람이 지금 무슨 말을 하고 있는가? 하는 표정을 지었다. 나는 아랑곳하지 않고 계속 말을 이어 나갔다.

"장관도 지내셨고 이 나라를 위해서 많은 일을 하셨던 분께서 하루아침에 중풍에 걸리고 정치일선에서 물러나시고 왜 그랬겠습니까?"

"……."

"서울대병원, 독일, 중국을 돌아다니시며 치료하고 계신 걸로 아는데 어느 정도 병세는 호전되겠지만, 글쎄요? 완치가 되실까요? 아마 그렇지 못하실 겁니다. 왜냐면 C의원의 발병 이유는 다른 데 있기 때문입니다."

점점 사무실 직원의 눈빛이 빛나기 시작했다. 나는 광주와 서울에서의 경험도 있고 해서 좀 더 강력하게 내가 터득한 학문으로 알아 낸 C의원 집안 얘기를 했다.

"또 다시 재기하셔서 이 나라를 위해 많은 일을 하실 수 있습니다. C의원이 이렇게 되신 이유를 바로잡으면 됩니다. C의원 부친의 묘가 잘못되어 있고 부친의 영혼도 좋은 데로 가지 못하시고 계십니다. 생각해보세요. C의원 부친이 돌아가시고부터 집안에 안 좋은 일이 벌어지기 시작하지 않았습니까?"

나의 학문과 비법을 자세히 설명하며 영혼이 후손에게 미치는 영향 등과 함께 C의원 집안에 대해 여러 가지 말을 했다.

"저는 C의원 병을 고칠 수 있습니다. C의원이 앓고 계신 지금의 병은 그 어느 의술로도 완치시킬 수 없습니다. C의원이 중국에 계셔도 C의원이 허락만 한다면 나의 비법으로 하루하루 좋아지게 할 수 있습니다. 그러니 이번에 중국에 가시면 사모님께 꼭 제 말씀을 전해주십시오."

이야기를 마치고 내 연락처를 남긴 채 나는 사무실을 빠져 나왔다. 사무실 직원이 나를 어떻게 생각할 것인가 혹 웬 미친놈이 찾아와서 헛소리를 하고 가는구만 이라고 생각한 것은 아닌지 그래서 혹시 지금까지 한 말들을 제대로 전달이나 해줄 것인지 마음이 놓이지 않았다. 그러나 그렇게 생각한다 해도 어쩔 수 없는 일이었다. 이 모든 과정의 일들이 애당초 계획했던 대로 잘 진행이 되리라고는 믿지 않았다.

'이익을 바라고 행하는 일은 원망이 많다(放於利而行 多怨 방어리이행 다원)' 라는 공자님의 말씀이 떠올라 못내 불안하고 아쉬웠지만 훗날을 기약하고 조용히 그 자리를 물러 나왔다.

■ T백화점 비극의 원인을 밝히다

'스스로 이 절망적 상황을 극복하지 못한다면 이후 나는 아무런 일도 할 수 없다. 또한 이제까지 해왔던 많은 공부들이 한날 휴지처럼 변할지도 모른다. 그것은 내 자신을 위해서도 결코 용납될 수 없으며 고통 속에서 하루하루를 버티고 있는 많은 사람들을 위해서도 바람직한 일은 아니다.' 그렇게 다짐하며 걸었다.

이제 남은 곳은 마지막 한 곳, T백화점 회장 K씨 후손을 만나는 것이었다. 부산도 선거열풍으로 혼란스러웠다. 더구나 부산지역 체감 경제는 T백화점 부도와 K회장의 자살 등 일련의 악재가 겹쳐 극도로 움츠려있었다. 누구나 어깨만 부딪혀도 금방 시비를 붙을 것처럼 표정들이 심각했다.

나는 수십 번의 전화통화 끝에 K회장의 장남과 서면 근처에 있는 목화 호텔 커피숍에서 만날 것을 약속 받았다. 늦은 시각이라 커피숍 안은 한가했다. 시간에 늦지 않게 서두른 탓인지 먼저 도착한 나는 생각에 잠겨 있었다. 어떻게 설명해 줄 것인가? K

회장 집의 종교가 불교이고 평소에도 사찰과 인연이 깊다하니 어쩌면 K회장의 장남과는 말이 통할 수 있을 것 같기도 했다. 창문 밖 거리의 풍경들은 하나같이 활기가 없었다.

얼마 후, 큰아들이라고 자신을 소개한 사람과 같이 자리에 앉았다. 이십대 후반 정도로 보이는 그는 어려움 없이 자란 탓인지 깨끗하고 정중한 매너로 늦은 것을 사과했다. 나는 내 소개를 하고 곧바로 본론으로 들어갔다.

"부산에서 어린아이부터 노인에 이르기까지 T백화점을 모르는 사람이 있는가? 그런 백화점을 소유하고 있던 갑부가 왜 하루아침에 부도를 맞고 부친께서 자살까지 하는 참혹한 일을 겪게 되었겠는가? 그 원인은 당신 조모님의 영혼이 크게 잘못되어 지금 고통을 받고 계시고 집안에 원귀가 많았기 때문이다. 그래서 그 영향으로 인해 몇 년 새 부도가 나고 부친이 자살하게까지 된 것이다. 물론 너무 갑작스레 듣는 말이라 믿어지지 않겠지만 잘 생각해 봐라. 당신 집안 사람들은 불교를 믿는 사람들이 많고 내가 알기로는 잘 다니는 사찰도 있다고 들었는데 그러면 주위에 유명한 수도인이나 스님이 계실 것이다. 그러나 한번 지금부터 당신이 객관적으로 평가를 해 달라. 당신은 이성적이고 예리한 지성을 갖춘 엘리트가 아닌가? 일련의 불행한 일들이 왜 끊임없이 당신의 집안을 왜 괴롭히고 있겠는가!"

나는 거침없이 그에게 말했다. 그러면서 천도비법을 풀어서 잘 가신 분의 영혼과 못 가신 분의 영혼이 후손에게 미치는 영향을 바로 그 자리에서 실험하여 보여주고 설명했다.

그러자 그는 진지한 표정으로 질문을 해왔다.

"선생님 많은 것을 느꼈고 참으로 신기합니다."

"그러신가요?"

"조모님의 영혼과 원귀의 영향이 없었다면 저의 아버지가 자살까지 이르지는 않으셨을 수도 있었겠군요."

그의 눈에서는 참혹한 아버지의 죽음이 생각나 슬픔이 복받쳐 오르는 듯 어느덧 눈물이 번지고 있었다.

"선생님은 어떻게 이러한 공부를 하셨는지요?"

"나도 처음에는 이 학문을 믿지 않았습니다. 학문을 수도하면서 처음에는 신기할 뿐이지 선뜻 믿어지지가 않았지요. 그런데 공부할수록 오묘하고 그 영험함이 피부에 와 닿더군요. 나는 도인도 아니고 그렇다고 신들린 무속인은 더더욱 아닙니다. 나도 한때는 사업을 했었습니다. 그러나 실패를 거듭하다 너무 힘들어 자살까지 시도했었지요. 지금은 이렇게 산에서 수행구도하고 있지만 한 때는 일반적 삶을 살았던 평범한 사람이었습니다. 다만 공부를 해서 남들이 보지 못하는 영적인 세계를 보게 된 것뿐입니다. 지금까지 수많은 수도인들이 해온 기도, 연도, 천도는 눈에 보이지 않아 그걸 어떻게 증명할 길이 없었습니다. 그래서 많은 사람들이 의혹을 제기하고 때로는 심하게 불신의 벽을 치기도 합니다. 그러나 나는 어느 누구라도 그걸 알 수 있도록 영적인 세계를 증명 확인시켜드립니다. 내가 좋은 곳으로 못 가신 분들의 영혼을 잘 가시게 천도하면 그 즉시 그 후손들이 차츰 모든 고통과 고난으로부터 편안해질 수가 있습니다. 이번에 반드시 당신 조모님과 아버님의 영혼, 그리고 집안의 원귀들을 천도하게 하셔야 합니다. 그러면 천도가 끝나는 그 순간부터 당신이 느낄 수 있을 것입니다."

그는 어느새 그가 알지 못했던 이러한 문제에 대해 깊은 관심과 아울러 본인의 집안 문제를 생각하고 있는 듯 했다.

"선생님, 식사는 하셨나요? 안 드셨으면 같이 하시지요."

"별로 생각이 없습니다만."

"짧은 만남이지만 선생님의 느낌이 좋네요. 말씀하신 것에 대해서도 다는 알 수 없지만 일부 이해가 되는 부분도 있고요. 요즈음 제 심경이 말이 아닙니다."

"알고 있습니다. 오죽하시겠습니까."

"선생님, 오늘은 제가 좋은 음식으로 대접해 올리겠습니다. 산에 계시면서 잘 못 드셨을 텐데…… 제가 모시겠습니다."

그가 나의 학문을 조금이라도 이해해주는 듯하여 오랫동안 조여 왔던 긴장이 풀리는 듯했다. 서면의 한 음식점에서 둘이 앉아서 많은 말들을 서로 주고받았다.

"어떻게 공부하셨는지는 몰라도 선생님의 학문은 너무 신기합니다. 정말 대단하십니다."

"원 별 말씀을……."

"수도하시기엔 너무 젊으신 것 같은데 다른 생각은 안 나시는지요?"

궁금한 것이 많은지 그는 나에게 여러 가지를 물었다. 오랜만에 느긋하고 열정적으로 내 모든 학문의 세계를 말했다. 그리고 그가 나를 인정해준다는 생각에 그 자리가 무척 편안했다.

나는 내가 살아온 과거와 수도하게 된 동기, 그리고 수도생활 속의 어려움 등등을 그에게 스스럼없이 얘기했다. T백화점 장남과는 다음에 다시 만나기로 약속하고 헤어졌다. 나는 그제서야 답답하게 둘러 처져 있던 이 세상의 한쪽 벽을 허문 듯한 생각에 한결 홀가분한 심정이 되었다. 나는 광주로 해서 서울로, 서울에서 다시 부산으로, 전국을 한 바퀴 돌았다. 몸은 지쳐 있었지만 많은 것을 느끼고 배울 수 있었다. 수도인의 자세가 어떠해야 한다는 것과 앞으로 이 학문의 넓이를 어떻게 이룩해야 할 것인지를 깊이 있게 체험한 시간이었다. 그러나 아무리 산지식과 체험을 몸소 경험했다고는 하나 이러한 결과들에 대해 스승님께 어떻게 말씀을 드려야 할까? 한편으론 걱정이 앞섰다. 지리산을 향해 출발했다.

희미하게 짙은 안개가 망막을 스치며 휘감겼다. 대낮부터 아무 것도 먹지 못한 탓인지 식은땀이 흘러내려 뜨뜻하던 등줄기에 한기가 들었다. 걸음을 옮길 때마다 투닥거리며 부딪히는 자갈돌 소리가 잔물결처럼 번져서 시커멓게 깊이도 모를 어둠 속으로 조용히 미끄러져 갔다. 산은 가파르고 고사목들만 여기저기 버려져 구릉을 만든 늦가을 산은 황량하게 깊어져 있었다. 한때는 가난한 식솔들을 이끌고 산비탈이나마 의지했던 삶의 흔적들이 버려진 땅에서 파먹을 것 다 파먹으며 산다는 것들도 저토록 시커멓게 잊혀져 가는 것인가.

나는 방금 지나온 길의 까마득한 산길을 내려다보며 헌옷이 든 가방을 내려놓고 바위에 걸터앉아 방금 지나온 길의 희미한 끝을 보고 있었다. 산 위로 치올려 부는 바람 때문인지 안개가 내 주위를 쉬 빠져나가지 못하고 되돌아 자꾸만 눈언저리를 덮쳐서 눈물이 났다.

멀리 도로 위에서 자동차들이 안개 등을 깜박거리며 아주 느리게 지나가는 것이 보였다. 그것들은 마치 집단을 이루어 먹이를 향해 꿈틀거리며 기어가는 벌레의 무리들 같았다.

눈을 감았다. 가랑비처럼 촉촉이 젖은 안개가 나뭇가지에 쌓였다가 주르르 미끄러져 떨어졌다. 분분한 꽃잎처럼 얼굴에 와 닿는 짙은 안개의 차가운 감촉. 갑자기 명치끝이 뻐근해졌다. 나는 한기로 몸을 부르르 떨며 세상에 나가 실패한 사람들이 시커멓게 탄 가슴을 안고 쉴 새 없이 들락거리던 옛날 산길을 생각했다. 여름 한철을 쿵쾅거리며 흘러내리던 계곡의 물. 세상의 고통이란 고통은 죄다 집어삼킬 듯이 요란하게 흘러내려 가던 물. 듬성듬성 짐승의 이빨 자국처럼 뜯어놓은 산비탈의 세간을 휘날리며 바람이 몰아쳐 밤새 웅웅거리며 울던 산. 이곳에 살며 산 빛을 닮아 유난히 푸르던 아이들의 눈. 그 아이들에게 세상의 고통을 이해하라고 말할 수 없었던 무언의 시간들. 때 묻지 않은 아이들이 세상을 배운 뒤 다시 폐광의 아가리에 쳐 박히듯 시커멓게 탄 가슴들을 감싸주어야 할 땅. 당신 아들이 세상살이에 실패하고 안개가 짙은 산길에 혼자 앉아 당신을 아득하게 그리워하고 있는 모습을 당신이 본다면 내 어머니는 이 못난 아들에게 무어라 말씀을 하실까. 나는 이 세상의 길에서 다시는 불러 보지 못할 것 같은 '어머니' 라는 말을 입 속에서 웅얼거리며 축축해진 엉덩이를 털고 일어섰다.

오줌을 누고 나자 한기 때문에 한 번 더 부르르 몸이 떨렸다. 밤이 깊었는지 멀리 자동차의 불빛도 보이지 않고 바람만 옷섶을 파고들어 을씨년스러워졌다. 아직 늦은 가을이었지만 산사의 날씨는 겨울 같이 추웠다.

스승님은 설거지를 하고 있었다.

"스승님 잘 다녀왔습니다. 건강하셨는지요?"

스승님은 그 인자한 미소를 온 얼굴에 지으며 반갑게 맞아주었다.

"그래, 어서 오게. 고생 많이 했구먼. 얼굴이 반쪽이야, 허허."

가슴이 철렁했다. 먼 미래까지 다 내다보시는 스승님. 모든 일을 다 알고 계시는지 아니면 내 자격지심인지 얼굴이 반쪽이라는 말에 어떻게 할 바를 몰랐다.

'역시 죄 짓고는 못 사는구나' 라는 생각이 들었다.

"그래. 무엇을 배우고 무엇을 느꼈는지 상세히 얘기해 보게."

자리에 앉으며 스승님이 물었다.

"예. 처음 광주로 가서 S씨를 만났고 그 다음 서울로 가서 일을 보고 부산을 돌아보고 왔습니다. 제가 아직 젊기 때문인지 몰라도 저의 학문을 설명을 해도 그들 대부분은 갑작스럽게 찾아온 저를 믿어주지 않았고 특히 종교가 있으신 분들은 영혼의 세계를 전혀 믿으려하지 않았습니다.

Y재단, S그룹, C의원 등 직위가 높은 분들은 만나지 조차 못했습니다. 비서진한테만 내 얘기를 했는데 그나마도 잘 안 믿는 눈치였습니다. 광주의 S씨와 부산의 T백화점 큰아들은 내 말을 믿어주긴 하는 듯했지만 갑작스런 저와의 만남으로 어리둥절한 듯 했습니다. 다음에 저에게 연락한다고는 했지만 확답은 못 받았습니다. 제가 이번 길에 느낀 것은 무엇보다도 사무실 연락처

가 있어야 될 것 같다는 것입니다. 그리고 사전에 상담 예약을 하는 준비를 해야 할 것 같고 그러기 위해 그들과 계속적인 접촉을 해야 될 것 같습니다."

조용히 들으시던 스승님께서 말씀하셨다.

"그래, 수고 많았다. 계속 대화를 하면서 접촉해보게. 그래도 너의 얘기를 그 쪽에 모두 남겨 놓았으니 그것이 실현돼서 너의 예언이 증명되면 곧 너를 세상 사람들이 앞 다투어 찾게 될 것이다. 그러면 너의 학문은 빛날 것이고 너는 너의 가족은 물론 네가 학문으로 종국에 하고 싶은 소외된 사람들을 위한 봉사에 나설 수 있을 것이다."

"예, 스승님."

"첨단 과학, 첨단 의술이 아무리 발달되어 있지만 너와 인연이 안 되면 완쾌될 수 없는 병이 있나니. 시간이 많이 걸리더라도 참고 기다려라. 실망하지 말고 말이다."

"저는 실망하지 않습니다. 꼭 시간이 걸리더라도 저의 학문과 비법으로 고통 받는 영혼들을 천도하기 위해 노력하겠습니다."

초겨울이 시작될 무렵 스승님께서 아침을 물리시고 나를 불러 앉히셨다.

"너는 이제 세상에 내려가서 경험을 쌓는 게 어떻겠느냐?"

스승님께서는 불교가 우리의 학문과 많은 관계가 있고 하니 스님이 되어 수양하면서 공부를 더 하라고 말씀하셨다. 그리고 그건 산 속보다는 세상에 나가서 하는 게 좋으니 서울로 가라 하셨다. 서울에서 스님이 되려면 네 나이도 있고 하니 큰스님 밑으로 우선 가서 제자가 되어 공부하라고 말씀하시며 불교 총무원 총무원장 스님 밑으로 들어가서 수도를 하라고 말씀하셨다. 그리고는 세상을 살면서 언제나 마음으로 새기고 힘이 들 때 좌표로 삼으라시며 한 편의 게송을 지어내려 주셨다.

바람이 시원타
이 어데 바위를 뚫고
오묘히 일어서는 소리였던가.
니것 내것 모아서 햇볕도 쪼개니
세상이 잠잠한 무덤 같구나.
걷기에 지쳐
광풍의 거리 멀지 않으니
지척의 대 바람 소리
쉬 귀에 익을까.

또 한 번 가슴이 뭉클했다. 이 은혜를 무슨 수로 갚을 것인가? 스승님의 그 크신 마음이 나는 도저히 가늠이 되질 않았다.

다•시•세•상•속•으•로

3

더 깊은 학문을 위해

그녀는 무안한 얼굴이 되어 있었다.
원장 스님은 그녀를 안내해 내실로 들어갔다.
내가 그녀를 옥죄고 있는 어둠의 기운 속에서 본 것은 바로 '그녀 자신' 이었다.
그런데 그녀의 모습은 처참하게 일그러져 있었다.

다•시•세•상•속•으•로

출가

서울로 왔다. 서울역 지하도를 걷다 문득 나를 보았다. 보도블럭에 걸터앉아 초점 흐린 눈으로 지나가는 행인들을 응시하는 나, 아직 반쯤 남은 소주병을 들고 비틀거리는 걸음으로 알 수 없는 고함을 지르는 나, 모두 지난날의 나였다. 저들 속에 나의 고통이 아직 생생히 묻어 있었다. 다시 옛 생각이 났다. 가슴이 두근거렸다. 발걸음을 서둘러 지하도를 빠져 나왔다.

다시 쏟아지는 햇살이 아프게 눈 속으로 파고들었다.

조계종 총무원을 찾아갔다. 무작정 찾아 온 길이었다. 나에게는 오로지 불가에 입문해야 한다는 한 가지 목적밖에 없었다. 불가에 입문해 내 학문을 몇 천 년을 이어온 저 깊고 깊은 진리의 바다, 해탈의 바다에 쏟으리라. 그런데 무슨 치밀한 계획이 있었겠는가. 굳이 생각하는 게 있었다면 궁하면 통하는 법이라는 것 하나, 처음 보는 조계종 본체가 마치 큰 산을 보는 것 같이 느껴졌다.

이미 노을이 떨어지고 있었다. 안쪽 어디선가 범종 소리가 났다. 그 소리에 귀를 씻으며 시선을 조심스럽게 안으로 향했다. 수많은 신도들이 끊임없이 분주히 움직이고 있었다. 그때 누군가 등을 두드렸다. 푸른 제복을 입은 사람이었다. 내 행색이 의심난다는 듯 그는 나를 한번 아래위로 훑어 내리고 있었다.

"무슨 일이쇼?"

퉁명스러운 말투였다. 그는 수위였다.

"스님이 되려고 찾아왔습니다. 총무원장님을 뵐 수 있을까요?"

나의 갑작스런 말에 수위는 황당하다는 표정을 지었다.

"이 양반아. 총무원장님 만나기가 그리 쉬운 줄 알아요?"

처음부터 나는 보기 좋게 나가떨어지고 있었다. 그도 그럴 것이 일면식도 없는 초라한 차림의 내가 대뜸 그 큰절의 총무원장을 만나야겠다고 했으니 수위로서는 그렇게 나오는 것이 당연한 일이었다. 난감했다. 그때 그 수위가 귀가 번쩍 트이는 말을 했다.

"스님이 되려는 사람이 왜 여기로 찾아 오구 그러쇼?"

"그럼 어디로……?"

그는 나를 다시 한 번 자세히 보는 듯했다. 그의 시선이 아까와는 달리 사뭇 깊어져 있었다. 그의 눈 주위로 번지고 있는 깊은 주름에 노을이 물들고 있었다.

"가짜는 아니겠어. 그런데 뭐 그리 서둘러. 시간도 많은데 나랑 오늘 술이나 하지."

나는 그의 엉뚱한 제의에 어떻게 해야 되는 건지 판단이 서지 않았다. 그러나 딱히 거절할 이유도 없었다. 혹 어쩌면 절 내부의 사정을 누구보다도 잘 알 수 있을지도 모를 일이었다. 일년 365일 누구보다도 많이 스님들을 대할 그가 아니던가.

그와의 술자리는 길게 이어졌다. 그는 나에게 별 말을 건네지도 않았다. 그저 나와 주거니 받거니 대작을 할뿐이었다. 어쩌면 절 부근에서 서성이는 나 같은 사람들의 사연을 꿰고 있을 그였기에 내가 특별하게 생각되지 않을 수도 있었다. 종로 뒷골목 주점에 켜놓은 백열등의 필라멘트가 점점 더 선명해지고 있었다. 오래간만에 먹어보는 술인지라 취기가 빨리 오는 것 같았다. 그때 그가 문득 말하기 시작했다. 꽤 많은 술을 마셨는데도 그의 목소리는 차분히 가라앉아 있었다.

"당신 말야, 내가 왜 가짜가 아니라고 했는 줄 알어? 당신 몰골이 말야 아까 어땠는지 당신은 모르지?"

취기가 점점 올라오며 침묵을 깨는 그의 말에 정신을 가다듬었다.

"아까 저녁 타종 소리 들었지? 난 당신을 그 전부터 경비실에서 계속 보고 있었어. 또 한 놈 왔구나. 미련한 놈 또 하나가 중 된다고 잔뜩 폼 잡고 왔구나. 아, 불쾌하게 생각 말게. 자넬 욕하려고 그러는 건 아냐, 괜찮나?"

"예 괜찮습니다. 계속 말씀하세요."

"대개 폼 잡는 놈들은 표시가 나. 인상으로만 모든 걸 말하려고 그래. 인상만 쓰고 있으면 다 해탈하나 제길, 근데 자넨 빨려 들어가고 있었어. 그럼 진짜야 진짜."

그의 말이 무슨 뜻인지 잘 알 수가 없었다. 내가 어디로 빨려 들어가고 있었단 말인가. 그의 목소리에 취기가 느껴졌다면 술기운에 하는 말이라 생각 됐지만 그의 목소리에는 흐트러짐이 없었다.

"자넨 모르지? 그건 나 같은 사람만 알 수 있어. 나도 그랬거든. 나도 옛날에 그랬어. 그 소리에 빨려 들어갔지. 절 입구에 턱하니 왔는데 그 끝 간 데 없이 퍼지던 소리, 내 몸을 통째로 삼켜버리던 그 소리 왜 자네도 아까 그걸 듣고 있지 않았었나?"

소리? 내가 듣고 있던 소리?

그렇다! 그건 범종소리였다! 생각해 보니 나는 분명 그 소리에 몸을 싣고 있었다. 그리고 그 소리가 나는 쪽으로 나도 모르게 눈길을 주고 있었다.

"그래 그러면 진짜야. 폼만 잡는 놈들은 그렇질 않지. 소리가 나든 말든……."

그러면서 그는 허공을 향했던 시선을 나에게로 다시 향하게 했다.

"출가를 하겠다고?"

"네."

"그래 그렇겠지. 그런데 번지수를 잘못 찾았어. 자네 다른 데로 가야 돼."

"아닙니다. 저는 출가를 해야 합니다."

"그래 지금은 모르겠지, 일단 해 봐야 알지. 그럼 내 중 되는 법을 가르쳐 주지."

그의 말에 따르면 출가를 하려면 일단 해인사로 가야 한다고 했다. 그곳에서 몇 년 간 머물며 수행을 한 끝에야 겨우 스님이 될 수 있다는 것이었다. 쉬운 일이 아니었다.

그는 나와 헤어지며 "자네 눈에 너무 많은 것이 보여"라는 말을 한마디 하곤 총총히 사라졌다. 사라지는 그의 뒷모습을 보며 마치 내가 꿈을 꾸고 있는 건 아닌지 하는 생각이 들었다. 다시 취기가 올라오고 있었다. 날이 밝으면 해인사로 곧장 향해야겠다는 생각이 들었다.

해인사에서의 생활은 말 그대로 고역이었다. 무엇보다도 처음 경험해보는 육체적인 고통이 나를 자꾸 움츠려 들게 했다. 나는 그곳에서 밥 짓는 일을 했다. 무척 고된 일이었다. 한 번도 해보지 않았던 중노동에 코피가 나기도 했다.

그리고는 다시 부산 금수사로 갔다. 스승님의 편지 때문이었다. 스승님은 편지에서 당신이 생각건대 내가 원효종에서 수행생활을 하는 것이 좋을 것 같으니 원효종인 부산 금수사로 가서 행자 생활을 하는 것이 좋을 거라고 말씀하셨다. 그리고 금수사 주지 스님과 잘 아는 사이이니 스승님이 쓴 편지를 가지고 가면 잘 될 거라고 하셨다.

나는 그날로 다시 부산 금수사로 향했다. 금수사는 생각보다 무척 큰 절이었다. 나는 먼저 주지 스님을 찾아뵙고 스승님께서 써 주신 편지를 드렸다. 편지를 보더니 주지 스님은 금세 나를 다정한 얼굴로 대해 주었다. 스님들과 똑같이 개인방도 내주었고 저녁 공양도 하도록 해주었다. 그리고 부전 스님(절에서 월급을 받고 계시는 스님)으로 와 있던 '무림' 스님은 나에게 절에서 지켜야 할 예의와 생활 규칙 등을 가르쳐주었다. 그러나 고된 육체적 고통은 해인사에서와 마찬가지로 금수사에서 내가 견뎌내야 할 가장 큰 역경이었다.

새벽 두 시부터 하루의 일과가 시작됐다. 나는 법당마다 들어가 수백 개의 촛불과 향을 켜고 아침 예불 준비를 했다. 새벽 네 시에 신도들이 많이 참석하는 아침 예불이 시작되었다.

무림 스님은 내게 예불 시간 내내 계속 절을 하며 속세의 모든 번뇌를 털어 내라고 하였다. 몇 번의 절을 했는데도 온몸이 땀으로 범벅되곤 했다. 예불이 끝나고 나면 나는 탈진상태가 됐다. 두 시간 동안을 쉬지 않고 절을 했으니 당연한 일이었다.

예전에 교통사고로 다친 오른쪽 다리의 통증이 점점 심해져 갔다. 예불이 끝나고 나서 촛불과 향을 끄고 대충 법당을 정리하면 아침 공양을 알리는 목탁소리가 들렸다. 아침 공양을 하고 나면 온 몸이 나른해지고 잠이 쏟아졌다. 세상모르게 자고 싶었다. 눈꺼풀이 천근만근으로 내려앉았다.

어쩌다가 더 이상 피곤함을 참지 못하고 잠시 눈이라도 붙일라치면 어느새 무림 스님이 내 곁에 와 있었다.

"힘드시지요? 처음에는 무척이나 힘이 들지요. 수행구도 하기가 그리 쉽나요. 그렇지만 이겨내야죠. 그래야 그 멀고 먼 해탈의 길에 발을 들여 놓을 수 있지요."

무림 스님은 피곤에 지친 나를 다시 밖으로 데리고 나가곤 했다. 넓디넓은 사찰 광장과 그 주위 그리고 절 입구 약수터 계단까지 청소하고 풀을 뽑고는 사시예불 준비를 했다. 각 법당마다 촛불과 향을 켜놓는 데만도 꽤 긴 시간이 필요했다. 사시예불 동안 나는 또 다시 절을 해야만 했다. 절을 하면서 나는 다시 끝 간 데를 모르고 나를 덮쳐 오는 무릎의 통증과 싸워야 했다.

나의 다짐이 자꾸 흔들렸다. 그러나 그걸로 끝이 아니었다.

저녁 공양, 쓰레기 처리 등 해야 할 일들이 끊임없었다. 일을 다 끝마치고 내려와 이불을 펴면 저녁 여덟 시였다. 새벽 두 시에 일어나 저녁 여덟 시까지 정말 눈코 뜰 새 없는 하루였다.

그러던 어느 날. 나는 무림 스님에게 천도제와 사십구일제에 대해 물어 보았다. 천도제, 사십구일제란 이틀에 한번꼴로 하는 오후 예불로 죽은 이의 영혼을 극락세계로 인도하기 위한 일종의 제사였다. 나는 아무래도 내가 스승에게 배운 학문과 밀접한 관계가 있는 것이기에 천도제나 사십구일제에 관심이 많았다.

"스님, 천도제나 사십구일제를 하면 고인은 극락세계로 잘 가시는지요?"

"그럼요. 잘 가시지요."

그러나 무림 스님의 대답은 거기까지 뿐이었다. 왜, 어떻게 잘 가셨는지 그것이 후손에게 어떤 영향을 끼치는지, 그리고 과연 영혼이 극락세계로 인도됐는지 못 됐는지 어떻게 알 수 있는지 조차도 무림 스님은 시원스런 답을 주지 못했다.

알고 있으면서도 일부러 안 가르쳐 주는 것이 아니었다. 무림 스님은 모르고 있었다. 그가 주도한 천도제를 옆에서 도우며 나는 그걸 똑똑히 목격할 수 있었다. 그가 주도한 천도제가 끝난 후 나는 거기에서 아직도 떠날 줄 모르고 강하게 머물러 있는 어둠의 기운을 볼 수 있었던 것이다.

내가 행자 신분만 아니면 뭐라 한 마디 하고 싶었지만 꾹 참을 수밖에 없었다. 천도하고 사십구일제를 지내드린 영혼은 무조건 잘 가셨다 하고 사람들은 또 그 말을 그대로 믿으니 안타까울 노릇이었다. 불교만 그런 것은 아니리라. 다른 종교의 성직자들도 기도, 연도 천도를 해놓고 무조건 조상의 영혼이 좋은 데로 잘 갔다고 말하지 않았었는가. 회의가 들었다.

'내가 공부하고픈 천도제와 불교식 사십구일제가 이런 건 아닐 텐데 어떡해야 된단 말인가?'

절에도 운영자금이 필요했다. 그걸 위해서는 천도제, 사십구일제 등과 같은 행사가 반드시 필요했다. 고인의 영혼안부 여부를 떠나서 말이다.

결국 나는 행자생활을 그만 두고 지리산으로 돌아가기로 마음먹었다.

원효대사의 광명진언 구명시식 천도 비법

무엇이 이토록 나를 길에서 길로만 떠돌게 하는가.

바람만 불어도 훌쩍 어디론가 하염없이 내달리고 싶은 이 방황의 시간은 언제 멈출 것인지, 어둠 속에서 차가 흔들릴 때마다 중심을 잃고 내 몸이 자꾸만 꺼져 내리는 것 같았다. 조용하고 답답한 시간들이 흘렀다. 나는 어디로 갈 것인가.

지리산으로 다시 왔다. 중간에 포기하고 온 것 같은 찜찜함이 나를 억눌렀다. 바람이 콧잔등을 눌렀다. 투명했다. 숨길 것이 없었다. 그래 다 말하자. 스승님께 다시 물음을 구하자. 어느새 발걸음이 가벼워지고 있었다. 고추잠자리가 풀 위를 가볍게 날아올랐다.

그때였다. 내 어깨에 갑자기 누군가의 손길이 느껴졌다. 스승님이셨다.

"스승님, 여기는 어떻게?"

뜻밖이었다. 스승님은 빙긋 미소를 짓고 계셨다.

"니놈 냄새가 온 산에 진동하는 데 왜 몰라."

스승님은 내가 올 걸 미리 예측하시고 여기서 기다리고 계셨던 것 같았다. 사람 일을 미리 꿰뚫어 보시는 스승님의 능력은 늘 나를 놀랍게 하곤 했다. 토굴은 깨끗이 치워져 있었다.

그런데 식탁 위에 올려져 있는 밥공기에서 김이 나고 있었다. 내가 오늘 언제쯤 오리란 것까지 이미 알고 계셨던 것이다. 나는 할 말을 잃을 뿐이었다.

"그래, 내려가 무엇을 느꼈으며 무엇을 배웠는가?"

나는 그 동안 겪은 심적인 갈등에 대해 상세히 말씀을 드렸다. 스승님은 말없이 듣고만 계셨다.

"스승님. 저는 스승님의 학문과 비법을 하루 빨리 전수받아 이 세상의 소외된 사람과 가난한 이웃을 위해 봉사하면서 살고 싶습니다."

"그러려면 더욱 열심히 수도하게. 마음과 몸을 바르게 하고 특히 입 조심해야 되느니."

"예, 스승님."

"내일부터 나의 모든 걸 네게 가르쳐주도록 하겠다."

"고맙습니다."

"허허허. 그 말은 아직 일러. 나중에 자네가 끝까지 인내하고 견뎌내면 그때 할 말이야."

스승님의 음성은 낮았으나 강했고 토굴 속 구석 구석에까지 울리고 있었다.

"우리나라는 지금 장묘 문화에서 화장 문화(납골당)로 서서히 바뀌어 가고 있어. 그러나 그건 여론이나 정부에서 이대로 가면 전 국토가 묘지화 되어 간다고 하도 떠드니까 그렇게 되는 거지, 자발적으로 사람들이 그렇게 하는 경우는 아직까지는 드물다고 봐야 돼. 아직도 우리나라 대부분의 사람들은 화장을 하면 사람을 두 번 죽이는 거라고 생각해. 그래서 화장하는 것을 매우 꺼려하지. 그건 우리나라 사람들이 조상을 잘못 모셨다간 혹시나 후손들이 큰 화를 입지 않을까 하는 두려움 때문에 다분히 그러는 거지. 그런데 그때 사람들은 정작 중요한 걸 놓치고 있어. 바로 죽은 이의 영혼이야. 썩어 없어질 몸뚱어리를 땅에 묻으면 어떻고 화장하면 어때. 중요한 것은 바로 영혼이야. 영혼이 좋은 곳으로 잘 가셨느냐 못 가셨느냐가 더 중요하지. 사람들이 그걸 깨닫게 해줘야 돼. 그래서 우리 학문과 비법이 중요한 거다. 네가 그건 알겠느냐?"

"예, 스승님. 명심하겠습니다."

그 날 저녁 나는 지리산 계곡에 몸을 담갔다. 마음속 밑바닥의 찌든 때까지 씻어냈다. 그리고 그 다음날부터 다시 혹독한 수련에 들어갔다. 곡기를 거의 끊다시피 한 수련이었다. 몸 안에 있는 모든 것을 다시 비워내야 했다. 그래서 내 몸이, 몸이 아니고 아무 것도 없는 허공과도 같은 그런 상태, 그때 오는 자유의 경지에 나는 도달해야 했다. 조금이라도 흐트러진 모습을 보일라치면 날카로운 스승님의 질책이 나를 후려쳤다.

천왕봉 꼭대기 바위에 가부좌를 틀고 앉아 있었다. 새벽이 가까워 오고 있었다. 이미 한 달 가까운 수행기간 동안 몸은 지칠 대로 지쳐 갔다. 그러나 그만큼 정신은 갈수록 맑아지고 있었다. 바람도 거세졌다. 갑작스럽게 요란한 폭발음이 들리는 듯했다. 그리고 여기저기서 신음소리가 들려 왔다. 나는 감았던 눈을 떴다. 천왕봉 주변의 갈대들이 정신없이 달빛에 밟히고 있었다. 그리고 그들이 있었다. 옷이 온통 찢기고 한 손엔 무거운 총을 든 그들이 있었다. 몰골은 말이 아니었으나 눈빛만은 형형했다. 말이 필요 없었다. 그들은 묵묵히 나를 지나 건너편 숲속으로 사라져 갔다. 내 이마에 식은땀이 송글송글 맺히고 있었다. 토굴로 와 스승님에게 본 것을 얘기했다. 그러자 스승님은 "이젠 됐구나."라며 고개를 끄덕였다.

"스승님, 그 사람들은 아니 그 영혼들은 누구지요?"

"흠, 거기서 죽은 사람들이다. 옛날에 전쟁 때 거기서 죽은 사람들……."

놀라웠다. 스승님은 오래 전부터 그 영혼들의 고통을 위무하고 있었다. 그제서야 왜 스승님이 지리산을 떠나지 않고 있는가 하는 의문이 풀렸다.

"내가 산에 들어 온 건 열다섯 살 때였어. 그래, 어린 나이지만 그게 옳다고 생각했어. 그건 지금도 변함이 없고. 하나 둘 사람들이 전쟁통에 처참하게 죽어갔지. 어린 나이에 그 처참하게 죽어 가는 모습들을 보면서 견뎌낼 수가 없었어. 끝내 나는 살기 위해 공부를 그만두고 몸을 피했었지. 그런데 평생 죄스러웠어. 나만 혼자 살자고 도망 나온 거였으니까. 그래서 다시 지리산으로 오게 됐지. 그리고 그들을 본 거야. 아직도 저 깊고 깊은 어둠 속을 헤매고 있는 그들을. 나는 생각했지. 그들을 모두 그곳에서 빼내야 한다. 내 평생이 걸리더라도. 그 동안 많이 보냈어. 내 힘이 모아지면 천도를 하고, 또 하고 그러면 꼭 내 죄가 씻어지는 것 같아서. 그런데 이젠 자네도 그들을 볼 줄 알게 된 거야. 그럼 됐어. 이젠 속세의 사람들을 나와 함께 직접 만나보자. 나는 속세로 나가지 못했어. 그들 때문에 그럴 수가 없었지. 그렇지만 자네는 아니야. 나가야지, 나가서 세상의 영혼들을 위무 해야지."

스승님의 말을 들으면서 나는 마음 한쪽이 스산해 오는 것을 느낄 수 있었다. 나는 누굴 위해서 이 어려운 길을 택했던가. 결국 나를 위한 것이 아니었는가. 내 속에는 이타의 정신보다는 나를 위한 이기심으로 가득 차 있었다. 아직도 나는 나를 버리지 못하고 있었다. 뱉어 내야 했다. 철저히 나를 뱉어 내야 했다. 다시 한 번 스승님에게 죄스러웠다.

다음 날부터 나는 스승님을 따라 다니며 스승님을 찾아 온 사람들을 만났다. 스승님은 당신을 찾아오는 손님이나 환자들을 내가 직접 상담할 수 있도록 배려해 주었다. 그 횟수가 거듭 될수록 나의 영혼 접속 능력과 못 가신 영혼을 잘 가게 하는 비법도 놀랍게 발전해 나갔다.

수도정진을 할수록 다시 불교의 세계에 무엇인가 있을 거란 생각이 들었다. 내가 나의 육신의 고통을 이겨내지 못하고 도망치듯 나온 세계인지라 그 미련은 더욱 컸다. 그리고 내가 일부의 스님만 보고 불교 전체에 대해 너무 성급한 판단을 내린 것은 아닌가 하는 후회가 들었다. 분명 고명하신 스님들도 계실 텐데 하는 생각이 떨쳐지지 않았다.

그때 나는 특히 신라의 대승인 원효대사에 점점 빠져들고 있었다. 그가 당으로 가는 유학 길에 깨우침을 얻고 다시 신라로 돌아가 행하던 비법을 알아내고 싶었다. 모래에 기를 넣어 각 묘지마다 뿌려주며 영혼이 잘 가시게 한다는 '광명진언 구명시식, 천도 비법!' 그건 지금 내가 배우는 학문과 어떤 차이가 있을까 궁금해졌다.

나는 어느 날, 용기를 내어 평소 궁금했던 일을 조심스럽게 스승님에게 물었다.

"스승님, 원효대사님의 광명진언 구명시식 원효 비법과 저의 학문인 천도 비법은 일치하는지요?"

"깨뜨림이 없으면서도 깨뜨리지 않음이 없고, 세움이 없으면서도 세우지 않음이 없으니, 이치가 없는 지극한 이치요, 그렇지 않으면서도 크게 그러한 것이 원효의 주된 사상이니라. 이것은 곧 머무름이 없는 마음은 오고 가는 것에 걸림이 없는 것과 같다."

"그렇다면 오고 감에 걸림이 없다라고 생각하는 그 마음은 무엇입니까?"

"이미 오고 감에 있어 유, 무의 경계를 벗어남으로 마음의 처소는 있는 곳이 없다는 말이다. 한 곳에 머무르지 않는 마음이란 본래 적정하니라."

"적정한 마음은 무엇으로 얻습니까?"

"적정한 마음이란 어둠을 떠나 청정하여 비추지 않는 곳이 없다. 이것은 명경과 같이 밝은 지혜를 드러내는 것이다. 또 이 마음은 나와 남을 초월하여 구분의 경계가 없다. 이것은 치우침이 없는 지혜를 말함이다. 이와 같은 마음은 보는 것이 없기 때문에 모든 이치를 관통하지 않음이 없다. 또한 이 마음은 스스로 하고자 하는 바가 없으니 남을 이롭게 하지 않는 바가 없다. 이 네 가지 지혜가 밝으면 그 마음은 어떠한 경우에도 흔들리지 않으니 이것을 일러 적정이라 하고 혜안을 열었다 하느니라."

"지금 말씀하신 혜안이 열리면 어떻게 되는 것입니까?"

"깨달아 혜안이 되었다는 것은 가고 오고, 있고 없음의 세계가 존재하지 않고 자성의 바탕이 이미 인식의 경계를 벗어났음을 말하는 것이다. 이것은 그 안에 자성이 존재하지 않음을 말함인데 이로써 세상에 보이지 않는 것이 없다."

질문과 대답은 계속 되었다.

"진언이란 무엇입니까?"

"진언이란 '진실한 말' 이란 뜻이니라. 사람들의 인식의 세계를 벗어난 언어 즉 참된 진리의 말이니라. 진리를 지닌 고로 악업을 짓지 않게 하는 주문이니라."

"그 진언에는 어떠한 힘이 있습니까?"

"이 진언에는 말로써 설하지 못한 모든 지혜를 담고 있으니, 조석으로 외우고 참구하면 한량없이 깊은 진리를 깨칠 수 있느니라. 인간이 몸과 말과 마음으로 짓는 세 가지 업을 이 진언을 참구함으로써 모두 정화하여 윤회의 고통으로부터 벗어날 수 있다고 하는 것이 진언이니라."

"원효가 참구한 진언도 이것입니까?"

"원효가 궁극적으로 인간 세상에서 보여주고자 했던 것은 세상을 살면서 온갖 걱정거리와 고통을 지닌 자들을 구원하고 그들의 번뇌를 위무하고자 했으니 필시 이러한 원력으로 진언을 참구하지 않았겠는가."

"……."

"진언에는 무명과 업장을 걷어내고 밝은 본성을 드러내는 힘이 있으며……."

"……."

"이외에도 진언에는 무장무애, 구경열반의 세계를 펼쳐서 무명을 타파하고……."

끝이 없었다.

몇 날 몇 달을 질문과 대답, 그리고 다시 질문과 대답으로 보냈다.

그렇게 보낸 한철이 거의 끝나갈 무렵, 나는 다시 출가를 해보겠다고 조심스럽게 스승님에게 말했다. 그런데 의외로 선뜻 나의 뜻을 받아주었다. 이번은 포기하지 말고 뜻을 이루라며 격려까지 해 주었다.

이별의 시간이 왔다.

"스승님 건강하십시오. 꼭 훌륭한 공부가 되도록 노력하겠습니다."

"아무렴 그래야지."

갑자기 내 눈에서 눈물이 고였다. 언제부턴가 나는 눈물이 많아지고 있었다. 남자는 강해야 한다며, 눈물을 보이는 남자는 남자도 아니라고 떠들며 호기를 부리던 예전의 나와는 너무나도 변해 있는 모습이었다.

"그래, 그래. 허허허."

스승님은 아무 말도 않고 다만 인자한 웃음을 지으며 고개를 끄덕일 뿐이었다. 스승님에게 큰 절을 올리고 산을 내려와 다시 서울로 향했다. 산을 내려오는 나의 눈에 자꾸 천왕봉에서 본 그들의 영혼이 밟혔다. 문득 뒤돌아보니 핏빛 단풍이 지리산 전체를 물들이고 있었다.

일파라는 법명을 받다

종로구청 앞에 있는 대한불교 원효종 총무원 사무실을 찾아갔다.

문을 열면서 손끝까지 전해지는 팽팽한 긴장감을 느낄 수 있었다. 사무실 안에는 한 분의 스님과 또 다른 한 분이 있었다. 스님은 언뜻 보기에도 얼굴에서 알 수 없는 광채가 느껴졌다. 나는 내 말을 속사포 같이 내뱉었다. 그렇게 하지 않으면 내 말을 들어줄 것 같지가 않아서였다. 두 분은 어이가 없는 표정이었다. 그러나 그 동안의 내 사연을 들으면서 두 분의 표정은 진지해지고 있었다.

내 말이 다 끝났을 무렵, 스님이 나에게 물잔을 건넸다. 나는 얼른 물잔을 받았다. 그때 내 손에 스치는 어떤 감촉이 있었다. 그 잠깐의 감촉이 마치 오랜 세월 지워지지 않을 어떤 화인 같은 느낌이었다. 스님의 손이었다. 그때 또 다른 한 분이 말을 꺼냈다.

"이 분은 우리 원장 스님이세요. 그리고 나는 원효종 사무국장하는 박상규이고요."

만약 내가 처음부터 누구인줄 알았다면, 그 앞에서 그렇게 속사포같이 무례하게 말할 용기를 감히 낼 수가 없었을 그런 분들이었다. 원장 스님은 물론이거니와 박상규라는 분도 보통 분이 아니었다. 나중에 안 일이지만 박상규 사무국장은 대한민국 불교계에서 이름 석 자만 대면 모르는 사람이 없을 정도로 영향력이 큰 사람이었다. 박상규 사무국장은 못 믿겠다는 얼굴로 나의 의중을 떠보는 말을 했다.

"그깟 일로 수행도중 포기한 사람이 무슨 출가를 다시 하겠다고, 쯧쯧."

금수산에서 수행도중 나왔다는 내 얘기를 꼬집는 말이었다.

옆에서 가만히 듣고 있던 총무원장 스님도 한마디 거들었다.

"중이 아무나 되는 줄 알아? 스님 공부는 어려워."

그러나 나는 이대로 물러날 수 없었다.

"원장 스님. 저는 만다라 같은 스님, 원효대사 같은 스님이 되고 싶습니다. 그래서 많은 다른 종단이 있지만 여기 원효종을 찾아왔습니다. 저는 꼭 스님이 되어야 합니다. 스님께서도 영혼이 있다는 것을 믿으시지 않습니까? 제가 그 동안 배운 것을 지금 말씀드리지 않았습니까. 그럼 제가 거짓이 아니란 걸 아시지 않습니까!"

원장 스님은 아무 말 없이 밖으로 나갔다. '받아주질 않으시는구나' 라는 생각에 허탈했다. 그때 박상규 사무국장이 내 어깨를 툭 쳤다.

"처음이야. 원장 스님이 처음 보는 사람을 받아들인 건."

"예? 그럼……."

"그래, 저렇게 아무 말씀도 안 하시는 건, 반은 허락하신 거야. 자네가 배웠다는 것에 관심이 가시나 봐, 열심히 해."

뿌듯했다. 속세로 나와 누군가 나를 처음으로 알아준 순간이었다. 그것도 원효종 원장 스님이 아니던가. 좀처럼 흥분이 가라앉질 않았다. 그런 나를 박상규 사무국장은 재밌다는 듯 쳐다보고 있었다.

나는 그 다음 날부터 원장 스님이 있는 안양암에 기거하며 수행생활에 들어갔다. 모든 것을 달게 받아들였다. 그러나 원장 스님은 나에게 믿음이 가는 눈길을 좀처럼 보내 주질 않았다.

어느 날이었다. 원장 스님을 찾아온 중년의 어떤 여자 분을 보게 되었다. 한눈에 봐도 귀티가 나는 그런 분이었다. 그러나 그녀 주위를 어둠의 기운이 가득 덮고 있었다. 간신히 생명의 기가 그녀의 몸속으로 가늘게 흘러 들어가고 있었다. 그러나 그것도 오래갈 것 같지가 않았다. 갑자기 그녀 주위를 감싸고 있는 어두운 기운 속에서 무언가가 보였다. 나는 나도 모르게 한 발짝 뒤로 물러섰다. 식은땀이 내 등을 타고 주르르 흘러 내렸다. 원장 스님은 나의 그런 행동에 눈살을 찌푸렸다. 그녀는 무안한 얼굴이 되어 있었다. 원장 스님은 그녀를 안내해 내실로 들어갔다. 내가 그녀를 옥죄고 있는 어둠의 기운 속에서 본 것은 바로 '그녀 자신' 이었다. 그런데 그녀의 모습은 처참하게 일그러져 있었다.

나는 그날 저녁 원장 스님을 찾아갔다. 그리고 은근히 아까 낮에 왔던 여인에 대해 물어 보았다. 그녀는 다름 아닌 세상이 다 아는 어느 재벌 명문가의 둘째 며느리였다. 당시 한참 남편과의 불화설이 여성지에 종종 나오곤 하던 바로 그녀였다. 그녀의 집안은 대대로 불교를 믿어 왔었고 그녀는 그런 인연으로 젊은 시절부터 어려운 일이 있으면 원장 스님을 찾아오곤 한다고 말해 주었다.

나는 잠시 망설이다가 원장 스님에게 내가 그 날 낮에 본 것을 얘기했다. 원장 스님은 깜짝 놀라는 얼굴이 되었다. 그리고는 그것이 분명하냐고 내게 재차 확인하려 했다. 내가 틀림없다고 하자 긴 한숨을 내쉬면서 눈을 지그시 감았다.

"그녀가 아니네, 자네가 본 것은."

"네?"

"그녀의 동생이야. 쌍둥이 동생."

원장 스님의 말에 따르면 그녀에겐 일란성 쌍둥이 동생이 있었는데, 불행히도 어렸을 때 심한 화상을 입었었다고 했다. 그녀를 구하려다 그렇게 된 것이었다. 그 후로 동생은 바깥출입을 하지 않았다. 그녀의 집안에서도 그 사실을 되도록이면 숨겼었다. 가족 모임에서도 동생은 늘 예외였다. 불에 일그러진 얼굴이 문제였다. 그녀가 동생의 말벗이었다. 그리고 세상과의 유일한 연결통로였다. 그런데 그런 그녀가 결혼을 하게 되자 그녀의 동생은 심한 우울증에 시달렸고 결국 그녀가 결혼하기 하루 전, 자살하고 말았다. 그녀의 동생이 떠나지 못하고 그녀 주위를 맴돌고 있는 것이었다. 빨리 그녀의 동생을 천도시켜야 했다. 그렇지 않으면 그녀에게서 언제 생명의 기운이 끊길지 알 수 없는 위급한 상황이었다. 나는 원장 스님에게 동생의 영혼을 천도시켜야 한다고 그래야 그녀를 살릴 수 있다고 강경하게 말했다. 원장 스님은 착잡한 얼굴로 고개를 끄덕였다.

다음 날, 원장 스님의 연락을 받고 다시 찾아 온 그녀는 내 말을 듣고 소스라치게 놀라는 표정을 지었다. 얼굴은 온통 사색이 되어 있었다. 그러면서 혹시 그것도 관계있느냐며 한 가지 비밀스런 가정사를 이야기를 했다. 그녀의 남편이 이상하게도 신혼 초부터 자신과의 잠자리 때마다 그녀의 얼굴이 다른 사람처럼 보인다고 말하더니 점점 자신을 멀리했다는 것이다. 결국은 그녀 여동생의 불쌍한 영혼이 그녀의 곁에 머물러 있기 때문이었다. 나는 바로 그날 밤부터 그녀의 여동생의 영혼을 위한 천도에 들어갔다.

그녀의 여동생이 서서히 어둠 속에서 걸어 나왔다. 놀랍게도 그녀의 여동생은 흰 웨딩드레스를 입고 있었다. 무서운 얼굴로 나를 노려보기만 했다. 온몸이 식은땀에 젖고 있었다. 나는 온 힘을 다해 그녀의 상처받은 영혼을 위무했다. 살아생전 불쌍한 삶이었다. 영혼은 나와의 접속을 통해 자신의 언니를 실은 저주했었다고 고백했다. 결국 동생의 영혼은 구천을 떠나 천도가 되었다. 돌아서는 그녀의 얼굴엔 화상의 상처가 사라지고 있었다.

천도가 끝난 뒤, 그녀는 동생의 영혼이 이젠 좋은 곳으로 갔다는 말을 듣고 눈물을 흘렸다.

그녀의 동생에 대한 사랑은 여전히 각별한 듯했다. 나는 혹 동생이 자살할 때 웨딩드레스를 입었었냐고 물었다. 그녀는 깜짝 놀라며 자신의 것을 입고 동생이 그랬다고 말했다.

이 일이 있은 후부터, 원장 스님은 나에게 신뢰를 담은 눈길을 보내 주었다. 그리고 어느 날 나를 불렀다. 나에게서 천도를 받은 바로 그녀의 전화를 받았는데, 남편과의 관계가 몰라보게 좋아졌다며 고맙다는 말을 했다는 것이었다. 그 말을 하는 원장 스님의 얼굴에는 미소가 가득했다. 그러면서 나에게 선물을 주겠다고 말했다.

"내가 자네가 출가하는 것을 도와주겠네."

드디어 스님의 길에 들어설 수 있게 된 것이었다.

"정말이십니까, 원장 스님? 감사합니다. 열심히 배우고 공부해서 반드시 훌륭한 스님이 되겠습니다."

"좋아하기는…… 허허허. 앞으로 좋은 일보다는 힘든 일이 더 많을 걸세."

그 날 밤이 새도록 나는 원장 스님과 영혼에 대하여 토론을 벌였고, 다음 날 아침 공양은 원장 스님과 겸상까지 하게 되었다. 특채였다. 원장 스님이 내 학문을 인정해 준 것이다. 원장스님은 사무국장에게 다시 인사를 올리라고 내게 말했고, 다른 많은 스님들에게도 일일이 인사를 시켜주었다. 직접 머리를 깎아 주고는 조계사 입구 승복 집에 데리고 가서 행자 복이 아닌 승복을 입혀 주었다. 그리고는 내게 법명을 내렸다. '일파' 였다.

원장 스님이 법명을 내리고는 자신의 열여섯 번째 상좌로 나를 받아준 것이다.

어느 날, 원장 스님이 불러 가보니 그곳에 얼굴이 훤하고 키가 훤칠한 스님이 있었다. 원장 스님은 내게 인사를 드리라 했다.

"일파라고 합니다."

"원장 스님께 말씀 많이 들었네. 나는 도관이라고 하네."

그는 총무원장 스님의 첫 번째 상좌였다.

"나는 되는 일이 없어. 나를 좀 봐주게."

도관 스님은 나를 보자마자 다짜고짜 자기 신상에 관해 물었다. 왠지 스님이 자신의 신상에 관심을 많이 가지는 것 같아 이상했다. 그러나 원장 스님의 제자였다. 함부로 내색할 수가 없었다. 원장 스님이 말했다.

"일파야, 네가 너의 학문을 잘 설명하고 이해시켜주도록 해. 도관이도 잘 듣고서 믿고 실천하도록 해라."

나와 도관 스님을 흐뭇한 얼굴로 번갈아 보시고 있었다. 그러나 나는 왠지 불안한 마음을 떨쳐 낼 수가 없었다.

도관 스님의 운명과 정치인 L씨의 운명 예언

도관 스님의 본명은 이승우였다.

그의 말에 따르면 정치인 L씨가 자신보다 나이는 어려도 자신의 친 작은아버지가 된다고 말했다. 정치인 L씨, S그룹 회장과도 친분이 두텁다고 했다. 그러나 잘 믿음이 가질 않았다. 자신을 말하는 데 있어 자신보다 자신의 배경을 내세우는 사람치고 진실된 이가 없었다. 오래 관계를 가질 사람이 아닌 듯 싶었다. 그래서 나는 슬쩍 그의 속내를 짚어 보았다.

"그런 분이 왜 스님은 되셨습니까?"

도관 스님은 약간 움찔하는 듯했다. 그러나 금세 다시 청산유수로 자신의 과거사를 늘어놓기 시작했다. 해병대 대위였다가 박 전 대통령의 5 · 16 쿠데타에 가담한 얘기, 어쩌다가 박정희 대통령의 미움을 사 수배를 받고, 국회의원 선거까지 나갔던 얘기 등등, 그의 이야기는 화려하기만 했다. 나는 혹시나 해서 내가 S그룹 등에 찾아갔던 얘기를 꺼냈다. 도관 스님은 내 얘기를 듣곤 대뜸 연결이 될 수 있도록 도와 줄 테니 공부나 열심히 하라고 하였다. 나는 그의 말을 반신반의로 흘려들었다. 그러면서도 S그룹에서의 과거 일이 생각나 자꾸 그때의 일이 큰 아쉬움으로 나를 끌어 당겼다.

도관 스님은 어디를 다닐 때면 꼭 친구 분인 원대희 씨와 함께 다녔다. 원대희 씨라는 분은 십여 년 전부터 중풍으로 인해 말도 잘 못하고 상태가 안 좋아 도관 스님을 의지하고 있었다.

"일파, 내가 요즘 일이 잘 안 풀려서 그래. 그리고 이 친구는 중풍이야. 자네 비법이 좋다고 하던데 꼭 좀 고쳐주게."

"일파 스님. 어떻게 좀 도와주십시오."

원대희 씨도 나에게 사정을 했다.

"도관 스님, 저는 신이 아닙니다. 또 조상천도를 하려면 옷도 사야하고 여러 가지 물품이 많이 듭니다. 이 다음에 여유가 되면 꼭 천도해 드려서 좋아지시게 하겠습니다. 그때까지만

기다려 주십시오."

원대희 씨 요청은 이렇게 다음으로 미루게 됐다. 그러자 이번엔 도관 스님이 매달렸다. 도관 스님은 작은아버지인 L씨의 미래와 본인의 미래를 예언해 달라고 했다. 당시 대통령 선거에서 김대중 씨가 당선됐을 무렵이다.

"L씨는 앞으로 중책을 맡으실 겁니다. 하지만 공직에서 물러나시고 국회의원 선거에 나가시지만 희망이 없습니다. 조상님들 중 크게 잘 못되어 좋은 곳으로 못 가신 분들이 계시기 때문입니다. 그 때문에 또 원귀들도……."

"종교가 기독교라서 아마 믿지 않을 텐데."

"같은 문중인 S그룹 L회장은 집안에 불화가 생길 겁니다. 특히 L회장의 건강은 무척 안 좋습니다. 2년 안에 암 판정을 받을 것입니다. 그룹이 S병원을 가지고 있어도 못 고칩니다. 부인인

H여사도 건강이 안 좋아질 것입니다. 특히 신장이 좋지 않습니다. 큰아들의 결혼 생활에는 이별수가 있습니다. 이 모든 이유는 전 회장의 묘와 영혼이 잘못되었기 때문입니다. 지금이라도 L회장님을 만나게만 해주신다면 사실 증명을 해 드릴 수 있고, 지금부터라도 건강하게 만들 자신이 있습니다. 검진은 S그룹 병원에서 받으시면 될 것입니다."

도관 스님은 아무 말이 없었다. 눈만 꿈벅거릴 뿐이었다. 믿지 않는 눈치였다. 그런 그를 상대로 얘기를 하고 있자니 짜증이 밀려 왔다. 그러나 참아야 했다. 원장 스님이 부탁한 일이 아닌가.

"도관 스님 역시 조상님 영혼이 잘못되어 지금까지 살아오시면서 되는 일이 없었던 것입니다. 그리고……."

"그리고? 그리고 뭔가? 어서 말해보게."

"정말 죄송스런 말씀입니다만, 도관 스님은 앞으로 1년 안에 중풍으로 쓰러집니다. 원대희 씨처럼 말입니다. 빨리 그 원인을 찾아내 예방을 하여야 그 액운을 면할 수 있습니다."

"뭐라구? 이런."

그의 얼굴이 싸늘해지고 있었지만 나의 예언은 계속되었다.

"우리 원효종의 사무국장인 박상규 씨에게는 더 큰 액운이 있습니다. 조모님의 영혼이 너무나 잘못되어 있어 사무국장님께서 계속 아프셨던 겁니다. 게다가 큰아들은 몇 달 안에 액운을 당해 죽게 될 것입니다. 영혼 공부를 하는 우리는 될 수 있으면 천기누설은 하지 않지만 도관 스님의 부탁으로 그만 솔직히 예언을 하였습니다. 용서하십시오."

내 말이 끝나기가 무섭게 도관 스님은 고개를 돌려버렸다. 기분이 무척 상한 모양이었다. 건강하고 멀쩡한 자신이 중풍으로 쓰러져, 친구 원대희 씨처럼 불구가 된다고 하니 얼마나 기가 막히겠는가. 그의 입장에선 기분 나쁠 수도 있을 것이었다. 그러나 이미 내 눈에는 그의 뒤쪽에 점점 더 짙어지고 있는 살부의 기운이 보였다.

내가 한 예언의 소문이 어느새 사무국장의 귀에도 들어갔는지 평소에는 총무원으로 가면 점심 공양 때마다 원장 스님과 나를 꼭 챙겨 주던 사무국장이 그날 이후로는 날 본 척도 하질 않았다. 하지만 이해할 수 있는 일이었다. 자기 아들이 액운으로 죽는다고 하는 사람한테 세상에 어떤 사람이 기분 좋은 낯으로 대할 수 있단 말인가? 총무원에서 나를 믿어주는 분은 원장 스님뿐이었고, 사무국장을 비롯한 나를 아는 많은 스님들은 나를 냉랭하게 대했다. 소위 나를 '왕따' 시키는 꼴이었다.

"일파가 언제부터 스님이 되었는가?"

"몇 달 전 스님이 되겠다고 찾아온 녀석이 행자 생활도 안 하고 단지 총무원장님께 잘 보인 덕에 원장 스님 보필까지 맡고 있으니 말이야."

"낙하산이라구, 낙하산."

"일파 스님은 왜 스님의 길은 걷지도 않고 점이나 봐주고 예언이나 하지? 무속인이야, 점쟁이야?"

나에 대한 말들은 하나같이 이런 식이었다. 나야 참고 감내할 수 있는 문제였다. 하지만 원장 스님이 나 때문에 너무나 난처하고 곤혹스러운 입장이 되는 것은 참기 힘든 일이었다.

"원장 스님, 죄송합니다. 자꾸 예언을 해달라고 해서 그만 솔직히 말해 버린 게 화근이었나 봅니다. 몇 달만 기다리면 알게 될 터인데 도무지 제 말은 믿어주지 않고……."

"일파야, 네가 참아라. 저들이 몰라서 그러는 걸 어찌하겠냐."

원장 스님은 나에게 당분간 총무원에 나오지 말고 대신 절에서 불교 공부와 영혼 공부에만 열중하라고 말하였다. 당분간 기거할 곳도 있어야겠다며 동대문구 창신동 산꼭대기에 방을 하나 얻어 주었다.

"먼 훗날, 후회하는 사람이 있겠지. 하지만 네가 예언을 하는 것은 밀교라고 할 수 있어. 우리나라 큰스님들이나 대사님들도 예언을 하셨지."

총무원에 출근을 못하게 되니 시간이 많이 남았다. 국립묘지에 가서 영혼 공부도 하고 모란공원묘지에 가서 민주 열사들에게 참배도 했다. 삼성병원이나 중앙병원 영안실에 가서 돌아가신 분과 영혼 접속도 많이 하였다. 그리고 틈나는 대로 지리산의 스승님도 자주 찾아뵈었다.

예언이 실현되다

■ P씨 구속 - Y재단 다시 찾아가다

1998년 초에, 또 다시 Y재단을 찾아갔다.

이전과는 달리 이번에는 승복차림이었다. 그 동안 Y재단 성 비서로부터는 아무 연락도 없었다. 경비실에서는 내가 처음 찾아갔을 때 나와 약간의 언쟁이 있었던 직원이 나를 보고 아는 체를 했다. 호남 사투리를 쓰던 사람이었다.

"그때 그 분이시죠. 몰라 볼 뻔 했습니다. 그런데 스님이 되셨네요."

"예, 그렇게 됐습니다. 그런데 P씨가 구속됐다죠?"

"예. 참 이 집안도 되는 일이 없군요. 선생님 말씀대로였는데 원, 잘 믿지를 않죠."

그는 안쪽을 보며 안타까운 표정을 지어 보였다. 그에게 성 비서가 있느냐고 묻자 친절히 직접 나를 성 비서에게 안내했다. 나는 성 비서 방으로 가는 도중 Y재단 안쪽을 여기저기 둘러보았다. 여전히 여기저기에 영혼의 신음 소리가 들리고 있었다. 그리고 뜰 저 쪽으로 누군가가 나를 주시하고 있었다. 단신의 까

무잡잡한 '그 분' 이었다. '그 분' 의 눈빛이 내 가슴을 짓눌렀다. 나는 순간 숨이 멎는 듯 했다. 나는 나도 모르게 앞에 가던 경비의 어깨를 쥐어 잡았다.

"왜 그러시죠? 그런데 왜 이렇게 땀이 나세요. 날도 추운데 괜찮으세요?"

"예, 괜찮습니다. 어서 가시죠."

나는 정신을 추스르고 성 비서에게 갔다. 성 비서는 침울한 표정이었다. 나를 보자 약간은 흠칫한 표정이었다. 그러나 예의 그 싸늘한 표정으로 다시 돌아가 있었다.

"그간 어떻게 지내셨는지요. 제 예언대로 P씨가 구속되고 말았습니다. 어떻습니까? 이젠 저를 믿어 주시겠어요?"

나는 뜰에서 보았던 그분의 영혼을 생각하며 그에게 다급한 마음으로 말을 건넸다. 그런데 그에게서 의외의 말이 튀어 나왔다.

"당신이 여기에 왔었나요?"

이게 무슨 소리인가? 불과 몇 달 전에 찾아와서 저 방에서 서로 상담하고 헤어졌는데 나를 보고 기껏 한다는 소리가 고작 '왔었냐' 라니. 성 비서는 한술 더 떠 P씨는 공인이며 독실한 기독교인이니 이상한 유언비어를 유포하면 가만 두지 않겠다고 나를 협박까지 했다. 그렇게 말하는 그의 어깨 뒤로 두 분의 영혼이 다가서 있었다. 온 몸이 피로 물들어 있었다. 너무나도 고통스런 표정들이었다. 어떻게 해야 한단 말인가! 안타까웠다. 더 이상 성 비서와는 말이 통하지 않았다. 성 비서를 통하지 않고 P씨를 직접 만날 수만 있다면 어떻게 해서든 설득을 시킬 수가 있을 텐데……. 아쉬움이 많이 남았지만 어쩔 도리가 없었다. 허탈한 마음으로 돌아섰다. 호남 사투리의 경비가 궁금했던지 입구에서 나를 기다리고 있었다.

"성 비서님은 믿어주던가요?"

"믿어주지 않더군요. P씨를 살리고 나아가 P씨 집안을 살려야 하지 않겠습니까."

나는 그곳에 있던 직원들에게 호소를 했다. 그중 직원 한사람이 자기가 노력해보겠다며 내 연락처를 알려 달라고 하여 그에게 내 연락처를 남겨놓고 돌아섰다. 며칠 후 그 직원에게서 연락이 왔다. 성 비서가 자신의 말을 전혀 들어주지 않아 자신도 답답하다고 했다. 힘내시라고, 그리고 애써주셔서 고맙다는 인사를 전하고 그는 전화를 끊었다. 마음이 착잡했다. 진실이 통하지 않는 세상이 야속하기만 했다. 자꾸 그 두 분 영혼의 고통스런 표정이 눈에 밟혔다.

■ L회장 묘지 방문

Y재단에 다녀온 후 나는 경기도 용인에 있는 S그룹 L전 회장의 묘지를 방문했다.

눈이 펑펑 내리는 날이었다. 묘를 관리하는 듯한 직원이 나와서 나를 맞았다. 나는 방명록에 사인을 하고 나서 내 소개를 한 뒤 책임자를 만나고 싶다고 했다. 그러나 직원들 중 책임자 되는 듯한 사람은 보이질 않았다. 거기 있는 직원들도 나를 이상한 사람 보듯 했다. 나는 단호하게 예언을 했다.

"묘를 이렇게 잘 꾸며놓고 관리를 잘하고 통제를 해도 소용없는 일입니다. 고인의 영혼이 잘 못 가셨기 때문에…… 단언하건대 앞으로 L회장님의 건강에 중대한 문제가 생길 것입니다. 그분은 얼마 지나지 않아 암 판정을 받을 것입니다. S그룹이 초일류의 병원을 가지고 있어도 그 병을 낫게 하지는 못할 것입니다."

나는 그들에게 S그룹에 찾아갔던 이야기며 그 후로도 계속 접촉을 시도했지만 실패했던 이야기를 해주었다.

"내가 여러분에게 이토록 미친 사람 취급을 받고 수모를 당하면서까지 왜 이렇게 먼 길을 찾아온 줄 아십니까? 기업이 잘 돼야 나라가 잘 되고, 나라가 잘 돼야 국민들이 근심 없이 잘 살 것 아닙니까? 기업이 잘 되려면 사주가 건강해야 하는 것은 당연한 이치가 아닙니까? 이렇게 한 사람의 진실된 마음을 너무도 몰라주니 마음이 아플 뿐입니다."

저 멀리 잘 다듬어진 고 L 전 회장의 묘가 어렴풋하게 보였다. 고인의 묘를 뒤로 하고 내리는 눈을 맞으며 돌아서는 발길은 무겁기만 했다.

■ 예언대로 실현된 사무국장 아들의 죽음

원장 스님의 지시에 따라 총무원에 나가지 않아도 된 나는 마음은 있었지만 시간이 없어 가보지 못했던 전국의 명승고지와 여러 유적들을 찾아 돌아다니기도 했다.

그렇게 지방을 떠돌아다닐 때였다. 부산에서 용무를 마치고 서울로 가기 위해 부산역 대합실에 앉아 있는데 전화가 왔다. 총무원장님이 마산의 납골당 준비 때문에 사무국장과 함께 부산에 내려왔는데 지금 부산역 부근의 여관에 묵고 있다는 것이었다. 먼 걸음을 하였으니 찾아가 인사를 하는 것이 도리일 것 같아 원장 스님을 찾아갔다.

원장 스님은 숙소 부근 한 찻집에서 사무국장과 함께 어느 납골당 투자자와 얘기를 나누고 있었다. 인사를 하고 자리에 앉으려는데, 사무국장의 안색이 너무나 좋지 않았다. 영을 접속해보니 사무국장은 건강이 상당히 악화돼 있었고, 그의 큰아들에게는 액운이 바로 코앞에 다가와 있었다. 나는 원장 스님에게 작은 목소리로 물어 보았다.

"원장 스님, 원장 스님은 저를 믿으십니까?"

"난데없이 갑자기 그게 무슨 말이냐?"

"제 학문을 믿으시냐는 말씀입니다."

"그래, 나는 너의 학문을 믿는다. 근데 갑자기 그건 왜 묻느냐?"

"사무국장의 큰아들에게 액운이 바로 코앞에 닥쳤는데, 사무국장은 도대체 제 말을 믿어주지 않으니 답답해서 그렇습니다. 사무국장이 그래도 원장 스님 말씀은 듣는 편 아닙니까. 그러니 힘이 드시더라도 원장 스님께서 사무국장을 꼭 좀 설득해 주십시오. 그대로 놔뒀다간 정말 큰일이 벌어지고 맙니다."

"그래, 알았다. 큰아들도 큰아들이지만 내가 보기에는 사무국장 건강도 큰 문제이다. 앞으로 큰일을 해야 할 분인데 말이다. 일파 너는 오늘 서울에 올라가지 말고 내 옆방에서 하루 더 묵거라. 내가 설득해 보마."

"예, 원장 스님. 하루가 급합니다."

다음 날 아침, 사무국장을 만났지만 그는 나의 얼굴을 쳐다도 안보고 외면해 버렸다. 큰일이다 싶어 원장 스님을 찾아가 물었다.

"어젯밤에 말씀 좀 해보셨습니까?"

"믿어야 말이지. 그 사람이 너보고 미친놈이라고 하더구나. 무당이래."

해가 되라고 한 말도 아닌데, 해가 되기는커녕 잘 되기를 바라는 마음에서 한 말인데 믿어주질 않으니 안타깝기만 했다. 게다가 나를 미친놈 취급한다니 마음 한 켠에서는 야속하다는 마음까지 들었다.

"그 사람, 다른 때는 내 말을 잘 따르더니 이번만큼은 그렇지가 않더구나. 아주 완강하던 걸."

"안 믿으면 어쩔 도리가 없지요. 원장 스님, 그럼 저 먼저 서울로 올라가겠습니다. 일 잘 보고 올라오십시오."

"알았네. 자네 먼저 올라가 있게."

"네, 원장 스님. 절에서 뵙겠습니다."

원장 스님에게 인사를 마치고 나와서도 사무국장님에 대한 서운한 감정이 한동안 마음속에서 떠나지 않았다.

'왜 내 이야기를 믿어주지 않는 것인가?'

서울에 올라오고 나서, 나는 가끔 원장 스님과 총무원에 갈

기회가 생기곤 했다. 그렇게 일주일 정도가 지난 어느 날이었던가. 나는 총무원을 퇴근한 원장 스님과 함께 종각에서 전철을 이용해 안양암으로 돌아오고 있었다. 동대문역에서 내려 계단으로 올라가는데 계단 저 너머로 싸락눈이 내리는 게 보였다. 하루 종일 날씨가 찌푸리더니 하늘에서 기어이 눈을 뿌린 것이다. 눈이 오는 하늘은 온통 검게 보였다.

"삐리리리"

계단을 다 빠져나올 무렵, 원장 스님의 휴대폰 벨소리가 울렸다.

"여보세요. 그래, 날세. 뭐라구?"

원장 스님이 깜짝 놀란 표정으로 나를 쳐다보았다.

"그러게 믿었어야지. 도통 마음을 닫은 사람 마냥 그러더니만……. 알았네. 내 곧 그리로 가지."

전화를 끊고 나서 원장 스님은 내 손을 잡아끌고는 올라온 계단을 되밟아 내려갔다.

"안됐어, 참 안됐어. 그러게 진작에 사람 말을 좀 믿을 것이지, 쯧쯧쯧."

딱히 누구더러 들으라고 하는 것도 아닌 말을 원장 스님은 넋두리처럼 되풀이하였다.

"원장 스님, 무슨 전화인데 그러십니까?"

"일파, 네 말이 맞아. 갔어."

"가다니요, 뭐가요?"

"사무국장 아들이 죽었다는구나."

"예에?"

전율이 느껴졌다. 내가 예언을 했지만 섬뜩한 기분이 들었다. 이 오묘한 학문을 어떻게 말로 설명한단 말인가.

사무국장의 아들은 교사였다. 나이는 아직 쉰도 되지 않았지만 술을 몹시나 좋아하는 애주가였다. 어젯밤 사무국장이 집에 들어갔을 때 먼저 와 있던 아들은 술에 취해 잠들어 있었다. 다른 식구들은 볼일 때문에 나가 있는 상황이었다. 아버지가 방문을 열었는데도 큰아들은 이불도 안 덮은 채로 잠만 잘 뿐, 일어나 아버지에게 인사도 못하더라는 것이었다. 사무국장은 '술을 많이 했나보군' 하며 방을 나서려다 날이 추운데 이불도 없이 자다가는 감기라도 걸릴까 싶어 이불을 끌어다 덮어주고 방으로 돌아와 잠을 청했다고 한다.

다음날 아침 총무원으로 출근을 하려는데 그때까지도 잠을 자는지, 큰아들은 기척이 없었다. 이상한 생각이 들어 아들의 방에 들어가 보니 큰아들은 간밤에 자신이 이불을 덮어준 모습 그대로 누워있었다. 하지만, 몸은 이미 싸늘하게 식은 채였다. 아무도 임종을 지키지 못하고 갔으니 그야말로 객사였다. 절로 돌아가서 원장 스님이 조의금이 든 봉투를 건네었다.

"영안실에 같이 가자. 네가 사무국장을 이해해라."

"예, 원장 스님."

병원은 공항 근처에 있었다. 언제 소식을 들었는지 전국에서 이십여 분의 스님들이 우리보다 먼저 도착해 있었다. 스님들은 조의를 표하고 목탁을 치며 영혼이 잘 가라며 천도를 하고 있었다. 영가는 불광동 포교원에 맡긴다고 했다. 천도를 마치고, 스님들은 영혼이 좋은 데로 잘 갔다고 했다. 하지만 아무리 봐도 영혼은 구천을 떠돌고 있었다. 내가 보기에는 그랬다. 하지만 아무도 믿어주지 않을 테니 말을 할 수가 없었다. 예언을 하면 나를 또 미친놈이라 할 것이 분명했다.

조문을 마치고 나서 절로 돌아오자, 원장 스님이 나를 찾았다. 오늘 저녁 남산에서 전국의 무속인들이 모여 행사를 갖는데 원장 스님이 그 자리에서 법문을 하게 됐으니 같이 가자고 했다. 그 자리에는 원장 스님과 나 외에 원효종의 스님들 몇 분이 더 동참했다.

전국에서 모인 수천 명의 무속인과 각 신문사의 취재기자들로 행사장은 가득 찼다. 상마다 제수가 가득 쌓이고 장구, 꽹과리 소리가 왁자지껄한 것이 제법 행사 분위기를 돋웠다. 행사가 어느 정도 진행되고 각 종단의 큰스님들의 법문이 차례로 이어졌다. 스님들의 법문이 끝나고 난 뒤, 유명한 남산 도깨비라는 사람이 신을 부르면서 돌을 매단 막대기를 세우려고 했다. 사람들은 옷깃마다 큰 꽃들을 달고서 악수를 한다, 토론을 한다, 난리였다. 시끄럽고 어수선해 머리가 어질어질할 지경이었다.

과연 이곳에 모인 수행자들이나 무속인들은 국민들을 위해 노력하는 것인가? 아니면 하나의 어엿한 직업인으로만……. 그들과 마음을 터놓고 대화하고 토론하고 싶었다. 하지만 그럴 분위기가 아니었다. 서로들 나 잘났다, 너 잘났냐 하며 목청을 세우기에만 급급해 보였다. 왜 내가 이 자리에 있어야 하는가. 이렇게 세월을 보내야만 하는가. 저쪽에 도관 스님의 모습도 보였다.

그날 남산을 내려오면서 이런 곳은 내가 있을 곳이 아니라는 생각이 들었다.

다・시・세・상・속・으・로

4
다시 세상 속으로

액운이 닥친다는 말에 김 원장은 기분이 조금 상했는지
더 이상 말을 꺼내지 않고 방을 나가 버렸다.
그 모습이 안 돼 보여서 또 한 편으로는
자신의 한 치 앞도 내다보지 못하는 인간들의 비운이 느껴졌다.

다·시·세·상·속·으·로

사람들의 고통을 외면할 수 없다

1998년 4월 초순.

한 바탕 봄비가 쏟아지고 나자 겨우내 얼었던 대지는 태아의 오랜 잠처럼 눈이 부시게 깨어났다. 그러나 나는 깨어나지 않은 어둠 속에서 생각하고 또 생각했다.

'난 지금 여기에서 무얼 하고 있단 말인가. 스님은 과연 무엇 하는 사람이란 말인가. 부처님이 가셨고 그의 제자들이 가신 그 길을 밟아 나 또한 부처의 제자가 되기 위해 머리를 깎고 먹물을 들인 승복을 입지 않았던가. 그러나 무엇이 달라졌단 말인가……'

하루에도 수 없이 이 말을 되풀이하며 어두운 방에서 나와의 피비린내 나는 싸움을 하고 있었다. 그러면 그럴수록 마음은 바람 부는 강가에 서 있는 허허로운 나목의 그것처럼 외로웠고 쓸쓸해졌다. 총무원에 나가면 이젠 스님들이 드러내 놓고 나를 견제했다. 그들을 미워할 마음은 추호도 없다. 어차피 깨달음을 얻지 못했다면 그들도 어리석고 슬픈 중생들이 아닌가. 마음을 다 잡고 그들의 수군거림을 무시하려고 하여도 왜 자꾸 그들의 눈치를 보게 되는 걸까.

형편이 어려운 원장 스님에게 더 이상의 신세를 지는 것도 송구스럽기만 했다. 스님을 도와드리지는 못할망정 자꾸 그 분에게 짐이 되고 있다는 생각뿐이었다. 그리고 지리산에 있는 스승님을 찾아뵌 지도 한 달이 다 되어갔다. 몇 푼 되지 않는 여비가 없어 한 동안 스승님을 못 찾아간 것이다. 스승님을 만나 학문에 대해 연구한 것을 얘기하고, 그 분의 은혜로운 말을 듣는 것이 내 유일한 즐거움이었다. 그런데 학문의 이렇다 할 발전 없이 마음만 하루하루 무거워지는 이곳 절에서 눈칫밥만 먹고 있으니 내 자신이 너무나 한심스러웠다. 마음 편히 수련할 수 있는 내 절만 있다면 이 눈치 저 눈치 안 보고 학문 공부에 지금보다 몇 배의 노력으로 정진할 수 있을 텐데. 마음은 매일 이런 공염불이나 외고 있는데 대체 무슨 공부가 되겠는가? 그렇다고 어려운 사정을 뻔히 아는데, 원장 스님에게 손을 벌릴 수도 없는 노릇이었다. 이렇듯 나는 봄날 아지랑이가 살랑거리듯 하는 마음을 다 잡지 못하고 있었다.

그러던 어느 날, 한복을 새색시처럼 곱게 차려 입은 할머니 한 분이 막 돋은 새순처럼 앙증맞은 대여섯 살 먹은 손녀를 데리고 불공을 드리기 위해 절에 왔다. 불공을 드리는 할머니의 뒷모습은 무엇인가 애달프면서도 간절해 보였다. 하긴 어느 중생이 부처님 앞에서 애달프고 간절하지 않겠느냐 마는 할머니의 뒷모습은 유난히 더 사람의 마음을 붙들어 두었다.

할머니가 법당 안에서 절을 올리는 동안 손녀는 볕이 드리워져 있는 법당의 처마 밑에 쪼그리고 앉아 흙장난을 하고 있었다.

참으로 죄 없이 맑고 귀여운 아이였다. 그 아이를 보자니 나는 수련하는 동안 잠시 잊고 있었던 내 딸 아이 생각이 났다. 양 갈래로 곱게 머리를 땋은 꼬마아이의 모습이 마치 집에 두고 온 내 딸의 모습 같았다. 나는 불현듯 내 딸아이가 보고 싶어지면서 눈시울이 뜨거워졌다. 집에 두고 온 딸에 대한 그리움으로 그렇게 아이의 모습을 한동안 바라보고 있을 때였는데, 갑자기 내 마음 속에서 한 가닥의 바람이 일어나더니 사납게 휘몰아 쳐대는 것이었다! 그 바람은 나를 넘어뜨리기 위해 더 맹렬하게 포효하며 불어닥쳤다. 도대체 이 무슨 마음의 변괴란 말인가. 집에 두고 온 아이를 생각하는 마음이 이다지도 크단 말인가. 그러나 그게 아니었다. 내 마음을 무섭게 뒤흔드는 이유는 따로 있었다. 그것은 바로 흙장난을 하고 있는 아이의 몸에 사악한 기운이 깃들어 있기 때문이었다.

머리가 지끈거리며 온 몸에서 열이 나기 시작했다. 나는 조심스럽게 아이에게 한 발 다가갔다. 흉측한 원귀가 그 아이 곁에 꼭 붙어 있는 것이 보였다.

"얘야!"

나는 다가가서 다정하게 말을 걸었다. 아이는 고개를 들어 물끄러미 나를 쳐다볼 뿐 아무런 말이 없었다.

나는 아이의 머리를 쓰다듬었다. 이처럼 티 없이 맑고 귀여운 아이가 원귀로 인해 고통 받고 있다니. 그때 마침 아이의 할머니가 불공을 끝마치고 법당에서 내려왔다.

"보살님."

나는 합장을 하고 말을 건넸다.

"왜 그러십니까, 스님."

"보살님의 손녀딸에게 일 년 전에 큰 사고가 있었군요. 그 일로 아이가 고통 받고 있습니다."

나는 차마 그 귀여운 아이에게 원귀가 씌었다는 말은 하지 못했다. 나의 말을 듣고 할머니는 어떻게 그것을 알았냐는 듯이 화들짝 놀라며 내 얼굴을 뚫어지게 바라보았다. 그리고 나에게서 무엇을 느꼈는지 할머니는 내게 큰절을 했다. 나는 그런 할머니를 일으켜 세웠다. 그러자 할머니는 아이에 관한 그 간의 일을 내게 털어놓았다.

아이가 일 년 전 유치원에서 소풍을 갔다 오는 길에 유치원 차가 눈길에 미끄러져 사고가 난 일이 있는데, 그 일 이후로 도통 말을 하지 않는다는 것이었다. 다친 곳은 없으나 하루종일 아무 말도 하지 않길래, 온갖 병원을 찾아다녀 보았지만 아무 이상이 없다는 진단만 받았다고 했다. 나는 그 불쌍한 할머니의 손녀를 위해 그 자리에서 마음을 다 바쳐 조상의 천도와 집안의 발복을 비는 재를 지내주었다.

재를 지내는 동안, 신기하게도 사월 초순의 하늘에서 간간이 잔 눈발이 날렸던 것이다. 이 눈발은 무엇을 의미하는 것일까? 나는 할머니와 아이를 번갈아 쳐다보며 이렇게 말해 주었다.

"이제 아무런 걱정하지 마십시오. 제가 아이를 괴롭히던 원귀를 쫓아내 버렸습니다. 추위와 배고픔에 지친 원귀는 극락으로 보냈고, 아이의 영혼에 다시는 그런 원귀가 깃들지 못하도록 하였습니다."

그리고 나는 원귀가 사라진 아이의 맑은 영혼을 향해 합장을 했다. 그 일이 있고 나서 이틀 후 그 할머니가 다시 절을 찾아왔다. 아이가 다시 말문을 열기 시작하였고 눈에 띄게 명랑해 졌다며, 기쁨의 눈물을 글썽였다. 그리고는 내 손을 꼭 잡곤 몇 번이고 고개를 숙여 감사의 말을 하였다. 나도 마치 내 딸아이를 살려낸 것처럼 기뻤다.

"스님, 스님 같은 훌륭한 재주가 있으신 분들께서 속세로 내려오셔서 우리 손녀처럼 고통 받는 사람들을 위해 좋은 일을 많이 해 주십시오."

나는 그때 별 뜻 없이 "그래야지요." 라고 대답했다.

그러나 할머니가 돌아가시고 나서 생각해 보니 속세란 말이 나에게는 예사로 들리지 않았다. 절에서 공부를 계속하는 것도 좋지만 머리를 기르고 속세로 나가 고통 받는 많은 사람들에게 도움을 주는 일이 더욱 보람된 것이 아닌가 하는 생각이 들었다.

나는 며칠 동안 밤잠을 설치며 과연 무엇이 보람 있는 일인가를 고민했다. 속세에 내려가 아픈 중생들을 구하는 철학원을 열어 돈을 모아서 절을 지어 덕이 깊은 원장 스님도 모시고 보고 싶은 아들딸도 만나고 총무원 운영자금도 지원하고 싶다는 생각이 들었다. 아무리 뛰어난 학문과 오묘한 비법을 가지고 있으면 뭐하나. 중생들의 아픔을 치유할 수 없다면……. 생각이 거기까지 미치자 나는 사람들 속에서 도움을 주고받으며 보람을 찾고 싶었다.

'그래, 우선 아픈 사람들을 그 아픔에서 구해내고 경제적으로도 안정을 찾아 더 많은 사람들을 돕고 그때 다시 스님이 되자.

속되게 돈을 벌지 않고 아픈 자들을 치유해서 번 돈이라면 부처님도 그 돈으로 더 보람된 사업을 하라고 말씀하실 것이다. 더 넓은 세상 견문을 익히러 외국도 다녀보고 학문에만 정진할 수 있는 절도 지을 수 있어. 소외된 사람들을 위해 고아원이나 양로원을 지으려 해도 돈이 필요하잖아?

나는 마침내 결심을 했다. 다시 세상에 돌아가기로. 이렇듯 깨달음이란 예기치 않는 인연에서 오는가 보다 라고 생각하며 나는 할머니와 아이를 내게 보내 주신 부처님에게 큰절을 올렸다.

나는 안양암을 나가기로 결정을 내렸다. 나는 원장 스님에게도 나와 함께 절을 내려가는 것이 어떠냐고 조심스럽게 물어보았다. 그러나 원장 스님은 안양암에 특별한 사연이 있는 것 같았다. 굳이 안양암에 남아 있을 것을 고집했다. 어찌 미천한 내가 그 분의 깊은 뜻을 헤아리겠냐 마는 연세가 팔순이 가까운 스님이 머무르기에 안양암은 그리 좋은 곳이 아니었다. 스님이 기거하는 방은 한겨울에도 조그마한 난로 하나가 전부였다. 찾아오는 손님들이 아쉬운 소리들을 할 때마다 이리 보살펴 주고 저리 퍼주고 하기 때문이다. 원장 스님이 그들에게 조금만 인색하게 굴었더라면 지금보다 훨씬 편한 생활을 할 수 있었겠지만 정작 원장 스님은 자신의 남루한 생활에 대해 불평 한마디 없었다. 거기에 나까지 스님 신세를 지고 있으니 여간 송구스런 것이 아니었다. 결단을 내려야 했다.

승복을 벗어 한쪽에 개켜놓고 속세의 옷으로 갈아입고는 원장 스님에게 갔다.

"원장 스님, 드릴 말씀이 있습니다. 그 동안 이 미천한 것이 원장 스님을 보필하면서 원장 스님께 많은 공부를 배웠고 진심으로 많은 걸 느꼈습니다. 짧은 행자 생활이었지만 절과 스님의 세계도 경험할 수 있었습니다. 그 은혜 무엇으로 갚아야 할 지 모르겠습니다. 짧은 제 소견으로는 아무래도 제가 절이 있어야 마음 놓고 저의 학문과 영혼 공부를 할 수 있을 것 같습니다. 그래야 나중에 상좌인 제가 원장 스님을 찬바람 들지 않는 따뜻한 방에라도 모실 수 있을 것 같습니다. 어려운 살림의 원효종 총무원에도 도움을 주고 싶고요. 개인적으로는 같은 서울 하늘 아래 제 아들딸이 있는데도 마음 놓고 만나지 못하고 있는 것도 안타깝습니다. 자식들이 하루하루 커 가는 데 명색이 아비인 제가 뒷바라지도 제대로 못해주는 게 늘 마음의 짐으로 남았습니다. 일 년만 속세로 나가 돈을 벌겠습니다. 돈을 벌어 저의 절을 만들고 스님을 거기로 모시고 싶습니다. 그리고 그때는 다시 머리 깎고 스님이 되겠습니다. 원장 스님!"

나의 눈에서 뜨거운 눈물이 흘렀다. 원장 스님의 눈가에도 눈물이 맺혔다.

"제가 입었던 승복은 여기 있습니다. 꼭 일 년 안에 원장 스님을 찾아뵙겠습니다. 그리고 그때 다시 이 승복을 입도록 하겠습니다."

"뜻이 정 그렇다면 내가 어찌 너를 말리겠느냐. 너는 학문이 깊고 사리가 밝으니 어디를 가더라도 많은 사람들에게 큰 도움을 줄 것이다. 부디 힘들더라도 몸 건강하여라……."

더 이상 원장 스님은 말을 잇지 못하였지만, 나는 알고 있다.

그분이 나에게 침묵으로 더 많은 말들을 들려주고 있다는 것을.

"원장 스님, 건강하십시오."

"그래, 차비는 있는가?"

"……."

애초에 이곳으로 올 때 빈 몸뚱어리뿐이었던 내게 무엇이 있겠는가.

원장 스님은 꼬깃꼬깃한 만 원 짜리 한 장과 때 절은 천 원짜리 서너 장을 자신의 남루한 승복 호주머니에서 꺼내주었다. 원장 스님이 꺼내 주는 그 돈을 보니 또 다시 눈물이 났다. 원장 스님도 생활이 무척 어려우실 텐데. 그러나 나는 애써 눈물을 훔치고 큰절을 하고는 안양암을 내려왔다. 나는 다시 돌아온다. 나는 다시 돌아올 것이다. 몇 번이고 다짐하며 멀어져 가는 안양암을 쳐다보았다. 그때 산비둘기 한 마리가 숲에서 퍼드덕거리며 날아올랐다.

철학관을 열고 사람들을 만나다

나는 속세로 내려왔다.

그리고 속세에는 또 다른 인연이 나를 기다리고 있었다. 나는 원효종 총무원에서 알게 되었던 노 스님의 소개로 강남구 신사동 사거리에 있는 운봉 철학관이라는 곳의 원장을 만나게 되었다. 당시 IMF 구제 금융 한파로 온 나라의 경제가 꽁꽁 얼어 있을 때였다. 경제뿐이었겠는가. 사람들의 마음도 꽁꽁 얼어 있었다. 운봉 철학관도 예외는 아니었다.

철학관은 보증금이 500만원에 월 50만원씩 세를 주는데 두 달 후면 보증금마저 찾을 수 없는 형편이었다.

철학관 원장인 김기환 씨는 뾰족한 방법이 없어 한숨만 쉬고 있었다. 그러나 나는 한숨만 쉬는 그 자세에 더 큰 문제가 있는 게 아닌가 생각해 보았다. 원장은 자신이 역학으로 사주를 봐 주는데, 몇 년 전까지만 해도 경기가 좋아 잘 되었다며, 내게 어떤 학문을 공부하는지 물어왔다.

"저는 영을 공부합니다. 그렇다고 무속인은 아닙니다. 죄송한 말씀이지만 원장님을 위해서 꼭 이 말씀드려야겠습니다. 이곳에 들어설 때, 느낀 것이지만 철학관이 잘 안 되는 것은 경기 탓이 아닙니다. 바로 원장님에게 문제가 있습니다. 원장님의 조상님들 중엔 원한이나 사고로 잘못 돌아가신 분들이 많고 그 분들이 원귀가 되어 구천을 떠돌다가 지금 원장님에게 해를 끼치고 있습니다. 제가 보기에는 원장님의 건강도 지금 매우 안 좋습니다. 당뇨가 있고 머지않아 큰 액운을 피하지 못하고 병원에 입원까지 해야 할 형편입니다. 제 말을 허튼 소리로 받아넘기지 마시고 건강에 특히 유의하셔야 합니다."

원장은 나의 학문에 관한 설명을 듣고는 반신반의하는 눈치였다. 그리곤 내 비법이 그렇게 좋으면 운봉 철학관을 같이 운영하자고 제의해왔다. 갈 곳도 마땅치 않았던 나는 우선 머물 수 있는 사무실을 얻게 된 셈이어서 쾌히 승낙하였다. 이것이 속세의 인연이라 생각하고 받아들이기로 하였던 것이다. 하여간 그때부터 원장과 나는 운봉 철학관을 같이 운영하게 되었다.

운봉 철학관으로 출근한 지 며칠 후, 원장과 내 학문에 대해 이런 저런 대화를 나누고 있는데 호출기가 울렸다. 나는 대화중이므로 별 생각 없이 주머니 속에서 호출기를 꺼내 본 후 다시 주머니에 집어넣으려고 하였다. 그런데 느낌이 이상하여 호출기를 다시 들여다보았는데 전혀 모르는 전화번호였다. 그냥 잘못 걸려온 전화번호겠지 생각하려해도 이상한 느낌이 온몸을 휘감고 지나갔던 것이다. 나는 원장에게 양해를 구하고 호출기에 찍힌 번호로 전화를 걸었다. 전화기 속에서 긴 신호음이 이어졌다. 그냥 그쯤이면 끊어 버렸어야 했는데 나는 계속 전화기를 들고 있었다. 받을 때까지 기다려줘야 할 것 같았다. 그리고 전화기 저쪽에서 낯선 남자의 목소리가 튀어나왔다.

"여보세요."

"저에게 호출하신 분이신가요?"

"아, 안녕하세요, 선생님. 예전에 국립묘지에서 만났던 장경환입니다. 실례가 안 된다면 만나 뵙고 싶습니다만, 시간 어떠신가요?"

'장경환'. 생소한 이름이었다. 그러나 저쪽에선 나를 알고 있는 것을 보니 한 번쯤 인연이 있었던 것이 분명한데, 그것도 내 호출기 번호를 알고 있다면 중요한 인연일 수도 있었다. '장경환'이 누구였더라?

생각을 더듬어 보았다. 가물거리는 기억의 저편에서 어떤 사내가 내게 걸어왔다. 아! 바로 그 사람이었다.

원장 스님과 함께 살던 절에서 속세로 내려오기 며칠 전, 원혼들이 묻혀있는 국립묘지에 가서 영혼 공부를 하고 내려오는 길이었다. 어떤 남자가 어린 여자 아이 둘과 그보다 대여섯 살 정도 많아 보이는 아이 둘을 데리고 한 묘지 앞에서 술과 음식을 차려놓고 정성스럽게 절을 하고 있었다. 그날따라 국립묘지 안은 쓸쓸하기 그지없었다. 원혼을 찾는 참배객들도 없었고 하늘도 잔뜩 찌푸려 있었던 것이다. 그 넓은 국립묘지에 참배객이라고는 그들뿐이었다. 정성스럽게 절을 하는 모습이 대견해 보여 그에게 다가가 말을 걸었다.

"실례지만, 너무나 정성스럽게 절을 하는 모습이 보기 아름다워 제 발걸음이 저도 모르게 여기에 이르렀습니다. 물어봐도 괜찮다면 이 묘는 어느 분의 묘인가요?"

"아, 예. 괜찮습니다. 저의 작은아버님의 묘입니다."

약간 굽은 어깨에 피곤해 지친 얼굴을 한 사십대 초반으로 보이는 그 남자는 처음 본 내게 흉물 없이 자신에 대해 소개했다.

자신은 제법 큰 패션 회사의 영업부장이었으나 IMF를 맞아 회사가 부도를 맞는 바람에 실직을 하게 되었다고 했다. 어디 실직한 사람이 그 사람뿐이겠는가 마는, 마음이 안 좋았다. 하여간 그는 이리저리 일자리를 알아보고 있는 차에 시간이 나서 6·25때 전사한 작은아버지 묘를 참배하러 온 길이라고 했다. 함께 온 일행 중에 어린 여자 아이 둘은 딸들이고 그보다 나이를 더 먹은 아이들은 조카들이라고 했다.

나는 친절하게 대해주는 그가 고마웠다.

"어떻게 들리실지 모르겠지만 저는 영혼 공부를 하는 사람입니다. 작은아버님이 죽어서 좋은 곳으로 참 잘 가셨습니다. 그래서 후손들을 많이 도와주고 계시군요."

나는 차근차근 나의 학문을 그에게 설명해주었다. 그리고 작은아버지의 묘와 그 옆의 묘를 비교하며 잘 가셨는가 못 가셨는가를 알 수 있도록 음복주를 마시며 그 맛의 쓰고 달음으로 실험하는 방법을 간단하게 가르쳐주었다. 그러자 그는 본인이 직접 실험을 해 보았다.

그는 놀라면서 물었다.

"너무 신기하네요. 우리 할머님은 잘 가셨는지요?"

내 눈에 그의 할머니의 모습이 순간 보였다.

"예. 할머님께서도 무척 잘 가셨네요."

"이래서 여기서 마시는 술맛이 좋군요. 이렇게 대단한 분을 만나게 되어서 정말 반갑습니다. 저의 이름은 장경환이라고 합니다."

장경환 씨가 가지고 온 막걸리를 한 잔씩 나눠 마시면서 그와 이야기를 나눴다. 이야기 도중 장경환 씨는 자신이 어떻게 하면 좋은 직장을 구할 수 있는지를 내게 물어왔다. 그러나 나는 장경환 씨의 가족사가 이미 훤히 보였으므로 사실대로 말했다.

"말하긴 뭐하지만, 장경환 씨는 앞으로 직장을 구하기가 힘들 거예요. 작은아버님과 할머님은 좋은 데로 잘 가셨지만 집안에 다른 원귀가 있어요. 무엇보다 그 때문에 아내와의 사이도 좋지 않은 것이구요."

"아니, 그걸 어떻게……."

장경환 씨는 내 말을 듣고 벌침을 쏘인 듯 놀라며 더 이상 말을 잇지 못했다.

"지금은 서로가 바쁘니 일일이 설명하기가 곤란하네요. 나중에 힘들 때 연락하시고 한번 찾아오세요. 그 때 속 시원히 풀어 드리리다."

나는 장경환 씨에게 제사 음식물을 싸온 종이를 찢어 호출기 번호를 적어주고 그곳에서 헤어졌다. 서로 종이가 없었던 것이다. 그때 때 묻은 종이에 적어준 호출기 번호가 그와 나를 연결하는 통로가 된 것이다. 인연이란 참으로 묘한 것이다.

나는 반가운 마음 반 걱정하는 마음 반으로 장경환 씨에게 운봉 철학관의 위치를 알려주었다. 왜 걱정하는 마음이 들었느냐

하면 그와의 전화통화중에 그를 둘러싼 나쁜 기운의 원귀를 느꼈기 때문이다. 아니나 다를까. 잠시 후 사무실로 찾아온 정경환 씨는 매우 지쳐 보였다. 국립묘지에서 볼 때보다 어깨는 더 한층 굽어 있었고 얼굴은 수심이 그득했다.

"선생님, 집사람과 사이가 심각할 정도로 안 좋습니다. 그리고 저를 선뜻 쓰겠다는 회사도 없구요. 갈수록 경기가 어려워지는데 직장은 구할 수 있을지 모르겠습니다. 선생님, 어떻게 해야 합니까?"

그의 목소리는 참고 있는 울음으로 가늘게 떨고 있었다. 나는 그가 너무나 안 돼 보였다. 어떻게든 도와주고 싶었다.

"장경환 씨는 집안에 잘 가신 분들이 많이 계셔서 지금까지 온 가족이 건강하게 잘 살아오셨습니다. 그렇지만 모든 영혼들이 전부 잘 가신 것은 아닙니다. 지난번에 제가 국립묘지에서 만났을 때도 말씀드렸지만 작은아버님이나 조모님은 참 잘 가셨습니다. 그래서 후손들에게 어려울 때 도움을 주고 좋은 영향을 주고 계십니다. 좋은 영향이라는 것은 하루아침에 뭐가 확 바뀌고 변하는 그런 것이 아니라는 것은 잘 아시겠지요? 음으로 양으로 도와주신다는 말입니다. 하지만 부친께서는 그러지 못하셨습니다. 영혼이 구천을 떠돌고 있습니다. 다행히도 그 영혼이 후손에게 심각할 정도의 해를 입히고 있지는 않습니다. 다만 그 영혼이 찾아와서는 자신이 잘 갈 수 있게 도와달라고 장경환 씨에게 메시지를 보내며 호소를 합니다. 하지만 그것이 후손들의 건강이나 사업 등에 좋지 않은 영향을 미치는 겁니다. 장경환 씨의 경우는 부친과 집안을 발복하시면 지금 고민하고 있는 가정

사라든가 직장문제가 곧 해결될 것입니다. 그리고 나서는 당신이 가야 할 진로를 결정하고 열심히 살아가기만 하면 되는 겁니다. 앞으로 한번은 가야 할 인간사이니 이왕이면 착하고 올바르게 살다가 좋은 데로 잘 가서 후손들을 도와주어야 하겠지요."

나는 되도록이면 나의 학문을 쉽게 이해할 수 있도록 설명해주었고, 본인이 직접 느낄 수 있도록 그 앞에서 실험으로 증명도 해주었다. 그때서야 그 모든 것들을 눈으로 확인한 그는 내 손을 붙잡고 말했다.

"선생님, 부디 불쌍한 우리 아버님을 잘 가시게 천도해 주십시오. 집사람 몰래 틈틈이 저축한 돈이 몇 푼 됩니다. 아버님을 좋은 곳으로 모시고 싶습니다. 부탁드립니다."

"그렇게 합시다."

나는 그의 굽은 어깨가 안쓰러워 토닥여주었다.

누구든 나로 인해 자신들의 무거운 근심에서 헤어날 수만 있다면, 그것으로도 나는 생의 큰 보람을 느꼈다.

"선생님, 저는 제 친형님과도 성격이 맞지 않고, 형도 지금 실업자가 되어 있습니다. 천도할 때 제 형님이 같이 참석해도 될까요? 형님도 잘 되었으면 해서요."

그는 내가 꼭 도와줘야 할 사람들이 대부분 그러하듯 참 마음이 고운 사람이었다. 고운 마음은 억만 금을 주고도 사지 못하는 것이다. 불현듯 내 손을 잡고 고맙다고 눈물을 훔치던 안양암에서 만났던 그 할머니가 생각났다.

"그럼요. 가족들 다 같이 참석하시면 더욱 좋습니다."

택일을 정하고 천도에 필요한 옷과 경면주사 등을 바쁘게 구해오는 것으로 준비를 마쳤다. 제사는 장경환 씨와 그의 친형인 동환 씨도 참석한 가운데 운봉 철학관에서 나의 비법대로 치러졌다. 동환 씨는 1959년생으로 20년 동안 을지로에서 인쇄공으로 근무하다가 얼마 전 회사의 부도로 실직되었다고 했다. 회사가 부도로 망하는 바람에 퇴직금 한 푼 받지 못한 채 나올 수밖에 없었다. 앞으로 살길은 막막하고 어찌해야 하나 이리저리 궁리하던 중에 동생에게 이야기를 들었다고 했다. 게다가 동생이 모든 비용까지 부담해 가며 부친을 천도한다고 하니 경제적으로 도와주지는 못하지만 형의 도리로 참석하게 됐다고 했다.

나는 제사를 모실 때에도 그들에게 영혼에 대해 설명해 주고 눈앞에서 본인들이 직접 느끼고 알 수 있도록 제사상에 차려진 음식을 통해 그것들을 보여주었다. 나는 사람들에게 직접 경험하게 해주는 것을 좋아한다. 그들의 심성이 어떠하건 간에 사람인 이상 의심을 하기 때문이다. 의심이 없어야 마음이 서로 진정으로 통하는 것이다. 두 형제는 술도 마셔보고 음식도 음복하면서 너무나 신기해했다.

"국립묘지에 있는 어느 누구의 묘나 마찬가집니다. 그곳에 계신 당신들의 작은아버지는 분명히 잘 가셨습니다. 직접 확인해 보면 알 것입니다. 다른 묘에 가서도 해보십시오. 박정희 대통령의 묘에서 해보시든가, 이승만 대통령의 묘에서 해보시든가. 그곳에 잠들어 계시는 분들의 지위고하를 막론하고 결과는 마찬가지입니다."

그들은 나의 말을 신기해하였지만 눈으로 확인하기 전에는 도저히 못 믿겠다고 하며 같이 가서 확인시켜달라고 했다. 조금은 어처구니없었지만 의심이 없어야 하므로 나는 때마침 내리는 이슬비를 맞으며 같이 국립묘지로 가서 일일이 그들 앞에서 확인시켜주었다. 두 형제는 너무나 오묘하고 신기해했다. 그렇게 하여 장경환 씨의 아버님을 천도하고 그들에게 언제든지 이해가 되지 않는 부분이 있으면 상담을 해줄 테니 찾아오라는 말을 남기고 헤어졌다.

철학관으로 돌아온 나는 형제로부터 받은 천도비를 김 원장에게 봉투째 건넸다. 사무실 경비에 보태 쓰고 남는 것은 집에 생활비라도 갖다 주라고 했다. 지금까지 옆에서 나를 지켜본 김 원장은 그때서야 나에게 자기는 이런 학문은 처음이라며 본인도 좋게 해 달라고 사정했다.

"그나저나 큰일입니다. 곧 원장님한테 액운이 닥칠 텐데……."

액운이 닥친다는 말에 김 원장은 기분이 조금 상했는지 더 이상 말을 꺼내지 않고 방을 나가 버렸다. 그 모습이 안 돼 보여서 또 한 편으로는 자신의 한 치 앞도 내다보지 못하는 인간들의 비운이 느껴졌다.

'어찌 중생은 저리도 어리석단 말인가!'

그런 일이 있은 지 며칠 후였다. 자정이 넘은 시간에 시끄럽게 울리는 호출기 소리에 잠에서 깨어 호출을 확인해 보니 그 사이에 메시지가 여섯 개가 찍혀 있었다. 김 원장이었다. 무슨 일이 있구나 싶어 호출의 음성 메시지를 확인해 보니, 김 원장의 다급한 목소리였다.

"일파 선생님. 나 죽어요. 나, 지금 병원으로 실려가요. 선생님, 나 좀 살려줘요."

김 원장의 목소리는 거의 절규에 가까웠다.

택시를 타고 병원 응급실로 달려갔다. 이미 당뇨가 심한 데다 합병증까지 와 목안에서 핏줄이 터졌다는 의사의 설명이었다. 김 원장은 혼수 상태였다. 이튿날 병문안을 가니 간신히 의식을 되찾은 김 원장이 나를 맞았다. 그의 얼굴은 누렇게 떠 있었으며 수족을 제대로 부리지도 못했다. 2개월 정도 입원을 해야 하니 퇴원할 때까지 날더러 철학관을 맡아달라고 했다. 월세도 좀 내 달라는 부탁이었다.

"제가 얼마 전에 큰 액운이 있다고 말씀드리지 않았던가요. 그때 어떻게든 손을 써봤으면 이렇게 악화되지는 않았을 텐데."

내가 말하자 김 원장은 고개를 끄덕이며 말했다.

"다 내가 못난 탓이죠. 눈으로 보고서도 믿지 못했으니. 하여간, 철학관을 잘 부탁합니다."

나는 그날로부터 철학관을 운영하게 되었다. 아는 사람도 없고 어떻게 운영을 해 나가야 할지 고민을 하고 있는데 누군가 방문을 두드렸다.

"누구십니까?"

문을 열고 들어선 사람은 얼마 전 동생을 따라와서 부친의 제사를 지냈던 장동환이었다. 그 옆에는 한 눈에 봐도 확연히 드러날 만큼 영혼의 장난에 괴롭힘을 당하고 있는 한 여자가 서 있었다. 장동환은 그 여자를 자신의 부인이라고 내게 소개했다. 고마워서 집사람과 인사드리러 왔다며 실업자 신세인데 뭘 해서 먹고살아야 하는지 대책을 물어왔다.

그도 많이 지쳐 보였다. 그리고 그의 아내(이순선)는 전자회사의 공원으로 직장에 다니는데 십여 년 동안 항상 머리가 아팠다고 했다. 좋다는 약과 병원은 다 찾아다니고 굿, 천도, 용하다는 것은 다 해보았지만 소용없었다고 했다. 요즘에는 용하다는 무속인이 시킨 대로 머리맡에 칼을 놓고 잔다고 했다. 그는 내게 무슨 좋은 방법이 없겠느냐고 물어왔다. 그러면서 하도 여기저기에서 많이 속아놔서 오늘은 집사람과 같이 왔다고 했다.

나는 다시 한 번 그들 부부에게 내 학문을 설명해주고 확신을 주었다.

"천도한 그 순간부터 좋아집니다. 본인이 먼저 느낍니다."

장동환은 아버지를 천도해 드릴 때는 한 푼도 못 냈으니 동생한테는 비밀로 해달라고 하였다. 집사람과 가족이 건강하도록, 자신은 앞으로 직장을 구할 수 있도록 발복해 달라고 하였다. 동생의 마음과는 전혀 다른 장동환의 그 마음 씀씀이에 조금은 괘씸한 생각이 들었다. 나의 학문의 본바탕은 조상에 대한 자식의 도리인 효다. 그런데 아버지를 천도해 드릴 때에는 무심하고 내 가족, 내 마누라만 생각하다니……. 그렇지만 당장에 철학관을 운영해 나가려면 어쩔 수 없었다. 금액을 결정하고 제사는 장동환의 집에서 며칠 후에 모시기로 했다. 내가 알고 있는 비법으로 천도를 해드리고 광명시 철산동에 있는 장동환의 아파트로 갔다.

장동환은 맨 발로 뛰어나와 나에게 다짜고짜 큰절을 하고는 이렇게 말했다.

"선생님, 너무나 기적 같은 일입니다. 십년 이상 그렇게 괴롭히던 머리 어지럼증이 하루아침에 다 나아 버렸다고 집사람이 너무나 좋아합니다. 그리고 저도 머리가 맑아졌어요. 정말 오묘합니다."

나도 기분이 좋았다. 그들의 본마음이 처음엔 좀 괘씸했지만 아픔이 나은 그들을 보니까 내가 좋은 일을 했다는 생각이 들었다. 하여간 장동환과의 인연은 그렇게 시작됐다. 실직해 갈 곳도 없던 장동환은 그 후 나의 학문에 깊은 관심을 보이더니 나중에는 내 밑에서 배우고 싶다며 철학관을 자주 찾아왔다. 그때 공교롭게도 김 원장이 병원에 입원 중이던 때라 내가 김 원장 대신 원장직을 맡기로 하고, 장동환을 사무장으로 채용해 운봉 철학관을 운영해 갔다.

나는 매일 쉬지 않고 학문 연구에 정진했고 비법 천도, 고객들과의 상담을 해나갔다. 장동환도 내 밑에서 부지런히 공부도 하고 제사 주관이나 장부 정리를 비롯한 철학관 잡무, 전화 받는 일 등을 맡아 했다.

동생인 장경환도 철학관을 자주 찾아왔다. 그는 천도 후에 직장이 결정되어 모 패션회사 상무이사로 나가게 되었다며 감사하다고 했다. 그는 또 실직했던 형이 사무장으로 업무를 볼 수 있도록 해 주셔서 고맙다는 인사도 빼놓지 않았다. 장경환은 그 후에도 철학관을 여러 번 들러 집사람과의 부부관계도 더욱 좋아지게 발복기도를 해달라고 요청했다. 그는 본인이 좋은 직장에 취직도 되고 건강도 좋아졌으니 자기가 아는 사람들에게 소개를 많이 해주겠다며 나를 격려해 주었다.

1998년 6월 초에 장경환이 자기 회사의 거래처 사장인 김은경이라는 사람과 같이 왔다. 김은경은 강동구 신내동에서 친언니와 동업으로 옷가게를 하는 사람이었다. 키가 크고 약간 마른 몸이었는데 처음에는 신경질적으로 보였다. 그녀 역시 IMF 한파로 인해 옷가게 장사에 어려움을 겪고 있었다. 경기 악화로 하도 장사가 안 돼서 가게를 정리하려고도 했지만 가게를 보러오는 사람이 없다고 했다. 게다가 몸이 어디 한 군데도 안 아픈 곳 없이 몇 해째 시름시름 아프다고 했다. 늘 아파서 종로에 있는 유명한 단골 한의원에서 진맥도 짚어보고 보약도 지어먹어 봤지만 별효과가 없다고 했다. 최근 들어서는 부부간에 잦은 말다툼으로 가정의 화목도 안 좋다고 했다. 그러면서 내게 이런 저런 궁금한 것들을 물어왔다.

나는 김은경에게 꽤 긴 시간동안 학문을 설명해 주었다. 그리고 천도를 하면 건강해지고 가게는 곧 나갈 것이며 부부 금실도 좋아질 것이니 지금 이 순간부터는 걱정하지 말라고 하였다. 나를 믿지 못해서인지 돈이 없어서인지는 몰라도 김은경은 남편이 안기부(현 국가정보원) 직원이라는 것을 은근히 드러내며 천도 비용은 나중에 줄 뜻임을 밝혔다. 천도를 해서 몸이 좋아지고 가게가 나가게 되면 그때 가게 정리한 돈을 받아서 천도 비용을 주겠다는 것이다. 보기 보단 의심이 많은 여자였다.

내 학문과 나를 믿지 못하는 것 같아 처음엔 천도를 포기할까 하다가 운봉 철학관을 장동환과 같이 운영하면서 처음 찾아온 사람이라 거부하기가 쉽지 않았다. 또 한편으론 김은경이 나의 학문과 비법을 의심해서 비용을 후불로 하겠다는 것은 아닌가 하는 생각에 오기도 생겼다. 나는 나의 학문과 비법에 자신이 있었기 때문이다. 내가 자신 있다는 것은 나의 학문과 비법이 절대 우연이나 얄팍한 속임수가 아닌 조상의 영혼에게 마음과 정성을 다하는 진실 그 자체에 있다는 것이다. 무엇보다도 사람이 진실돼야 학문이 바르고 진실 되는 것이다.

"좋습니다. 정 그렇다면 그렇게 합시다. 가게가 정리되면 비용을 내십시오. 내일부터 머리가 맑아지고 몸도 개운해질 것입니다. 가게도 앞으로 한 달 안에 나갈 것이구요."

나는 그 자리에서 김은경에게 확답을 해 주었다.

사무장인 장동환은 김은경을 첫 고객으로 장부에 기록하고 매일 그녀의 몸의 변화를 체크해 나가기로 했다.

"장동환 씨, 나의 학문을 믿지요? 당신 부인이 머리가 아파 칼을 머리맡에 놓고 자던 일을 잊지 않았겠지요?"

"그럼요, 선생님. 저는 선생님을 믿어요. 제 아내가 얼마나 좋아졌다구요. 정말 감사드려요. 그런데 이 불경기에 가게가 그렇게 쉽게 나갈까요?"

그도 가게 부분에 대해선 반신반의하는 것 같았다. 인간이기 때문이다. 모든 인간은 초자연적인 일을 경험하면 처음에는 그냥 받아들이고 놀라지만 그 다음은 의심에 들어간다. 바로 이 부분에서 초자연적인 것을 그들이 볼 수 있는 눈과 들을 수 있는 귀가 막혀 버리는 것이다.

"나를 믿어요. 한 달만 기다립시다. 시간이 말할 것이오."

"예, 선생님."

며칠 후, 김은경으로부터 전화가 왔다.

"선생님, 정말 신기하게 선생님 말씀대로 머리가 맑아지고 몸도 개운해졌어요. 하루종일 정신없이 일을 했는데도 전혀 피곤하지가 않아요. 약을 먹지 않았는데도 말이에요."

그녀의 목소리는 새 인생을 찾은 사람처럼 들떠 있었다. 나를 처음엔 의심하더니 자신의 몸에 변화가 생기니까 저렇듯 좋아하는 것이다. 의심부터 하고 보는 인간들의 마음 때문에 조금은 씁쓸한 생각이 들었다.

"그것이 좋아지고 있다는 신호입니다."

"그런데, 가게는 언제 정리되는지요? 빨리 가게가 나가야 천도비를 갖다 드릴 텐데……."

첫날 나를 믿지 못했던 것이 미안한 듯 말했다.

"조금 더 기다리세요. 며칠이나 지났다고."

"선생님, 이 불경기에 진짜 나갈까요? 사겠다는 임자만 있으면 제값을 못 받더라도 정리하고 싶어요."

"너무 조급해 마시고 기다려보세요."

"예, 선생님."

일주일이 지난 뒤 또 전화가 왔다. 그녀의 목소리는 당장에 전화기 밖으로 뛰쳐나올 것처럼 흥분되어 있었다.

"선생님, 기적이 벌어졌어요. 이 불경기에 가게를 계약하자고 연락이 왔어요."

"절대 싸게 계약하지 마세요. 먼저 권리금을 달라고 하세요."

"네에? 아니 이 불황에 권리금까지요? 만약 그러다가 상대가 계약을 안 하겠다고 하면 어떻게 해요?"

아직도 그녀는 나에 대한 의심을 버리지 못하고 있는 듯했다. 조금은 기분이 나빴다.

"만약 제 말대로 해서 계약이 이루어지지 않는다면 그땐 천도 비용을 안 주시면 되지요. 허허. 남편 분이 기관에 계시다면서요?"

"……."

저쪽에서 무슨 생각을 하는 지 대답이 없었다.

"저를 믿으십시오."

다음 날, 그녀에게서 전화 연락이 왔다. 그녀는 나를 잠시나마 의심했던 자신을 용서해 달라는 듯이 몇 번이고 공손히 고맙다고 말을 하며, 그렇게 싸게 내놓아도 나가지 않던 가게가 권리금까지 얹혀져 정리되었다고 했다. 그리고 그 다음날 그녀는 천도 비용을 가지고 왔다. 이제는 보약을 안 먹어도 몸이 피곤하지 않고 남편의 성격도 차분해졌다면서 또 연신 머리를 숙였다. 그녀의 수척했던 얼굴에도 포동포동하게 살이 올라 있었다.

그녀는 이 놀라운 사실을 주위 사람들에게도 말했고 주위 사람들은 나를 소개시켜 달라고 했다. 오로지 진실된 학문과 비법만이 사람을 감동시키는 것이라는 것을 새삼 느꼈다.

며칠 후, 김은경은 같은 아파트에 살고 있는 친언니 김은숙과 함께 철학관을 찾아왔다. 김은숙은 동생에게 나의 이야기를 귀가 아플 정도로 들었다며 자신도 이상하게 안 아픈 곳 없이 몸이 시름시름 아프다고 했다. 김은숙의 자식들도 밤에 잠을 자다가

가위에 눌리거나 심하게는 몽유병 증세를 나타내는 등 건강이 좋지 않다고 했다. 게다가 농협에 다니고 있는 남편은 퇴출의 위기에 처해 있다고 했다. 그녀의 눈가의 잔주름처럼 걱정이 많아 보였다.

동생에게 한 것처럼 그 자리에서 김은숙에게도 천도를 해주었다. 역시 결과는 좋았다. 김은경은 언니보다 더 좋아하며 고맙다고 찾아와 내게 식사대접도 하고 나의 학문에 커다란 관심을 보였다.

그러던 어느 날, 김은숙은 자신도 나의 밑에서 장동환처럼 학문을 배우고 싶다고 조심스럽게 말을 꺼냈다.

처음에 나는 거부했지만 며칠이고 계속해서 자신의 뜻을 비추는 그녀의 청을 거절할 수가 없어 내 밑에 받아들였다. 나는 이것도 속세의 인연이라면 즐겁게 받아들이기로 했다. 둘은 나를 '선생님', '사부님' 하며 부르며 따랐고, 나는 그들에게 기본적인 것부터 친절하게 성심 성의껏 가르쳤다. 우리 세 사람은 열심히 학문 연구에 몰두하며 생활해 나갔다.

사람과 사람이 맺는 관계는 입에서부터 이루어진다. 다시 말하면 우리가 쓰는 말이 그렇다는 것이다. 나에 대한 입 소문이 퍼지면서 고객들이 점점 많이 늘었다. 병원에서 퇴원한 김 원장에게 수백만 원의 권리금을 얹어 주고 철학관을 인수할 수 있을 정도로 철학관은 번창했다. 건물 주인에게 전 운영자가 다 까먹은 보증금도 다시 주고 내부 시설도 수리를 했다. 조금씩 경제적인 여유가 생기면서 한 동안 소원했던 스승님도 찾아 뵐 수 있었다.

철학관에서 한솥밥을 먹으며 우리는 저마다 꿈을 키워나갔다. 나는 일본으로 가서 일본의 풍속과 영혼의 접속 공부를 더 하고 싶다는 꿈을 가지고 있었다. 이제 장동환은 내 밑에서 열심히 공부를 한 결과, 내가 자리를 비웠을 때 예약하지 않은 손님들이 갑자기 철학관을 방문해도 어느 정도 설명을 할 수 있을 정도의 실력을 갖추게 되었다. 생활에 정신적으로나 경제적으로 여유가 생긴 것은 물론이다. 김은경은 여의도에 철학원을 개업하겠다는 목표를 세우고 열심히 공부해 나갔다.

나는 이 고귀한 학문을 세상에 널리 알리고 착하고 올바르게 살아야 한다고 늘 주장해 오고 있다. 그런데 세상에는 열심히만 산다고 해서 꼭 다 잘 산다는 보장은 없다. 그것이 바로 우리 인생의 모순이다.

노숙자나 시설 수용자들을 예로 들어보자. 지금까지 열심히 살다가 하루아침에 직장을 잃고 거리를 헤매는 이들은 사회에서 소외당하는 생을 살고 있고 그들의 주머니엔 단돈 십 원 짜리 하나 없는 경우가 허다하다. 원귀가 많아 천도를 하려고 해도 비용이 많이 들어 엄두도 못 낸다.

반면 잘 사는 사람들, 즉 소위 부자들은 조상이 발복을 많이 해주고 있어 현실에서 어려움이 별로 없다. 그러니 천도를 할 필요가 없거나 있다 해도 비용이 적게 든다. 참으로 모순이 아닐 수 없다. 사실 나만해도 그렇다. 믿지 못할 말 같지만 그때까지도 나는 돈이 없어서 조상님 천도도 못하고 있는 형편이었다.

나의 어머니도 당뇨가 있고 눈이 침침하고 피로를 많이 느낀다고 해서 내 마음을 아프게 했다. 사무장인 장동환의 어머니도 평생 몸이 아파서 굿도 많이 했다고 했다. 돈이 모이면 나와 장동환의 어머니도 천도를 해드리자고 말은 했지만 사무실 월세와 기타 운영비, 나와 사무장 생활비 그리고 천도에 필요한 옷과 약값을 제하고 나면 항상 빠듯한 살림이었다.

원래 나의 목적은 국운과 영혼이 유전에 미치는 영향 등과 관련한 학문을 공부하고 개발해서 나라에 봉사하고 가난한 이들을 위해 베푸는 삶을 사는 것이었다. 곳간에서 인심 난다고 했던가. 생활고에 허덕이다 보니 아주머니들의 자잘한 가정사들만 상담하게 되고 애초에 내 학문과 비법이 가졌던 웅대한 꿈이 자꾸 다른 길로 흘러가는 것 같았다. 또 사람들도 나를 대할 때 주변에 흔히 있는 무속인으로만 인식하는 것 같았다. 드디어 꿈과 현실의 막막한 차이에서 오는 갈등은 어느 날 나에게 결단을 요구했다.

가난한 자들을 위한 천도 비법 터득

내 마음속에서 현실과 이상이 갈등할수록 일이 손에 잡히지 않았다.

가끔씩 멍하니 창밖을 바라보는 경우가 많았고 그 전처럼 천도에서 오는 보람도 느끼지 못했다. 그러던 어느 날, 혼자 늦은 저녁을 먹다가 내 자신에게 너무도 화가 나서 숟가락을 집어던지곤 당장에 고속터미널로 뛰어갔다. 지리산으로 가야 했다. 스승님만이 나에게 해답을 줄 수 있을 것이다.

'꼭 해답이 아니라 해도 어떤 말씀을 해주시겠지.'

고속버스 안에서 내내 안절부절못하고 있자 옆에 앉은 나이 든 아주머니가 삶은 계란과 사이다를 내게 권했다. 척 보기에도 행색이 남루하고 팔자가 사나워 고생을 많이 한 분 같았다. 그런 분이 처음 본 나에게 자신이 먹어야 할 계란을 선뜻 권했던 것이다. 말로 표현 할 수 없는 어떤 깨달음이 밀려왔다.

스승님은 지리산에 항상 그 모습 그대였다. 바람과 그 어떤 외로움에도 끄덕이지 않는 바위처럼 버티고 있었던 것이다. 나는 인사를 차릴 겨를도 없이 그 동안 나를 짓눌렀던 모든 의문들에 대해 질문을 하기 시작했다.

"스승님, 학문에 대하여 토론할 것이 있습니다."

"그래, 무엇이더냐?"

"제가 연구하고 배운 학문에 대해 항상 의심하고 회의하는 마음이 드니 이것이 무엇입니까?"

나의 느닷없는 질문에 스승님은 무척이나 놀란 표정이었다. 그러나 다시 평온을 되찾고 나를 지그시 쳐다보았다. 어찌나 그 눈빛이 날카롭고 예리하던지 온 몸의 땀구멍이 막혀서 얼어 죽을 것만 같았다. 죽기를 각오하고 묻는 질문인데 이제 스승님 앞에서 무엇을 감추고 또 무엇을 주저한단 말인가.

"그게 무슨 소리냐?"

스승님이 다시 물었다.

나는 스승님에게 그 동안 쌓여 있던 갈등을 얘기했다.

"스승님께서 가르쳐 주신 이론적인 학문을 믿습니다. 오묘합니다. 신기합니다. 수도하면서 저 스스로도 깜짝깜짝 놀랄 때가 한 두 번이 아니었고 때로는 그런 비법을 가진 제 자신이 감당할 수 없을 정도로 무섭기까지 했습니다. 불치병을 가진 사람이 호전되고 예언마다 하나같이 그대로 적중되니 제 자신도 어떻게 신기하지 않겠습니까. 그런데 제 학문으로 정작 도움을 줘야 될 사람들에겐 도움을 주지 못합니다. 그들은 가난합니다. 하루치의 밥을 구걸해야하고 그리고 하루치의 목숨을 이어 나가기도 힘에 부칩니다. 저도 노숙자였습니다. 때문에 그들이 얼마나 비참한 생활을 하는지 누구보다도 잘 압니다. 그런 사람들의 조상 중에는 구천을 떠돌며 고통 받는 영혼들이 얼마나 많겠습니까. 그 영혼들을 천도해야 가난한 그들이 그 고통의 질곡에서 빠져 나올 수 있지 않겠습니까. 그런데 제가 그 영혼들을 천도하고 싶어도 너무 힘이 없습니다. 경제적인 능력, 구차하게도 그 돈이 또 천도하는 데까지도 불행한 사람들을 외면하게 만듭니다. 소위 잘 나가는 집안, 돈 많은 분들은 조상님들의 영혼 중에서 몇 분만 잘 못 가셨지, 다 잘 가시어 발복되어 있고 천도 비용도 그리 많이 들지 않습니다. 저부터도 잘못 가신 조상님들이 많습니다.

제가 스승님의 학문을 공부하여 그 사실을 누구보다 잘 알고 있지만 돈이 없다보니 지금껏 조상님 천도도 하지 못했습니다. 그러니 제 학문이 정작 필요한 사람들을 위해 쓰여질 수가 없으니 어찌 학문이라 할 수 있겠습니까. 스승님께서는 산에서만 수도를 하고 계시니까 바깥세상일은 잘 모르고 계시겠지만, 지금 IMF로 나라경제가 말이 아닙니다. 직장에서 쫓겨나고 거리에 나 앉고 하루에도 수백의 가정이 파괴되고 있습니다. 고통을 받는 많은 사람들이 저를 찾아오지만 그들은 천도 비용을 댈 만한 능력이 없습니다.

그렇다고 제가 가진 돈이 많다면 좋겠지만 저도 그들과 별반 다를 게 없는 처지 아닙니까. 그러니 고통 받는 이들이 저에게 조상의 천도를 부탁하고 싶어도 하지 못합니다. 그들을 위해 스승님께 그 어려운 학문을 배웠는데 정작 그들을 위해 쓰지 못한다니 그들을 볼 때마다 제 마음이 갈기갈기 찢어집니다. 어떻게 해야 됩니까? 스승님 저에게 길을 알려 주십시오."

나는 정말 가슴이 찢어질 듯이 아팠다. 나의 목소리는 거의 통곡에 가까웠고 눈을 들어 스승님을 보자 스승님의 얼굴에도 깊은 수심이 드리워져 있었다. 스승님은 잠시 깊은 생각에 드신 후 나의 어깨를 힘차게 토닥여주었다. 그리고 스승님은 당신이 가지고 있던 천도에 필요한 물건들(옷, 경면주사 등)과 많은 양의 비법 약을 건네주었다.

"내가 너한테 오늘 중요한 것을 배웠구나. 역시 너는 나의 제자니라. 너의 뜻이 그렇게 깊은 줄 내 미처 몰랐구나. 이 각박한 현실이 너의 마음을 몰라주더라도 너무 실망치 마라. 너의 깊은 생각과 올바른 수행만이 너를 너답게 구원할 테니 때를 기다려 행동을 바로 하라. 그리고 너무 성급하게 생각지 말라, 서두르다 보면 오히려 화를 불러 일을 그르칠 수가 있다는 것을 명심하거라. 알겠느냐."

"예, 스승님. 꼭 명심하겠습니다."

그리고 스승님과 나는 밖으로 나와 영지를 한참 거닐었다. 서쪽 하늘엔 벌써 잔별들이 모습을 드러내고 있었다. 때 마침 바람이 숲을 휘돌아 스승님의 장삼 자락을 펄럭이게 하였다.

'이토록 아름답고 훌륭한 분이 사람이란 말인가?'

나도 모르게 나의 입에서 그런 말이 흘러나왔다. 무엇하나 변변히 공부를 마치는 법이 없으니 부끄러움으로 걸음을 옮길 수 없는 지경이었다. 달빛에 드리워진 스승님의 그림자를 밟지 않으려고 나는 당신의 뒤로 조용히 물러섰다.

나는 다시 스승님의 곁을 떠나 철학원으로 돌아왔다.

'이젠 비용을 줄이고 천도할 수 있겠구나' 라는 생각에 마음이 한층 가벼워졌다.

"장 사무장! 스승님께 천도할 물품을 받아 왔으니 우리가 추구했던 학문의 본뜻을 바로 세울 수가 있을 것이다. 그리고 자네 모친과 제수씨까지 천도를 해드릴 수 있게 되었으니 얼마나 다행스러운 일인가."

내가 이렇게 말하자 장 사무장은 내 손을 잡고 뛸 듯이 기뻐하였다.

"선생님, 너무나 고맙습니다."

스승님이 도와주어서 몸이 아픈 장 사무장의 모친을 천도해 드렸더니 몰라보게 좋아졌다. 그리고 성격이 예민하고 화를 잘 내던 장 사무장의 제수씨도 성격이 온화하게 바뀌었다. 장 사무장은 너무나 즐거워하며 오는 손님 가는 손님에게 매번 자랑을 하느라 바빴다. 나도 정성스럽게 내 조상님들을 천도하였다. 내가 하는 학문이었지만 천도를 하고 나니 '이럴 수가!' 하는 감탄사가 절로 나왔다. 몸과 마음이 눈에 띄게 좋아지는 것을 내 스스로 직접 느낄 수 있기 때문이었다.

나는 시골에 계신 어머니를 서울로 오게 했다. 오랜만에 만난 어머니는 몰라 볼 정도로 얼굴에 주름이 많아졌고 당뇨가 있어 피로하다고 하였다. 당신께선 나이 탓이라고 했다. 내 어머니는 독실한 천주교 신자이다. 그런 분이 아들 되는 놈이 머리를 깎고 중이 되더니 이젠 한 술 더 떠 철학관까지 한다니 얼마나 상심이 컸겠는가. 어머니는 아예 내가 사업에 망하더니 머리가 좀 어떻게 된 걸로 생각하는 듯했다. 내 학문을 어머니에게 아무리 설명해도 어머니는 허황된 이야기로 넘기었다. 나는 어머니의 손을 꽉 잡고 말했다.

"어머니 이 자식을 한번만 믿어주세요. 어머니가 어느 종교를 믿으시든지 상관하지 마시고 들어보세요. 외갓집 쪽으로 조상님의 영혼이 잘못된 분이 많으십니다. 그래서 어머니의 건강도 날로 안 좋아지시는 겁니다."

그래도 워낙에 고집이 센 어머니는 곧이듣지를 않았다. 나는 손해날 것 없다며 그럼 아무 생각 말고 천도 한 번 받아 보라고 끈질기게 청했다. 그런 나의 끈질김에 감복하였는지 어머니는 결국 천도를 허락했다.

"네 뜻이 정 그렇고 내 몸이 좋아진다면, 그래 한번 해보거라."

나의 학문은 본인이 믿음을 가지고 직접 정성스럽게 제사를 지내면 효과가 더욱 빨리 나타난다. 진심으로 꼭 못 간 조상님들을 잘 가게 해야겠다는 마음을 가지고서 말이다. 나는 어머니가 믿는 종교 방식으로 천도를 했다. 그랬더니 어머니는 당장 그 다음 날부터 피곤이 오지 않는다며 너무나 신기해했다. 비가 올 것 같으면 날궂이를 하느라 팔다리가 쑤셔 드러눕던 분이 언제 그랬냐는 듯이 궂은 날에도 여기저기를 노인네답지 않게 돌아다니며 기뻐서 어쩔 줄 몰라했다. 그런 어머니의 모습을 보며 평생 처음으로 자식 노릇을 한 것 같아 내 마음도 너무나 흐뭇했다. 그렇게 독실한 천주교 신자였던 어머니는 이제 나의 학문을 믿고 대전 사는 누나를 동반하고 올라왔다.

"네 누나도 좀 해 줘. 네 조카도 지금 많이 아프단다. 지금까지 네가 얼마나 누나 신세를 졌니. 이참에 누나에게 진 신세도 갚을 겸, 누나도 천도 좀 해 줘라."

"그래요, 어머니. 당연히 해드려야지요."

그러나 누나는 별 반응 없이 그냥 내가 잘 살고 있다는 것만으로도 안심했다는 표정이었다. 스님이 되겠다고 왔다갔다 하고 돈이나 부쳐달라고 전화만 했던 내가 누나는 어딘지 모르게 불안해 보였을 것이다. 그러던 내가 무슨 학문으로 어머니를 좋아지게 해주었고, 자신도 그렇게 해주겠다고 하니 친동생이라도 선뜻 믿지 못하는 것은 어쩌면 당연한 일이었다.

누나는 대전에서 양품점을 하고 있었는데 나라의 경제가 그래서인지 그런지 장사가 영 신통치 않다고 했다. 매형은 사람 좋은 호인인데 너무 술을 좋아해 평생을 술로 살았다. 누나의 시부모님은 또 무슨 원수라도 진 분들처럼 서로 만나기만 하면 싸운다고 했다. 그래서 지금은 두 분이 별거를 하고 있는 상태였다. 거기다 조카까지 목에 혹이 생겨 큰 병원을 드나들고 있었고, 시동생도 몸이 아파 말이 아니었다. 한마디로 악재가 겹치고 겹친 집안이었다.

'누나가 얼마나 힘들었을까' 라고 생각하니 콧날이 찡해왔다. 그렇게 착하기만 하고 곱던 누나인데, 지금은 끊이지 않는 근심걱정 때문인지 얼굴이 실제 나이보다 더 들어 보였다. 나는 가슴이 아팠다. 그리고 한편으로 이 못난 동생이 누나의 근심을 이제 덜어 줄 수가 있다는 생각에 가슴 한켠이 벅차올랐다.

"누나. 나를 친동생이라 생각하지 말고 우리 마음을 열고 상담을 해봅시다."

누나는 불교를 믿어서인지 몰라도 내가 말하는 학문의 핵심과 내용을 빨리 알아듣는 것 같았다. 나의 학문을 비교적 빨리 수긍하고 내 뜻에 따르기로 했다. 누나는 손수 제수도 장만하고 정성을 다해 준비를 하였다.

'하나밖에 없는 누나. 내가 어려울 때 그래도 나를 외면하지 않고 도와주신 분. 이제야 내가 누나에게 신세를 갚을 때가 됐구나.'

라고 생각하며 나는 그 어느 때보다도 정성을 다해서 누나의 천도를 시작했다. 천도가 다 끝나고 대전으로 내려가는 누나에게 나는 확신을 갖고 말했다.

"누나, 이젠 매형 술 드시는 거 줄어들고 조카 혹도 차차 없어질 거예요 그리고 집안의 모든 화도 순조롭게 풀릴 거예요. 너무 걱정 마세요. 누나 제 말만 믿으시면 돼요. 집안에 무슨 변화가 있을 때마다 저한테 꼭꼭 연락 주시구요. 나머지는 차차 자문해 드릴게요."

나는 조금 모아두었던 돈을 누나의 손에 꼭 쥐어주었다. 누나는 내 손을 꼭 쥐고 동생인 내가 대견하기도 하고 고맙기도 한지 그저 옷소매에 눈물만 훔칠 뿐이었다. 누나를 배웅하고 철학관으로 돌아 온 몇 시간 뒤 전화가 왔다.

"나야."

누나의 목소리였다.

"벌써 도착했어요?"

"아니야. 고속도로 중간 휴게소인데. 너무 신기해서 말이야. 흐릿했던 눈이 언제 그랬느냐 싶게 밝아지고 그렇게 아프던 머리가 거짓말처럼 맑아. 너무 고마워. 누나는 너를 믿어."

"고마워요 누나. 조심해 내려가세요."

그 후로 조카의 혹은 감쪽같이 사라져 버렸고, 매형에게도 많은 변화가 왔다. 시부모님의 부부관계도 좋아져 주위에서 무척 놀란다고 했다. 그 후로 누나는 나에게 항상 고맙다고 했다. 그러면 어머니는 웃으며 이렇게 농을 건네곤 했다.

"인사는 내가 받아야지. 내가 널 우리 아들에게 데려갔으니까."

나는 내 학문으로 어머니와 누나에게 진 빚을 갚았다. 만약 내가 내 학문에 대한 믿음이 없었다면 나는 내 가족에게 권하지 않았을 것이다. 하여간 나의 마음은 한결 가벼워졌다.

내 어머니와 장동환의 어머니가 건강해지고 난 후 우리 두 사람은 고객들과 상담을 할 때마다 그것을 자랑했다. 믿어달라고, 진심으로 믿어만 주면 천도해 주겠다고 했다. 천도비용은 후원받은 것이 있어서 없으면 없는 대로 해 드릴 테니 천도하고 나서 좋아지면 사람들에게 알려 그들이 고통에서 벗어날 수 있게 해 달라고, 그뿐이면 된다고 말했다. 처음에 사람들은 그 말을 못 믿는 눈치였으나 정성을 다해 천도를 해주는 나의 모습을 보고 진심으로 고마움을 느껴, 그들을 통해 소문이 급속도로 퍼져나갔다. 양평, 부산, 진주 등 전국에서 사람들이 찾아왔다. 장 사무장도 열심히 공부했다. 그는 나를 스승으로 모시고 영원히 이 수도의 길을 가겠다고 말했다.

그러던 어느 날, 김은경의 친언니인 김은숙 씨가 강동구에서 주유소를 경영하는 배효경이라는 사람과 같이 왔다. 그리고 배효경 씨는 나와 상담하고 조상 천도를 받고 나서, 본인이 너무 좋아지다 보니 동생인 배효진 씨도 나에게 소개했다. 나중에는 배효진의 애인까지도 나의 학문과 비법을 믿고 천도를 하였다.

그 중 특별한 일이 있었다. 배효경 씨의 시누이는 정신질환을 앓고 있었는데 질환이 심하다보니 상담을 받으러 올 수가 없는 상태라 해서 그럼 그 환자의 사진을 가지고 오라고 했다. 그리고 사진만으로 천도를 해주었다. 영을 접속하는 비법은 스승님에게 전수 받기를, 꼭 당사자가 있어야 되는 것이 아니고 이 전 우주공간에 그 사람의 기만 존재하면 가능하다고 배웠다. 그래서 사진이나 때로는 이름만으로도 영을 접속하는 것이 가능하다. 어쨌든 심각한 정신질환자였던 이 환자의 상태는 무척 호전되었고 배효경 씨의 친정어머니도 건강을 찾게 되었다.

이렇듯 나의 학문이 좋은 결과를 얻게 되자 나에게 천도를 받은 사람들이 그 주변 사람들에게 나를 적극 추천하는 경우가 비일비재했다. 그들은 나를 수시로 찾아 왔는데 그 중에는 철학관을 제집 드나들 듯 하는 이도 있었다. 하여간 나는 철학관에 오는 그 누구도 물리친 적이 없다. 나를 필요로 하는 사람이면 나는 지위고하를 막론하고 진심으로 그들을 맞아들였다.

나는 나의 학문을 여러 좋은 곳에 쓰기 위하여 연구와 노력을 계속했다. 한편 기회가 닿아 장 사무장을 동반하고 함께 일본으로 건너가 오사카, 교토 등지에 가서 일본에 계신 영혼들도 접속해 보고 일본 신사에 모셔진 영혼들도 연구하고 일본 각 가정에 모셔진 불당도 둘러보았다. 그리고 일본의 수도인들이 뜻밖에도 영혼에 대하여 많은 연구를 한다는 것도 알게 되었다. 더군다

나 그들은 정부에서까지 아낌없는 지원을 받고 있었다.

부러웠다. 우리도 저런 지원만 받을 수 있다면 이 나라를 위해 좀 더 많은 일을 할 수 있을 텐데, 새삼 우리나라의 상황이 안타까웠다. 여유가 되면 일본에 다시 가 일본에서 활발하게 이루어진 영혼에 대한 연구와 학문을 체계적으로 배워보고 싶었다.

증시 예언 100퍼센트 적중하다
– '대박이다 대박!'

짧은 4박 5일의 홍콩 여행을 마치고 비행기에 올랐다.

비행기 안에서 나는 제일 먼저 국내 신문을 펼쳐 보았다. 물론 주식란을 보기 위해서였다. 주가가 어떻게 되었는지 궁금해서였다. '어떻게 되었을까?' 내심 조마조마했다. 국내 신문을 황급히 뒤적이는 나를 보며 여 승무원이 웃으며 말했다.

"선생님께선 외국 생활을 오래 하셨나 보지요. 그렇게 한국뉴스가 궁금하세요?"

"예? 아, 예."

여 승무원이 내가 신문을 보는 사연을 어떻게 알겠는가? 나의 학문, 나의 신용, 나의 미래가 신문 경제면 주식 코너에 걸려있는 그 이유를 말이다. D증권은 대한민국 사람들이면 누구나 다 알았다. 나는 홍콩을 떠나기 전 그들 경제팀과 일종의 위험한 게임을 시작했던 것이다.

이 나라 경제의 씽크 탱크들이 있다. 시시각각으로 돈의 흐름과 경제 상황의 흐름을 누구보다 민감하게 알아내고 증명할 수 있다고 자타가 공인하는 그들을 상대로 게임을 한다는 것은 위험한 도박이었다. 대부분의 정보는 그들이 점유하고 있으며 슬프게도 대다수의 투자자들은 그들의 일거수일투족에 의지하여 주식에 접근 할 수밖에 없는 한계를 지닌 것이 사실이다. 그럼에도 나는 나의 학문과 영적인 힘으로 소돔 성과 싸우고자 했던 것이다. 그들은 현대적 과학의 힘을 빌어 컴퓨터의 분석 판에서 눈을 떼지 않았다. 그들의 눈과 귀는 항상 열려있고 코는 사냥개보다 민감하게 모든 냄새를 찾아내는 가히 놀라운 능력을 지닌 현대판 투사들이다. 더구나 정규적인 증권거래소에 상장되기는 규모가 너무나 작은 회사들의 주식을 일반인들이 정보를 점유하기란 낙타가 바늘구멍에 들어가는 것보다 더욱 어려운 실정이 아닌가.

그곳에는 항상 도박꾼들이나 거친 투기꾼들이 우글거리고 더불어 인생의 모든 요소들이 바다에서 파도가 넘실거리듯 잠시도 멈추지 않고 출렁거리고 있다.

나는 신문을 펼치자마자 서둘러 증권소식 면을 펴보았다. 내 눈에 K은행이란 글자가 들어왔다. 화살표가 위쪽을 가리키고 있었다. 내 예언 그대로였다. K은행 주식은 1,800원 정도 올라 있었다. 그리고 D증권 팀이 택한 IS방직 주식은 다른 대부분의 주식과 함께 내리막길이었다. 완전한 나의 압승이었다.

나는 신문을 장 사무장에게 보여줬다.

"장 사무장, 1,800원 올랐어."

라고 내가 다소간 흥분이 된 표정으로 말하자, 장 사무장은 얼른 이해가 안 간다는 듯이 머리를 긁적이며 내게 물었다.

"1,800원이면 얼른 계산이 안 돼서…… 그런데 주가가 얼마나 오른 건가요?"

"이 사람아. 5,700만원 투자해서 4일 동안 1,800만원 이익을 얻었단 말이야."

장 사무원장은 그제서야 놀랜 듯, 눈을 크게 뜨며 신문을 들여다보았다.

"선생님. 그럼 N사장님 쪽은요?"

"당연히 IS방직은 마이너스야."

가슴이 벅차올랐다. 지난 몇 달의 일들이 뇌리를 스쳐 지나갔다. 비행기가 서서히 지면을 박차고 날아오르기 시작했다.

■ D경제 연구소 N사장과의 만남

어느 날이었다. 제자 김은경이 여의도에 있는 D그룹의 D경제 연구소를 맡고 있는 N사장을 데리고 왔다. 조금은 어색하게 미소 지으며 N사장은 김은경 씨로부터 말씀 많이 들었다며 나에게 자신의 문제를 털어놓았다. 회사 합병문제, 자녀들의 진로문제 등등.

N사장은 독실한 기독교 장로이기 때문에 내 사무실에 오기를 처음에는 꺼려했다고 했다. 이해가 갔다. 나를 거쳐 간 손님들 중 종교인들이 꽤 있었던 것이다. 그들은 처음에는 자신이 믿는 종교와 나의 학문과의 사이에서 갈등을 많이 했다. 그러나 내 학문의 뛰어남을 실제로 체험한 뒤, 그들은 내 학문을 진심으로 신뢰했다. 그리고 그들은 자신들이 나서서 내 학문의 놀라움을 주변 사람들에게 이야기하곤 했다. 그는 워낙 내 학문의 놀라운 사

례들이 많이 알려져 이렇게 찾아왔다고 말했다. 나는 내심 N사장이 독실한 기독교 신자이기 때문에 혹시나 거부감을 갖지 않을까 하여 어느 때보다 조심스럽게 그와 상담을 하였다.

"N사장님께서는 저희 철학관에 방문하신 분들 중에서 제일 집안이 발복되신 분입니다. 조상님들이 잘 가신 분들이 많으셔서 후손들에게 많은 도움을 주고 계십니다. 하지만 몇 분의 원귀가 계십니다. 그 분들만 좋은 곳으로 천도해 드린다면 앞으로도 계속 발복되실 겁니다."

나는 N사장에게 나의 학문을 조리 있게 거부감이 들지 않도록 설명하고, 그 자리에서 확인시켜 주고, 원인과 이유를 납득할 수 있게 설명했다. 내 설명을 다 듣고 놀란 듯 N사장이 말을 꺼냈다.

"목사님께서도 세상에 귀신이 있다고 하시긴 하더군요. 그런데 목사님과 다른 점은 목사님은 귀신을 쫓아낸다고 하시고 선생님께서는 귀신을 잘 가시게 한다는 게 다르군요. 그리고 또 선생님은 그걸 어떻게 하느냐에 따라 자손이 영향을 받는다고도 하시구요."

대부분 다른 신앙을 가지신 분들은 애초부터 나의 모든 말을 처음부터 부정해 대화 자체가 이루어지지 않는 경우가 대부분이다. 그것에 비하면 N사장은 비교적 나의 세계를 이해하려는 성의를 보이는 축에 속했다.

N사장은 조금은 곤혹스러운 표정을 지으며 말했다.

"그런데 선생님. 상 위에 음식을 놓고 절을 하는 것은 제가 믿는 종교에서는 우상숭배라고 합니다. 금기되어 있죠. 그래서 그건 좀 생략했으면 합니다만 괜찮겠습니까?"

"나 사장님. 각 종교마다 의식이 차이는 있습니다. 유교, 불교는 제사상에 절을 드리고 기독교는 하지 않구요. 하지만 이것은 우상숭배가 아닙니다. 이것은 어떻게 보면 효의 한 형식입니다. 만약 어느 분께서 돌아가셔서 조문객이 오면 제각기 자기 종교에 맞는 형식으로 조문을 합니다. 어떤 이는 절을 하고 또 어떤 이는 묵념을 하고 또 어떤 이는 기도를 하기도 합니다. 그렇지만 고인을 추모한다는 의미에서는 똑같은 것입니다. 때문에 사장님이 기독교 방식대로 성경을 가지고 오셔서 기도를 드리며 저의 천복 절차를 행하셔도 상관없습니다. 귀신을 위하여 찬송가를 불러도 좋구요. 다만 저는 제가 수도한 저 나름의 비법으로 천도를 할뿐입니다. 천도를 받은 후에 곧 느끼실 겁니다."

내 말을 끝까지 듣고, N사장은 뭔가 알겠다는 듯이 고개를 끄덕였다.

나는 모든 정성을 들여서 N사장에게 천도를 해주었다. 천도 직후부터 N사장은 무언가 달라지는 자신의 모습을 느끼는 듯했다. 그제야 자신의 몸의 변화에 놀라워하며 나에게 경이의 시선을 보내기 시작했다. N사장은 거듭 고맙다고 하며 자신의 일이 잘 풀리면 나를 꼭 후원 하겠다고도 말했다. 그리고 앞으로는 모든 것을 김은경 씨를 통해서 연락하겠으니 문제가 생길 때마다 많이 좀 도와 달라고 했다.

그는 그 후 기업 합병 문제로 외국으로 출장을 갈 때면 나에게 꼭 자문을 요청하곤 했다. 그는 내 자문대로 일을 하면 매번 좋은 결과를 얻는다며 외국 출장에서 돌아올 때는 나에게 작은 선물을 하기도 했다. 그러는 와중 사무실 운영비, 학문 연구비, 천도 비용 등등으로 경제적인 상황은 악화되고 있었다.

■ D증권 N사장 경제팀과의 위험한 게임

1998년 11월 초, 아침 저녁으로 기온의 변화가 확연하게 달라지는 늦가을이었다.

신림동에서 고시공부를 하던 강호병이라는 사람이 찾아왔다. 척 보기에도 마음고생을 많이 한 사람처럼 얼굴이 어두웠고 건강이 안 좋아 보였다. 그는 고시에서도 연거푸 떨어지고 급기야는 건강까지 안 좋아지자 나의 이야기를 듣고 찾아 온 것이다. 나는 상담을 해주고 나서 강호병 씨의 천도를 해주었다. 그런데 학문의 효과가 바로 나타나자 진심으로 놀란 강호병 씨는 내 밑에서 공부를 하고 싶다고 했다. 눈빛이 하도 절실해 거절할 수가 없었다. 단 하나 문제가 있다면, 한 사람을 더 들이기에는 너무 좁은 집이었다. 비좁은 철학관 사무실은 나와 장 사무장 김은경, 강호병, 배효경 씨 등이 앉기만 해도 꽉 들어찼다. 어느새 식구들이 많이 늘어난 것이다.

나는 그 당시, 지리산에 있는 스승님, 총무원장 스님, 시골에 있는 어머님에게도 얼마간의 돈을 드리고 있었고, 거기에 나와 장 사무장의 생활비, 철학관 사무실 운영 경비로도 꽤 많은 돈을 쓰고 있었다. 보다 더 나은 활동을 위해서는 어떤 대책이 필요했다. 궁리 끝에 문득 D증권 N사장의 말이 떠올랐다. 그가 언제든 후원해주겠다고 하지 않았던가. 나는 은근히 김은경 씨에게 물어 보았다.

"은경 씨, N사장님께서 후원해 주신다고 했는데 소식 없어요?"

그런데 뜻밖의 얘기가 그녀에게서 흘러 나왔다.

"선생님, N사장님 회사 직원들이 손해를 많이 봤나 봐요."

"무슨 말이에요?"

"이번 IMF 때 주가가 떨어져서 지금 무척 힘드신가 봐요."

그 당시 주가는 연일 바닥을 치고 있었다. 자연스레 사람들이 증권시장을 떠나고 있었다. 나는 N사장의 처지가 안 되게 생각돼서 무심코 말을 내뱉었다.

"전문가 분들이 그렇게 힘드시면 어떻게 해요? 내가 해도 잘 맞출 수 있을 것 같은데."

순간 '아차' 하는 생각이 들었다. 그러나 이미 엎질러진 물이었다. 내 말을 듣자마자 그녀의 얼굴은 흥분되고 있었다.

"진짜 그러세요? 그게 정말이면 선생님, N사장님께 오를 종목이 뭔지 가르쳐 주세요. 그것만 된다면 N사장님께서 아낌없이 후원해 주실 거예요. 아직도 우리 학문을 완전히 믿으시지 않는 눈치지만 증권만 맞는다면 N사장이 우리를 백 퍼센트 믿고 후원해 주실 거예요."

그녀의 얼굴은 흥분으로 발갛게 상기되어 있었다.

"선생님, 저희들은 선생님의 능력을 믿어요. 증권만 예언해 주시면 저희들도 꼭 보답을 할께요. 큰 사무실로 이전하시게 도와드리구요. 공부하러 일본 가시는 것도 도와드릴 수 있어요. 저희 친정엄마가 선생님께서 천도를 해드리고 나니까 오천만원을 내 놓으시더라요. 그 돈으로 선생님 예언대로 증권을 해볼게요. 설사 선생님 예언이 빗나가서 주식이 휴지가 돼도 괜찮아요."

그녀와의 대화를 옆에서 듣던 배효경 씨까지 이렇게 말하며 나에게 매달렸다. 김은경 씨는 이에 맞장구를 치며 여의도에 내가 철학관을 새로 개업하게 되면 N사장님이 분명히 후원해 주실 거라며, 사무실이 깨끗하고 넓어야 N사장 같이 경제 감각이 뛰어난 사람들이 아무 거부감 없이 찾아온다면서, 그러기 위해서는 돈이 필요하다고 나를 설득해댔다. 나도 처한 상황이 상황이었기에 점점 마음이 흔들리기 시작했다. 그러나 어차피 큰일을 하려면 기본적인 돈은 필요한 것이 사실이다. 다만 이것은 고통 받고 버림받은 많은 영혼들을 위무하기 위한 내 수행의 한 방편으로 행하리라 다짐했다.

"선생님, 해요."

배효경 씨가 선생님을 믿는다는 듯이 말했다.

"하자구요, 네?"

덩달아 김은경 씨도 내가 결정하기를 다그쳤다.

결정을 내려야 했다. 결국 나는 눈 딱 감고하기로 결정을 내렸다. 동기가 순수하다면 별 문제 될 것이 없다고 생각했다. 어차피 지금의 철학관 경제 사정으론 선택의 여지가 없었다.

"합시다. 김은경 씨는 N사장님을 찾아가서 이야기하세요. N사장님이 직접 D증권 아무지점이나 지시하라고 말하고 그곳 지점장 이름을 알아오세요. 이번에 내 예언이 맞으면 꼭 후원해 달라는 약속도 받아오시고요."

나는 자신이 있었다. 나는 나의 학문을 믿기 때문이었다.

"네, 선생님."

모두 신이 난 표정들이었다. 장 사무장은 특히 더욱 신이 난 듯했다. 20년 간을 인쇄업에만 종사하다가 IMF 한파로 퇴출되고 나서 나와 인연을 맺어 집안이 점점 좋아지고 본인도 건강해져 나를 그 누구보다도 믿고 의지하며 그림자처럼 나를 따라다니던 사람이었다. 그는 이번 일이 잘 되면 좀 더 큰 뭔가가 펼쳐질 것이라는 예감을 하는 듯했다.

얼마 후에 긴장된 얼굴을 하고 김은경 씨가 돌아와서 명함을 한 장 내밀었다. 명함에는 'D증권 종로5가 지점장 000' 이라고 적혀 있었다. 나는 곧바로 전화를 했다. N사장이 지점장에게 미리 전화를 해놨는지 그는 내 말이 떨어지자마자 일사천리 일을 진행시켰다. 구좌에 김은경 씨의 명의로 배효경 씨의 돈 오천 만 원을 예치시켜 놓았다며 어떻게 하면 되냐는 질문을 해왔다. 그때가 11월 초였다. 나는 단호하게 말했다.

"12월 3일 날 매수해서 12월 23일까지 계속 오르고 1월 9일이 파는 시점입니다. 매수 종목은 종로5가 지점에 직접 가서 말하겠습니다."

예언을 해주고 난 뒤, 12월 15일에 영동 호텔 뒤에 있는 정원이 딸린 2층으로 된 큰 독채로 이사하기로 계약했다. 12월 4일부터 4박 5일간은 장 사무장과 홍콩으로 영혼 공부를 가기 위해 이런저런 준비를 했고, 거기에 필요한 경비와 모자라는 사무실

보증금 등은 배효경 씨가 빌려주기로 돼 있었다.

나는 기도에 들어갔다. 기도에 들어가는 나의 각오는 그 어느 때 보다 비장했다. 이 예언이 맞지 않으면 지금까지 해온 나의 학문과 모든 믿음이 하루아침에 물거품이 될 수도 있었다. 한 단계 위로 올라가느냐 아니면 다시 밑바닥으로 떨어지느냐 중대한 기로였다. 혼신을 다해 기도를 드렸다. 켜 논 촛불이 바람도 없는데 무섭게 흔들렸다. 나의 영혼이 나의 육신을 완전히 이탈해 무한천공의 세계 끝까지 치달리고 있었다.

며칠을 그렇게 보냈다. 그리고 드디어 당일 아침이 왔다. 기도에 진을 너무 빼 버려 입안이 헐어버렸고 배는 고팠으나 밥 한 술 뜰 수 없었다. 빈속으로 종로5가 지점으로 갔다. 김은경 씨는 먼저 와서 초조한 표정으로 날 기다리고 있었다.

지점장과 인사를 나누고 차를 한 잔 나누었다. 지점장은 호기심이 가득 찬 눈빛으로 시종 나를 쳐다보았다.

"말씀 많이 들었습니다. 저, 어느 종목을 하시겠습니까?"

나는 거침없이 기도의 결과에 따라 예언을 했다.

"K은행으로 만 주 사주십시오."

"예? K은행이요?"

그는 대단히 놀란 듯 했다. 자신이 들고 있던 커피 잔을 쏟을 것처럼 비틀거렸다.

"예."

지점장은 당혹스런 표정을 지었다. 그도 그럴 것이 당시는 증권시세가 너무나 안 좋은 때였고 더구나 IMF시기 은행주들은 가장 최악에 해당되는 종목이었다. 한 주당 5,700원에 K은행 주식 만 주를 매수해 주면서도 증권 전문가인 그 지점장은 걱정스러운 듯이 나를 쳐다보았다.

"그것이 정말 될까요?"

나는 불안해하는 그를 쳐다보며 아주 구체적으로 이후에 일어날 일에 대해 예언했다. 작정하고 하는 일이었다. 추호의 망설임도 주저할 것도 없었다. 나는 시종 확신에 찬 어조로 예언을 해줬다.

"12월 23일경에 약 삼천만 원 정도 이익이 생길 것이고, 내년 1월 9일경에는 그 배가 오를 것입니다. N사장님께 연락해서 보고 드리세요. N사장님도 내 예언대로 하시면 된다고."

그런데 지점장이 잠시 후 내 그럴 줄 알았다는 듯한 거만한 미소를 지으며 나에게 왔다.

"선생님, N사장님이 K은행은 안 된다고 하십니다. N사장님께서는 IS방직을 매수하신 다는군요."

뭐라 할 말이 없었다. 그저 안타까울 뿐이었다. 나를 믿는다고 해 놓고도 또 이러다니. 나를 끝까지 신뢰하지 않는 그가 원망스러웠다. 그러나 어쩔 수 없는 일이었다.

나는 지점장의 비웃음을 등뒤로 한 채, 종로5가 지점을 나왔다. 나는 다시 한 번 마음을 가다듬고 내 결정에 대한 확신을 가지기 시작했다.

내 예언대로 K은행주를 산 김은경 씨는 증권회사 사장인 N사장이 내 예언을 일축하고 IS방직 주를 사자 마음이 흔들리는 것 같았다. 하긴 나는 단지 나의 학문만을 근거로 말할 뿐 그 전까지 증권의 증자도 모르던 사람이 아니던가.

그에 비해 N사장 쪽은 이 나라 최고의 두뇌와 엘리트들이 모인 증권 전문가 팀이었다. 보통의 상식을 가지고 있는 사람이라면 누구의 말을 믿겠는가?

김은경 씨가 내심 불안해하는 것은 당연한 일이었다. 김은경 씨의 어깨가 축 늘어져 있었다. 그러나 결과만이 나의 학문이 옳다는 것을 증명할 것이다. 나는 증권을 시작하기 전 계획해 놓았던 홍콩행을 강행했다. 그리고 장 사무장과 동행하기로 했다.

나는 떠나기 전 김은경 씨를 불렀다. 그녀의 얼굴은 초조와 불안에 휩싸여 있었다.

"김은경 씨, 나를 믿어요. 그 동안 내 예언이 틀리는 것 봤나요. 그런 적 있으면 말해보세요."

그녀는 자신의 그런 모습이 미안한지 목소리가 안으로 기어 들어 가고 있었다.

"아뇨, 선생님의 예언은 항상 맞으셨어요."

"그래요. 이번에도 마찬가집니다. 불안해하지 마세요. 나는 함부로 예언하는 사람이 아닙니다."

그녀는 나의 확신에 찬 말을 듣더니 그제서야 나에게 조금은 어색하고 미안한 미소를 지어 주었다.

2월 4일 김포공항에서 수속을 마치고 장 사무장과 비행기에 올랐다.

"장 사무장, 내 예언대로 증권이 올라야 할 텐데."

"저는 선생님을 믿어요. 잘 될 거예요."

장 사무장은 정말 나를 믿는 듯 했다. 그의 목소리를 들어보면 안다. 나를 믿는다는 목소리가 아주 단호했던 것이다.

장 사무장은 내가 증권으로 인하여 스트레스를 많이 받아 보인다고 생각했는지 시종 내 눈치를 보며 나의 안색을 살폈다. 그러나 장 사무장은 곧 밝은 표정이 되었다. 오랜만의 여행에 설레는 것 같았다. 홍콩은 예전에 사업관계로 몇 번 다녀온 곳이었지만, 그때와는 달리 이번에는 나의 천도 비법을 좀 더 강화시키고 영혼과의 접속을 위한 것이었기에 감회가 사뭇 새로웠다.

홍콩은 세계 무역의 중심 도시답게 전 세계의 경제인과 관광객들이 어울려 이 동양의 색다른 풍경을 만끽하기 위해 분주했다. 나는 모처럼 방문한 홍콩의 또 다른 면을 감상하면서 홍콩 해양 공원, 신사, 절 등을 다니며 영을 접속해 보았다. 그러면서 나는 한국이든 일본이든 홍콩이든 영혼의 세계는 지구상 그 어디나 마찬가지라는 것을 느낄 수 있었다. 4박 5일 일정이었는데 이틀간 돌아보며 공부를 하고 나니 시간에 여유가 남았다.

"장 사무장, 마카오에 가봅시다."

"마카오가 어딘데요?"

장 사무장은 무슨 뚱딴지같은 말씀이세요 하는 표정이었다.

"카지노가 있는 곳인데 그곳에는 바카라라는 것이 있어요. 학문을 시험 삼아 그 기계를 상대로 게임을 한번 해 볼까 하고요. 그것도 공부니까 다행히 조금의 자금을 손에 쥘 수 있다면 여행 경비하고 조그만 선물을 준비하는데 보태고…… 외화 쓰지 말고 벌어 가자구요."

돈을 벌어가자는 내 말에 장 사무장은 잠도 설치며 마냥 신이

나 있었다. 장 사무장은 비행기도 타고 배도 타고 이곳저곳 신기한 곳을 찾아다니는 것이 좋아서 시종 싱글벙글이었다.

나는 마카오에서 불과 몇 시간의 바카라로 그 동안 쓴 모든 경비를 벌 수 있었다. 바카라를 하기 전에 나는 내 학문과 비법으로 기도를 했다. 그리고 나는 그 카지노 안에서 일어나고 있는 모든 게임의 승과 패를 읽어 낼 수가 있었던 것이다.

카지노에 있던 사람들이 내가 거듭 돈을 따자 신기하다는 듯 내 주변으로 몰려들었다. 하나 그들은 알 수 없으리라. 내가 결과를 이미 알고 바카라를 한다는 것을. 그리고 나는 카지노에서 돈을 잃은 사람들을 위해 기도를 했다. 내 기도가 끝나자마자 여기저기에서 환호성과 함께 동전 쏟아지는 소리가 들렸다. 카지노가 어른들의 오락이라면 오락은 즐거워야 하지 않겠는가.

내가 카지노를 나가려 할 때 눈이 푸른 외국인이 나를 불렀다. 그는 한국말을 조금 알고 있었는데 자기는 미국 모 대학에서 심령술을 가르치고 있는 교수라고 했다. 그는 어떤 알지 못할 힘에 붙잡힌 듯 내가 바카라로 돈을 따는 것을 처음부터 끝까지 지켜보았다고 했다. 그건 당신이 게임을 하는 것이 아니라 어느 보이지 않는 누군가가 대신 해주고 있다는 느낌을 받았다고 했다. 엄청난 에너지가 나의 몸에서 뿜어져 나오는 것을 자신은 똑똑히 보았다고 했다. 그는 분명히 잘 본 것이다.

나는 도박을 잘 못한다. 아니 도박을 해본 적이 없다고 말하는 것이 옳을 것이다. 나는 고개를 끄덕여 주었다. 그리고 그에게 나의 명함을 주었다. 그는 한국에 가면 꼭 나를 찾아오겠다고 했다. 하여간 마카오에서 딴 돈으로 장 사무장과 나는 홍콩의 아름다운 야경 속에서 쇼핑도 하고 제자들과 아는 분들에게 줄 선물도 샀다. 그리고 비행기에 오르자마자 신문을 펴 든 것이었다.

한국에 도착해 보니 사무실은 온통 흥분의 도가니였다. 모두 나를 전과 다른 경의의 눈초리로 쳐다보고 있었다. 이렇듯 사람들은 결과가 있기 전까지는 나를 신뢰하려 들지 않았던 것이다. 왠지 긴 축제의 행렬 속을 혼자 걸어가는 듯한 외로움이 엄습하여 왔다. 하여간 계획대로 사무실을 이전했다. 증권은 나의 예언대로 오르락내리락 하고 있었고, 나를 결정적인 순간에 믿지 않았던 N사장의 IS방직 증권은 마이너스 행진이 계속되고 있었다.

지리산에 있는 스승님에게 찾아가 좋은 곳으로 이사를 했다고 알렸다. 스승님은 매우 기뻐하며 전에 했던 당부를 잊지 않았다.

“일파야, 한 걸음씩 천천히 걸어라.”

총무원장 스님에게 찾아가 일파가 원장 스님 모시려고 포교원을 설립하기 위해 큰집으로 이사를 했다는 말도 했다. 강호병 씨도 내 밑에서 공부하기 위하여 찾아왔다. 그런데 호사다마랄까. 공부에 열중해야 할 김은경 씨와 배효경 씨는 학문은 뒷전이고 증권에만 온통 관심을 쏟고 있었다. 그들은 버젓이 사무실에서도 증권 이야기로 정신을 못 차리고 있었던 것이다. 조금만 내리면 팔아버리자는 둥 아냐 조금 더 오르게 놔두자는 둥 매일같이 증권 이야기뿐이었다. 점점 그녀들은 물욕에 눈이 멀어가고 있었다.

12월 23일. 내 예언대로 내가 선택한 국민은행 주식은 3,600만 원 정도 올랐고 N사장이 선택한 IS방직 주식은 아직도 마이너스 행진 중이었다. 그러자 김은경 씨와 배효경 씨는 안달하기 시작했다.

"선생님 N사장님이 이젠 우리를 믿어요. 증권, 이제 팔아요. N사장님이 후원해 주실 거예요. 우리가 이겼어요."

"그래요. 선생님, 언니 말대로 하세요."

그들은 완전히 물욕에 눈이 멀어 버린 것 같았다. 이젠 숫제 업무를 못 볼 지경이었다. 사무실 분위기가 마치 증권사 객장 같아졌던 것이다. 이 모든 건 다 나의 공부의 부족함 때문이라는 생각이 들었다. 저들이 저렇게 순식간에 물욕에 눈이 멀 줄은 미처 예상치 못한 일이었다.

'도대체 인간이란 얼마나 뼈아픈 후회를 경험해봐야 아름다운 것들을 볼 수 있을까.'

나는 점점 그녀들이 자신들의 아름다운 마음을 돈에 빼앗기는 것이 싫었다.

"그래요. 김은경 씨, 알아서 처리하세요. 결국 배효경 씨도 내 예언을 못 믿는군요."

그날로 그녀들은 날름 주식을 팔아 치웠다. 원금을 공제하고 남은 이익금은 3,600만 원 정도, 그러나 얻은 것 보다 잃는 것이 더 많았다. 그때가 1998년의 마지막 날이었다.

"장 사무장. 사무실에 경비가 얼마나 남았어요?"

"예 선생님. 한 이백여 만원 됩니다."

사무장은 근심스러운 듯 목소리에 힘이 없었다.

"백 만원씩 나누어 씁시다. 고향에 다녀오세요."

"선생님. 세금도 내야하고 사무실 경비……."

"그래도 장 사무장은 고향에 다녀오세요. 내 몫 백만 원으로 우선 사무실 경비 쓰시고요."

그렇게 장 사무장도 고향에 보냈다. 남은 사람은 집도 절도 없는 강호병과 나뿐이었다. 새로 이사 온 집이 너무나 크고 을씨년스럽게 느껴졌다.

"강호병 씨, 소주 한 잔 합시다."

나는 풀이 죽어 있는 강호병의 등을 두드려줬다.

나는 유리창에 고고히 드리워진 겨울 달빛을 쳐다보며 쓰디쓴 소주를 삼켰다. 이제 이 넓은 사무실을 어떻게 운영할 것인가? 포교원도 설립해야하고 원장 스님도 모셔야 하고 앞으로 할 일이 태산같은데……. 그러나 나는 다시 결의를 다졌다. 그 시커멓던 영도다리 아래 바닷물로 뛰어들기까지 했던 내가 아닌가. 그런 인생의 밑바닥까지 내팽개쳐졌던 내가 여기까지 왔는데 무엇이 두려우랴. 나는 다시 전의를 불태우기 시작했다.

1999년 나는 포교원을 설립하고 일본에도 사무실을 설립하여 일본으로도 진출할 계획을 세웠다. 그런데 문제는 역시 돈이었다. 집만 덩그러니 있을 뿐이었다. 포교원을 만들려면 법당도 있어야 하고 여러 가지 집기들도 있어야 했다. 사무실에 쓸 물품들, 실내 인테리어도 새로 해야 했다. 직원도 많이 늘어나 있었다. 일본어를 잘 하는 여직원 2명. 밥 짓는 공양주 1명. 장 사무장과 나. 그리고 강호병까지.

사무실에 들어가는 비용과 직원들에게 나갈 급료를 계산해 보니 한 달에 천만 원도 모자랄 것 같았다. 거기다가 일본에까지 진출하려면 돈이 더 필요했다. 설상가상으로 총무원장 스님도 1월말에 여기로 모시기로 약조를 드린 상태였다. 연초라 그런지 찾아오는 사람들도 거의 없었다. 그러던 중 이미 인연이 끝났다고 생각한 김은경 씨가 생활 한복을 한 벌 사가지고 나를 찾아왔다.

"선생님, 정말 죄송합니다. 다시는 돈의 노예가 되지 않겠습니다."

그녀는 뼈아프게 반성했다는 듯이 나에게 깊이 고개를 조아렸다.

내 말대로 1월 9일까지 국민은행 주식은 계속 올랐었다. 내 말대로 했으면 더 큰 이익을 얻을 수도 있었던 것이었다. 나를 믿지 못했던 그녀는 뒤늦은 후회를 하고 있었다. 그녀는 다시는 나의 말을 의심하지 않고 열심히 공부하겠다고 했다. 그리고 N 사장에게 후원을 약속 받아 왔다는 말도 했다. 그녀에 대한 믿음이 컸던 만큼 그녀를 내칠 때의 내 마음의 상처도 깊었던 것이다. 나는 선뜻 그녀를 받아들일 수가 없었다. 그러나 그녀가 간절하게 뉘우치고 용서를 비는 것 같았다.

나는 조용히 눈을 감고 생각해 보았다. 나의 학문이란 종국에는 인간에 대한 깊은 애정이 아니던가. 나는 그녀를 용서하고 다시 받아들였다.

그런 그녀가 자숙하지 못하고 또 이런 말을 했다

"그런데 선생님께서 작년 11월초에 증권 예언을 해주실 당시

N사장님의 친구 분인 S은행 여의도 지점장이 1월 달 안에 퇴출된다고 예언을 하신 적이 있으시다면서요. 그런데 그렇게 될 것 같지 않데요. 며칠 전 N사장님을 만났는데, 그 친구 분은 전국에서 2명밖에 못 받는 대통령상까지 받으신 분이래요. 이번에 이사로 승진되는 것은 따 놓은 당상이라고 하시던데요. 만약 선생님께서 예언하신대로 그 분이 퇴출되지 않으면 N사장이 선생님을 신뢰하지 않게 될지도 모르겠어요. 그러면 저도 여의도에 개업하기가 힘들 것 같아요. 물론 지금까지 선생님이 해주신 건강, 사업, 합병, 증권예언 등 틀린 것이 하나도 없으셨지만요. 이번에는…….”

나는 그녀가 또 나를 믿지 못하고 있다는 것에 은근히 부아가 끓어올랐지만 어떻게 하겠는가. 그녀와 나의 속세의 인연이 그것밖에 안 되는 것을.

“김은경 씨. 들어봐요. 지금은 1월 초예요. 내가 퇴출된다고 예언한 날짜까지는 아직 20일이 남았지요. 사람이 왜 그렇게 조급해요.”

그녀는 나의 질책에 나를 또 믿지 못하고 함부로 떠들어 댄 그런 자기 자신이 무안한 지 얼굴이 벌개졌다.

그리고 얼마 후, 그녀로부터 다급하게 전화 연락이 왔다. S은행이 통합되면서 N사장의 친구 분은 이사로 승진을 못하고 퇴출되었다고 했다. 이유는 오직 하나, 너무 똑똑하다는 것이었는데, 그를 견제하는 세력이 많았다는 것이었다. 인간사의 일들이란 이토록 한 치 앞도 내다보지 못하는 어리석음 투성이인 것이다.

서울시장 당선을 예언하다

때는 1998년, 여름.

소나기가 한차례 퍼부은 듯 여름부터 온 나라는 지방자치제 선거와 미국 월드컵 열풍으로 들끓고 있었다.

경제상황은 날이 갈수록 어려워졌지만 어디 사람 사는 일에 죽으라는 일만 있겠는가? 국민들은 한국의 월드컵 16강 진출 가능성을 따지며 잠깐이지만 모처럼의 여유를 가지기도 했다. 내 주위의 제자들도 대한민국의 국민인지라 월드컵에 상당한 관심을 갖고 나에게 이렇게 물어오곤 했다.

"선생님, 이번 선거와 월드컵 16강 진출 예언 좀 해주세요."

장난 반 진심 반이었겠지만 나의 예언이 한 번도 틀린 적이 없다는 것을 알고 있는 그들로서는 내 말이 곧 결과라는 것을 믿어 의심치 않았던 것이다. 그들은 숨을 죽이며 내가 어떤 예언을 할까 귀를 기울였다. 그러나 난 이미 그 결과를 알고 있었으므로 그들이 바라고 온 국민이 바라는 16강 진출의 희망을 깨고 싶지는 않았으나, 기도 중에 본 미래의 예언을 단 한 번도 주변의 눈치를 보며 거짓되게 말한 적이 없었다.

"국민이면 누구나 우리 축구가 16강에 진출하길 기원하고 응

원하고 그렇게 될 거라고 믿고 있지요. 하지만 나의 학문적 입장에서 보자면 안타깝게도 우리나라 팀은 이번에도 예선 탈락입니다."

"아휴, 선생님. 저희 남편이 축구광인데 남편에게 가서 우리나라가 예선 탈락할거라고 말했다가는 저는 아마 맞아죽을 걸요?"

주위에서 폭소가 터져 나왔다.

"그러니 모두 입 조심하고 우리 학문하는 사람들만 알고 있읍시다."

내가 우스개 소리를 던지자 장동환이 내게 물었다.

"선생님 어떻게 16강에 진출할 수 없을까요?"

"글쎄 경기가 내일 모레인데 너무 늦지 않았을까? 일 년 전부터 선수들의 조상님들을 발복시켰다면 좋았을 텐데……. 아마 이런 말을 체육부 장관이 들었다면 우릴 미친놈들이라고 할 거야."

또 한 번의 폭소가 터져 나왔다. 하여간 축구로 인한 모처럼의 여유였던 것이다.

"하하, 그래요. 맞아요 선생님. 믿지 않을 거예요."

"선생님. 언젠가는 믿어주는 날이 올 거예요. 힘내세요. 저희들은 믿어요."

장 사무장이 자신은 나의 학문을 절대 확신한다는 듯이 나를 향해 크게 소리쳤다.

그런데 문득 내게 이런 생각이 떠올랐다.

"장 사무장. 우리 오는 사람들만 상담하지 말고 발로 뛰면서 직접 찾아가 부딪혀 보는 건 어떨까?"

"선생님, 가능할까요?"

장 사무장이 그건 자신 없다는 듯이 시큰둥하게 내 말을 받았다.

"내가 이번 가을에 있을 선거에 대해 예언을 할 테니까. 각 정당마다 장 사무장이 찾아가서 내 예언을 전하고 내 예언이 맞는지 틀리는 지는 선거가 끝나면 알게 될 것 아닌가? 그들로는 손해 볼 것이 없지. 방송국이나 신문에서 하는 선거 예상보다 내 예언이 더 정확한지 아닌지 한번 시험해 보자구."

"이건 월드컵 16강에 진출하느냐 못하느냐하는 예언과는 질적으로 다른 부분인데 괜찮겠어요? 선생님의 예언을 못 믿어서가 아니라 우리나라 정치인들은 보통 인간들이 아니잖아요."

김은경 씨의 말이었다.

그 말도 일리가 있는 말이다. 정치인들만큼 의심 많은 사람들이 어디 있겠는가. 그러니까 더 예언을 하고 싶어졌다. 내 예언을 그들이 믿게 된다면. 내 학문을 온 국민에게 알릴 수 있는 좋은 기회가 될 것이다.

"걱정 없어요. 내 예언은 적중할 테니까. 장 사무원장 준비하라고."

나는 우선 한 일간지에 실린 전국의 예비 후보자의 이름을 보고 당선될 사람 이름에다가 O표시를 하고는 그들을 위해 발복을 빌어 주었다. 장 사무장은 발 빠르게 각 정당에 돌아다니며 나의 예언을 전했고 여기저기 알만한 곳엔 전부 전화를 하며 분주하게 움직였다.

그러다가 우연히 서울 시장 선거에 나선 G씨의 비서와 연결이 되었다. 비서는 나와 직접 통화를 하며 이것저것 상담을 했고, 나는 그에게 전국의 투표율과 G씨의 득표율 및 당락 여부 그리고 인천, 경기도, 수도권 등 전국 각지의 당선자 및 득표율을 예언해 주었다. 전화기 안에서 반신반의하는 비서의 목소리가 떨렸다. G씨 비서는 이게 정말 그렇게 되겠냐며 몇 번에 걸쳐 나에게 다시 물었다. 처음에는 믿질 않는 듯했다. 그러나 나중에는 내가 말한 결과를 믿는 듯도 했다. 사람의 마음이란 급할 땐 지푸라기라도 잡고 싶은 것이 아닌가. 그러나 난 지푸라기가 아니다. 나의 예언은 단 한 번도 빗나간 적이 없었고 나는 진실을 숨긴 적이 없었다. 하긴 그가 선거 후 결과를 보기까지는 못 믿는 게 당연한 것이었다.

나는 선거결과가 나오면 내 말이 맞았다는 것을 알게 될 것이라고 누차 말했다. 그리고 만약 내 예언이 그대로 적중하면 나를 좀 도와 달라고 했다.

금전적인 도움이나 유명인과의 친분을 트고자 하는 목적이 아니었다. 다만 나의 학문을 보다 많은 사람에게 알릴 수 있는 기회가 주어지면 정부가 추진하고 있는 장묘 문화의 개선 정책에 도움이 될 것 같았기 때문이었다. 그러한 이유로 나의 학문을 알릴 기회를 마련하는 데 도움을 달라는 것이었다. G씨의 비서는 나의 청을 흔쾌히 받아 들였다.

"그럼 선거 끝나면 한 번 만나시지요. 그때는 좀 더 많은 시간을 갖고 얘기를 할 수 있을 겁니다."

그 후로도 G씨의 비서는 수차례에 걸쳐 나에게 전화를 걸어 선거에 관해 여러 가지를 물었고, 나는 그때마다 그것에 대한 예언을 해 주었다. 그는 그때마다 감사하다며 나중에 꼭 보답하겠다고 약속했다.

드디어 선거일이 되었다. 장 사무장은 은근히 걱정하는 얼굴이었다.

"선생님 내일이 개표인데 잘 될까요?"

나는 장 사무장마저 나를 믿지 못하고 불안해하는 것이 불쾌하다기보다는 그가 안쓰러웠다. 우리 모두는 어쩔 수 없이 나약한 인간들인 것이다.

"장 사무장은 나 못 믿겠어?"

"저는 선생님 믿어요. 그렇지만……."

"그렇지만은 뭐가 그렇지만이야. 걱정하지 마. 내일 신문을 보면 모든 게 확연해져. 내 예언이 얼마나 정확히 적중하나 한번 보라구."

나의 확신에 찬 말에 장 사무장의 얼굴 표정이 조금 밝아졌다.

그리고 드디어 개표 결과가 나왔다. 놀랍게도 내 예언은 모두 적중되고 있었다. 각 매스컴에서 출구 전 개표 결과를 발표할 때 잡는 오차범위 플러스 마이너스 5 퍼센트조차도 여유를 두지 않은 내 예언이 그대로 들어맞고 있었던 것이다. 전국의 총 투표율 및 각 정당의 득표율뿐만 아니라 당선자 수까지 내가 예언한 대로였다.

물론 G씨의 당선과 당선되는데 몇 퍼센트로 당선될 것인가까지 내가 예언한 그대로 적중되었다. 나 스스로도 내 학문의 가치에 놀랐고 감탄하고 있었다. 장동환 씨나 김은경 씨도 개표발표

와 그 예언 적중의 놀라움에 벌린 입을 닫지 못하고 있었다.

그런데 선거가 끝나고 한 참이 지나도 G씨의 비서에게서 연락이 오지 않았다. 불길한 생각이 들었다. 나는 직접 G씨 비서에게 전화를 했다.

"안녕하십니까? 저 일파입니다. 진심으로 당선 축하드립니다."

"아, 예. 감사합니다."

전화기 속 그의 목소리가 왠지 꼬리를 빼고 있는 듯한 느낌이 들었는데, 그는 내가 약속한 얘기를 꺼내기도 전에 벌써 미안하게 됐다며 발뺌을 해댔다. 선거가 끝난 직후 다른 곳으로 발령을 받아 이제 G씨와 자주 보지도 못하고 또 자기가 맡은 일의 특성상 외부인과 전화통화도 마음대로 할 수 없을 것이라는 얘기였다.

어제까지만 해도 나에게 '선생님', '선생님' 하며 결과가 어떻게 나올 것 같냐며 수시로 전화하던 사람이 돌변한 것이었다. 정치가 무엇인지 씁쓰름했다. 나보다도 장 사무장이 더 황당해하고 분개해했다.

약속과 신의를 저버린 그 비서. 이제 갓 정치에 입문한 젊은 사람이 벌써 권모술수부터 배우고 사람을 자기의 필요에 따라 이용하고 이용한 후에 가치가 없어지면 헌신짝처럼 버리는 것이 안타까웠다. 어찌 그 비서뿐이겠는가. 인간사 그러한 일들이 다반사인 것을. 그러기에 인간에 대한 신의를 바탕으로 하는 진실 된 나의 학문은 꼭 이 사회에 필요한 것이다. 그 일을 계기로 하여 학문에 좀 더 열심히 매진하여야겠다고 다짐했다.

국가의 발복을 기원

나는 나의 제자 장동환과 김은경에게 학문을 실전에 적용하는 방법을 가르쳤다.

수행구도를 하면서 직접 느낄 수 있는 공부. 어떤 학문이던간에 입으로 떠들어대는 이론보다 단 한 번의 실전이 중요한 것이다. 두 사람은 어느 정도 공부를 했기 때문에 영혼의 기를 느낄 수 있는 단계까지 이르러 있었다. 나는 두 사람을 국립묘지에 데리고 가 고통 받고 있는 영혼을 천도하는 시범을 그들 앞에서 보여주었고, 그들에게 그 영혼이 천도된 것까지 직접 확인시켜 주었다. 나에게 장동환이 물었다.

"하필이면 왜 국립묘지를 택하시는 거죠?"

나는 그에게 이렇게 말해 주었다.

"국립묘지는 나라를 위해 희생된 분들의 영혼이 묻혀 있는 곳이다. 그러한 분들의 영혼 중 고통 받고 있는 영혼을 천도하면 우리나라의 국운에 상스러운 영향을 끼치기 때문이다. 내 학문의 궁극적인 목적은 국가의 발복을 기원함에 있지."

텔레비전을 보니 대통령이 중국 순방에 나서고 있었다. 비행기에 오르며 손 흔드는 모습을 보니 기가 많이 쇠해져 있어서 무척이나 피곤해 보이는 안색이었다. 이 땅의 민주화를 위해 살아왔고 죽을 운명을 몇 번씩이나 넘긴 끝에 대통령에 당선된 분, IMF라는 국가적 위기를 극복하기 위해 칠순이 넘은 분이 주야를 가리지 않고 일을 하려니 저렇게 피곤한 것은 어쩌면 당연한 일인 듯 했다.

생각해보면 국민의 한 사람으로 이 나라를 위해 나는 한 게 없었다. 남부럽지 않는 학문과 비법을 가지고 있으나 국가에 조금의 힘이라도 보태지 못한 내 자신이 부끄러웠다. 무엇보다 대통령이 건강해야 이 나라가 빨리 다시 일어설 수 있다는 생각이 들었다.

나는 텔레비전을 보면서 많은 생각을 하였고 장 사무장과 김은경 씨에게 이렇게 이야기했다.

"텔레비전을 좀 봐. 이 나라와 민족을 위해 대통령께서 건강하시도록 우리가 발복해 드립시다. 지금은 우리의 학문을 제대로 알아주는 사람이 없지만 이 나라 국민의 한사람으로서 우리는 우리의 도리를 다 합시다."

김은경은 특히 대통령과 동향이기에 나의 제안에 진심으로 고마워했다.

"자네들 내가 대통령을 위해 발복을 한 후 내일 텔레비전을 한 번 보게. 대통령의 안색이 얼마나 좋아지셨나를."

나는 그 즉시 천도를 하기 위하여 삼각산으로 향했다. 이 나라와 민족을 위해 고생하는 모든 분들을 위하여 밤이 새도록 발복 기도를 드렸다.

다음날 아침, 우리 셋은 뉴스 시간에 텔레비전을 켰다. 대통령의 얼굴 혈색이 눈에 띄게 좋아져 있었다. 먹구름이 물러간 뒤처럼 어제의 피곤한 모습은 그분의 얼굴에서 싹 가시고 없었다. 김은경은 대통령이 더욱 젊어졌다며 그게 다 삼각산에 올라가 발복을 기원해 드린 선생님 덕분이라고 말했다. 그러나 난 국민의 한 사람으로서의 도리를 다한 것뿐이었다.

나는 시간이 날 때마다 지리산의 스승님을 찾아뵙고 계속해서 그 분의 비법을 전수 받았다. 어찌 배움에 끝이 있겠는가. 또 한편으론 총무원장 스님에게도 자주 찾아갔다.

"원장 스님, 조금만 참으십시오. 저를 세상 사람들이 조금씩 믿어가고 있습니다. 조금만 기다리시면 포교원을 설립하고 스님을 모시면서 좋은 일을 하겠습니다. 제가 필요하면 언제라도 저를 부르세요. 만사 제쳐놓고 달려오겠습니다. 제 밑에 제자가 둘이나 있고 든든한 장 사무장이 있어 철학관은 이제 제가 잠시 자리를 비워도 괜찮습니다."

"일파야, 말만 들어도 고맙구나."

"아닙니다. 당연히 해야 될 일인 걸요. 저는 원장 스님의 열여섯 번째 상좌 아닙니까?"

나는 언젠가 약속을 하지 않았던가. 꼭 원장 스님을 바람이 들지 않는 따스한 방에 모시겠다고. 나는 그 약속을 지킬 것이다. 약속이야말로 조상들이 내게 주신 학문의 실체요, 그리고 내가 내 자손들에게 줄 최대의 발복인 것이다.

도관 스님의 중풍을 고치다

총무원장 스님이 드디어 내 집에 들려주었다. 얼마나 바라고 기다렸던 일인가.

"잘 있었느냐? 집이 무척 크고 높구나. 그 동안 고생 많이 했다."

총무원장 스님은 거동이 불편한 몸을 이끌고 나를 찾아온 것이었다. 황송해 몸 둘 바를 몰랐다.

"원장 스님, 잘 오셨습니다. 제가 지금부터 원장 스님을 잘 모시겠습니다. 원장 스님 방도 꾸미고 있고 총무원도 힘드시면 이쪽으로 옮기셔도 됩니다."

"고맙지만 비천한 노인네는 걱정하지 마. 그리고 나는 안양암에서 할 일이 있어. 당분간 그곳에 있어야 할 것 같아. 너의 마음과 성의는 고맙게 받겠다. 그런데 부탁이 하나 있다."

아니 총무원장님이 내게 부탁을 다 하다니, 나는 그야말로 몸 둘 바를 몰라 쥐구멍으로 찾아가 들어가고 싶었다.

"스님, 무엇이든지 말씀만 하세요, 뭐든지요."

"네 사형인 도관이를 이곳으로 좀 보낼 테니 같이 이곳에서 부처님 모시고 수행 좀 할 수 있도록 해주지 않겠냐."

"네, 그렇게 하겠습니다."

"네가 옛날에 말한 대로 도관이가 중풍에 걸렸다. 지금 몸도 제대로 가누지도 못하고 있다. 옛 일을 생각하면 서운하겠지만 그래도 네가 좀 도와주거라. 내가 수시로 들여다 볼 테니 말이야. 생각해 보면 도관이 그놈도 참으로 불쌍한 놈이야. 몸까지 그렇게 되었으니. 네가 1년 전 총무원에서 그렇게 예언하여 주었는데 기어이 말을 안 듣더니만 쯧쯧. 어찌 미련한 중생들은 액운이 닥친 뒤에야 정신을 차리는 걸까. 인간들의 업보야. 암, 업보고 말고."

원장 스님은 언제나 당신의 힘든 사정은 절대 얘기를 안 하는 분이었다. 그러나 이렇듯 남이 힘들고 어려우면 그냥 넘어가지 못하는 분이었다. 팔순에 가까운 연세임에도 불도 지피지 않은 얼음장 같은 방에 기거하면서 오히려 다른 사람 걱정을 하는 원장 스님을 뵈니 그 마음의 큼이 실로 위대해 보였다.

며칠 후, 도관 스님이 찾아왔다. 그는 몸을 제대로 가누지도 못하고 있었다.

"일파, 어떻게 지냈어?"

"어서 오십시오, 도관 스님."

도관 스님은 그 와중에도 자신과 함께 온 사람들을 소개했다.

"인사들 하시게. 이 사람은 알지? 원대희 씨, 이영일 씨, 위성렬 씨, 그리고 신문사 사장인 심흥섭이야."

익히 아는 얼굴들이었다. 나는 진심으로 반갑게 그들을 맞이하였다.

"어서들 오십시오. 일파입니다."

도관 스님은 잘 걷지도 못해 두 사람에게 부축을 받으며 걸었다. 친구인 원대희 씨도 도관 스님 못지않게 몸이 많이 불편해 보였다.

"도관 스님. 제가 1년 전에 총무원에 있으면서 예언해 드렸지요? 중풍으로 쓰러지신다고 말이에요."

"그 땐 미안했어. 지금은 자네의 학문과 자네를 믿네. 그러니 나 좀 도와줘. 어떻게 자네의 학문으로 고칠 수 없을까?"

섭섭한 옛 일이 떠올랐지만, 나이 든 분이 몸도 성치 않은 모습으로 나를 붙들고 애원하다시피 하는 모습이 애처로워 보였다.

"진작 저의 학문을 믿어주셨으면 이런 일이 없잖아요. 원장 스님께서도 얼마나 충고 하셨더랬습니까. 저를 믿으라고요. 이제라도 저의 학문과 비법을 믿으신다면 도관 스님을 삼일 만에 좋아지게 해 드릴 수 있습니다."

도관 스님은 삼일이라는 말에 놀란 듯하였다. 나는 도관 스님이 놀라는 게 무리는 아닐 것이라고 생각했다.

중풍을 삼일 만에 호전시키겠다니 현대의학이 기절초풍할 일일 것이다. 하여간 나는 도관 스님에게 이렇게 이야기했다.

"제가 스님 병을 고쳐 드리면 스님이 L회장님과, 정치인 L씨를 만날 수 있도록 도와주실 수 있겠어요? 그분들 곧 액운이 닥쳐와요. 제가 막아 드려야 합니다. 정치인 L씨는 지금은 안기부장이라는 중책을 맡고 계시지만 더 큰 꿈을 이루려고 몇 달 안에 공직을 그만 두실 겁니다. 그런데 그게 무리수가 됩니다. 그리고 L회장은 1년 안에 암 판정을 받을 겁니다. 그럼 우리나라의 경제 전반에 미치는 영향도 있고요. 그래서 그분들을 만나려고 그럽니다."

"내 몸만 좋아지게 해준다면 내가 어떻게 해서라도 L회장과 L부장님을 만나게 해주지. 날 믿어."

"만약 도관 스님만 중풍이 좋아지게 되면 그건 우연의 일치라고 할지 모르니까. 스님과 스님의 친구 분인 원대희 씨도 좋아지도록 두 분 다 일체 무료로 천도해 드리겠습니다. 원대희 씨에게는 1년 전 총무원에서 제가 여유가 생기면 분명히 도와준다고 약속했으니까요."

내 말을 듣고 있던 원대희 씨가 나의 손을 꼭 잡은 채 눈물을 글썽거리며 연신 고맙다는 말을 했다. 나에게 원한이 있든 그렇지 않던 간에 나는 나를 필요로 하는 사람을 단 한 번도 내친 적이 없었다. 주위에 있던 이영일, 위성렬, 장동환, 김은경, 강호병, 공양주, 신문사 심 사장까지 다 지켜보는 자리에서 나는 나의 학문에 대해 설명을 하고 나의 비법으로 천도를 시작하였다. 제사는 불교식으로 도관 스님의 가족들을 다 모이게 해 놓고 스님이 직접 목탁을 치며 주관하게 했다.

그런데, 예상대로 놀랄만한 일이 벌어졌다. 그렇게 천도를 해주고 난 후 잘 걷지도 못하던 도관 스님은 삼일 만에 짚고 다니던 지팡이를 던져버리고 혼자 걸을 수 있게 되었던 것이다. 믿을 수 없겠지만 며칠 후엔 지금 신사동 사거리 영동 호텔 뒤의 언덕을 뛰어다니기까지 했다. 또한 원대희 씨도 마찬가지로 돌아갔던 입이 제자리를 잡기 시작했고 침을 흘리던 것도 멈추었다. 헛

웃음을 웃던 것도 멈추었다.

천도의 과정과 그 결과를 옆에서 쭉 지켜보던 신문사 사장인 심흥섭 씨는 놀라워하며 이렇게 탄복을 했다.

"전국의 내로라하는 사람들은 다 찾아다니며 취재를 해보았지만 손가락 하나 대지 않고, 약 한 첩 쓰지 않고 병을 고치는 것은 처음 봅니다. 이건 기적입니다, 기적!"

그 후로 도관 스님은 나의 학문과 비법을 조금의 의심도 없이 완전히 믿어 주었고, 나는 본격적인 포교원 설립 준비에 들어갔다. 원장 스님의 호가 '동산'이라 동산포교원이라 이름도 미리 지었다. 그리고 그 포교원을 도관 스님에게 맡기기로 했다. 주지 스님은 도관 스님이, 신도 회장은 위성렬 씨가 맡기로 했다. 또한 나의 학문이 원효대사의 사상과 일맥상통하는 부분이 많아 원효사상연구원도 발족시키기로 했다. 원효사상연구원 원장은 장동환이, 부원장은 김은경 씨가 맡았고 강호병은 사무장이 되었다. 모든 계획이 차질 없이 착착 진행되는 듯 했다.

천도 비법으로 제자 5억을 벌게 하다

나는 일본에도 원효 사상 연구원 설립을 준비했다.

강호병이 연구원 설립 준비를 나와 함께 해 나갔다. 나는 한국과 일본을 오가며 연구원 설립 준비에 박차를 가했다. 또한 도관 스님은 부처님 점안식을 준비 중이었다. 장동환과 김은경은 전국의 유명 인사들의 주소록을 준비해 와 그들 조상님의 영혼과 접속하여 그들 집안에 대한 예언을 적은 DM을 그들에게 발송했고 전단을 찍어 홍보에 나서기도 했다. 이렇듯 사무실의 틀이 잡혀가고 일하는 사람이 늘어나다 보니 들어가는 비용이 만만치 않았다. 일을 너무 크게 벌여 놓은 것이었다. 지리산에 계시는 스승님의 말씀이 떠올랐다.

'천천히 한 걸음씩'

하루하루 너무나 힘겹게 버텨나가고 있었다.

그러던 1월 말경, 무섭게 쏟아져 내리는 눈을 잔뜩 뒤집어쓰고 때 아닌 딸기를 사 가지고 배효경 씨가 인사를 왔다.

배효경 씨는 나를 보자 눈물을 글썽이며 말했다.

"선생님, 정말 그땐 죽을죄를 지었습니다. 어떻게 하면 다시 선생님 밑에서 공부할 수 있겠습니까?"

"왜 오셨습니까? 저는 이제 배효경 씨와 안 만나겠다고 했을 텐데요."

나도 모르게 차갑게 쏘고 말았다. 그렇게까지는 화가 나지 않았었는데 말이다. 이미 다 지나간 일 아닌가.

주식투자 사건 이후 배효경과 나의 인연은 그때 이미 끝난 것이다. 그런데도 그날 이후로 배효경은 매일같이 나를 찾아와 직원들 점심도 대접하며 나에게 용서를 구했다. 스스로 궂은일도 마다 않고 찾아 했다.

당시 나는 경제적으로 매우 힘들 때였다. 어쩔 수 없는 상황 때문에 나는 그런 배효경 씨에게 천만 원을 빌릴 수밖에 없었다. 4월 안에 적금 타는 것이 있는데, 그 돈이 나오면 바로 갚아 주겠다고 약속을 했다. 돈을 빌리는 것이 죽기보다 싫었지만 어떻게든 사업을 추진해야 했기 때문이었다.

사무실 통장에 돈이 입금되자마자 장 사무장은 동네에서 삼만 원씩 내는 친목회비가 몇 년 밀렸다고 자신의 개인적인 사생활은 묻지 말라고 하며 백오십만 원을 통장에서 쓰겠다고 일방적으로 통보해왔다. 참으로 어처구니가 없었다. 서로 믿는 마음에 장부 한번, 통장 한번 들여다보지 않았는데 그가 그렇게 나를 실망시켰던 것이었다.

직원들 월급 주고 시설비 결제하고 나니 또 다시 통장의 잔액은 바닥나고 말았다. 이래서는 안 될 것 같아 장부와 통장 관리를 여직원에게 맡겼다. 배효경 씨에게 6월 말에 갚기로 하고 천만 원을 또 빌려달라고 하였다. 그녀에게 돈 이야기를 하자니 미안하기도 하고 정말 비참한 심정이었다. 그 날 배효경 씨는 상담을 청해왔다.

"선생님 IMF라 사업이 너무 어렵습니다. 저의 사업 파트너인 조광현, 장광범과 사업을 계속해야 하는 건지 모르겠어요. 그렇다고 지금 주유소를 정리하면 모든 것이 본전도 못 찾아요. 어떻게 해야 할지 모르겠어요. 선생님께서 앞으로 어찌해야 될지 꼭 좀 알려주세요, 네? 선생님. 제발 부탁드릴게요."

나는 그녀에게 돈을 빌려 쓰는 형편이라 거절할 수가 없었다.

"그럼 내일 다시 오세요. 오늘 기도해서 알려 드릴게요."

"네, 선생님. 감사합니다."

지금 벌여 놓고 있는 사업을 어떻게 하든지 마무리 짓고 싶었다. 나의 사리사욕을 채우기 위해서가 아니다. 더 많은 사람들에게 나의 학문을 알려서 그들에게 조금이라도 도움을 주고 싶었기 때문이었다.

그 다음 날, 사무실로 배효경 씨가 찾아왔다. 나는 그 전날의 기도를 통해 본 나도 놀란 배효경 씨에 대한 예언을 들려주었다.

"배효경 씨. 내 말대로 하면 당신은 5억에서 5억 5천만 원 정도 벌 수 있어요."

배효경의 눈이 빛났다.

"선생님 어떻게요, 어떻게 하면 되죠?"

"정리하고 그냥 푹 쉬고 있어요. 그러면 돼요."

배효경은 내 말이 너무나 어이가 없었나 보다. 얼굴이 순간 잔뜩 일그러졌다.

"네? 에이, 선생님. 장난하세요. 어떻게 그런 돈이 푹 쉬고 있는데 저한테 들어옵니까. 어림도 없어요."

내가 그렇게도 나의 학문의 깊이를 주변 사람들에게 자세히 들려주었지만 결정적인 순간에는 다들 배효경처럼 나를 믿지 못했던 것이다. 정말 어리석은 사람들이었다.

"내가 발복 기도하고 천도하면 그리 됩니다."

"그래두요, 선생님. 지금 거의 사업이 마이너스 상태인데 어떻게……."

"배효경 씨 나를 믿어요? 내가 지금까지 틀린 것 있었어요? 증권이건 뭐건 간에 내가 틀린 게 있었으면 얘기해 보세요."

배효경은 한참을 골똘하게 생각하더니 이렇게 말했다.

"저, 그럼 천도하는데 비용은 얼마나 드나요? 그리고 그렇게 안 되면 그땐 어떡하지요?"

나의 예언이 한 번도 틀린 적이 없는 것을 옆에서 생생히 지켜 본 사람이 왜 안 된다는 것을 먼저 생각하는 지 이해가 안 갔다.

"천도비는 무척 많이 들어요. 발복 기도, 천도할 때 드는 약품 값도 많이 들고요. 무엇보다 기도에 들어가면 저는 6일 동안 한숨도 자지 못합니다."

"선생님 말씀대로만 되면 수익의 20퍼센트를 드릴게요. 그럼 저는 선생님만 믿어요."

"믿으시면 그렇게 하세요."

배효경은 그 자리에서 동업자에게 전화를 걸어 오늘부터 사업을 정리한다고 했다. 나는 그날부터 6일 동안 한숨도 자지 않고 모든 천도 비용을 내가 부담하여 배효경의 사업이 잘 되길 천도하였다.

그로부터 일주일이 지났다. 배효경이 헐레벌떡 뛰어왔다.

"선생님, 너무나 신기해요. 저에게 기적이 일어났어요. 아니 선생님께서 기적을 만드셨어요."

배효경은 몹시 흥분되어 있었다.

"선생님, 사업을 정리했는데 5억이 손에 들어 왔어요. 어떻게 이렇게 믿기지 않는 일이 일어나죠. 전혀 가망성이 없었는데. 정말 꿈같은 일이 생겼어요. 선생님께서 5억 내지 5억 5천을 손에 쥔다고 하셨는데, 정말 5억 4천 5백만 원을 손에 쥐었어요."

배효경은 가방을 열어 수표 다발을 보여주었다.

나의 기도는 이루어졌다.

"선생님, 제가 빌려드린 이천만 원 갚지 마시고 돈이 다 들어오면 제가 약속한 20퍼센트를 정산하기로 해요. 그리고 그 돈으로 좋은 일 하고 싶어요. 앞으로는 어떻게 하지요?"

"몇 달 간 푹 쉬세요. 건강도 돌보시고 생각도 좀 하시구요. 그리고 좋은 일 하신다고 하니 2월 9일에 총무원장 스님 모시고 동산포교원 부처님 점안식 하는데 후원해 주시던가요."

배효경은 그 자리에서 두말 않고 여직원에게 부처님을 모시라고 오백만 원을 건네주었다.

이 모든 것이 부처님이 나에게 주신 크나큰 인연이었던 것이다.

5
다시 세상 속으로

그런데 이게 웬 일인가.
집에 발을 디디는 순간 나와 강호병은 그만 넋을 잃고 말았다.
이럴수가! 어쩌면 이렇게 사람을 배신할 수가 있는가.
포교원은 한 마디로 가관이었다.

다·시·세·상·속·으·로

꿈을 이루다 - 동산포교원 설립

2월 9일. 아직 봄이라 하기에는 이른 날씨였지만 하늘은 맑고 투명했다.

바람 끝이 매서운데도 많은 사람들의 따뜻한 마음이 모인 터라 봄기운마저 느낄 수 있었다. 겨울의 품속에 잉태한 봄을 끌어내듯, 마침내 동산포교원의 개원이 이루어진 것이다. 얼마나 오랜 시간을 가슴 졸이면서 기다리고 또 애를 태웠던가. 드디어 오랜 숙원을 이루게 된 감회를 무엇으로 표현할 수 있을 것인가.

이른 아침부터 개원식을 준비하기 위해 모인 사람들을 보면서 나는 가슴이 벅차올랐다. 여기저기서 보내온 축하 화분이며 화환들을 보며, 모두가 나의 뜻을 이해하는 것이라 여겨져 마음이 더할 수 없이 넉넉해졌다. 손을 분주히 움직여 음향 기기를 점검하고, 구석구석 청소 상태를 점검하느라 눈코 뜰 새 없이 시간이 지나갔다.

총무원장 스님, 전국 각지에서 스물 한 분의 원효종 스님들이 와서 자리를 빛내주고 축하를 해주니 어찌 든든하지 않을 수 있겠는가. 가슴이 뻐근할 정도로 나는 흥분되었다. 나는 드디어 해낸 것이었다. 노숙자 생활을 전전하다 자살을 기도하기도 했던, 참담했던 시절들이 까마득한 날의 일처럼 떠올랐다. 인간의 의지란 참으로 오묘한 것이다. 그것이 나를 여기까지 오게 한 것이었다. 그리고 언제나 내 곁에서 떠나지 않는 분, 지리산 스승님. 그 분의 덕에 나의 오늘이 있다는 생각에 절로 숙연해졌다.

포교원의 일은 아직 흥분이 채 가라앉지는 않았지만 모든 일이 순조롭게 진행되어 갔다. 그렇게 숙원이었던 가난하고 소외된 이들의 천도도 병행할 수가 있었고, 무엇보다 제자들에게 체계적인 학문의 길을 열어가고 있다는 사실이 나를 흥분시키고 있었다.

포교원도 어느 정도 자리를 잡고 이곳의 사정과 행하고 있는 일들이 사람들의 입에서 입으로 소문이 나면서부터 호기심과 기대를 가진 사람들의 발길이 부쩍 잦아지기 시작했다. 사람들의 마음이란 워낙 믿을 것이 못된다고는 하나 한번 오르내린 소문은 좀처럼 수그러지지 않았다. 더불어 포교원에 상주하는 식구들의 잡무도 바빠지고 더욱이 영혼 천도에 대해 많은 관심을 가진 모임이나 단체에서 강연 의뢰가 들어 왔다는 것이 포교원을 설립하고 겪는 큰 변화였다. 그때마다 나는 내 자신에게 한없이 냉정하고 평상심을 유지하려고 애썼다. 언제나 내 마음을 경책하며 조금의 자만이나 방심도 스며들지 않게 긴장하며 수련에 열중했다.

평상심이란 이런 걸 두고 하는 말이 아닐까. 보이는 것도 보지 않은 듯 하고 만져도 만지지 않은 듯한 이러한 평화와의 조응. 이렇게 봄날 오후를 내 자신을 위한, 아니 더 나은 학문의 경지를 위한 삼매에 젖어 들 수 있다는 것은 누구나 쉽게 얻을 수도 없고 가질 수도 없는 것이었다.

이것은 노력하고 정진하는 자만의 충만이고 희열이다. 사람들은 누구나 더 나은 세상으로의 고양을 꿈꾸며 산다. 그러나 그것에는 반드시 따라야 하는 실행의 덕목이 있으니, 그것이 바로 자신을 경계하고 또한 내가 누구인가를 의심하고 묻는 것이다.

봄날 오후의 한담. 향긋한 차라도 한 잔 앞에 하고 끝없이 내면의 세계로 침잠하여 내 내면에서 울리는 진리의 소리와 그 진리들이 이끄는 영혼의 울림에 귀 기울여 천지의 조화로운 세계 안에서 더도 말고 덜도 말고 이레쯤 머물 수 있다면……. 내가 지금 선택하여 가고자 하는 고단한 이 길이 이곳이면 어떻고 험난한 바람벽에 위태롭게 흔들리는 전선 끝, 저곳이면 어떤가.

화창한 봄이었다. 이토록 절실하게 대지의 냄새와 바람이 실어오는 생명의 냄새들을 한번이라도 폐부 깊숙이 들이마시며 가슴이 벅차게 느껴본 시절이 있었던가. 지금 가지 끝에서 잠시 왔다 날아가는 저 겨울 철새처럼 인생이 또한 저렇도록 푸르고 청정하다면, 내가 이토록 험난하게 흔들리며 힘들어야 할 이유가 없을 것이다. 그러나 동산포교원 설립의 흥분도 잠시, 나는 다시 일본에 원효사상연구원 설립문제로 강호병과 함께 동분서주해야만 했다. 새로운 땅에 새로운 일을 시작하는 것은 결코 쉬운 일이 아니었다. 나는 어떤 사명감을 갖고 일에 임하지 않을 수가 없었다. 이것은 결코 개인의 일이 아니었다. 우리나라, 더 나아가서는 우리 인류의 행복과 미래를 위한 일이 아니던가. 그러기에 더욱 내가 이루어야만 한다는 일념뿐이었다. 힘들수록 꼭 해내야 했다.

일본에서는 비교적 일이 잘 풀렸다. 사무실도 개업하고 사무실 직원도 모집했다. 일본어를 통역할 사람까지 구하고 나니, '이제는 잘 되는구나. 고생한 보람이 있구나' 싶은 안도감이 들었다. 그 즈음 내 가슴에는 다시 새로운 희망이 피어나고 있었다. 희망과 더불어 떠오르는 것이 바로 한국의 식구들이었다. 어서 한국으로 돌아가 사무실 식구들에게 이 소식을 알리고 기쁨을 함께 나누고 싶었다.

3월 24일, 드디어 강호병과 나는 귀국을 했다. 계속되는 일에 온 몸이 녹초가 되어 있었으므로 집으로 돌아가는 것은 휴식을 꿈꾸는 것이었다. 먼 길을 돌아서 고단한 나그네에게는 집이란 것이 얼마나 포근하고 달콤한 휴식처인지 모른다. 이것은 마치 어린아이가 낯선 고장을 불안에 휩싸여 하염없이 헤매다가 마침내 어머니의 따뜻한 젖무덤에 안기는 것과 같이 유혹적이고 분명 신나는 일이다. 고국의 집에서 취할 휴식, 생각만 해도 눈물이 핑 돌 것 같은 짜릿한 정감이 들었다. 나와 강호병은 부푼 가슴으로 서둘러 집으로 향했다.

그런데 이게 웬 일인가. 집에 발을 디디는 순간 나와 강호병은 그만 넋을 잃고 말았다. 이럴수가! 어쩌면 이렇게 사람을 배신할 수가 있는가. 포교원은 한 마디로 가관이었다.

법당 앞에선 신도회장인 위성렬과 부동산 중개인이 바둑을 두고 있고, 방에선 도관 스님과, 장동환, 공양주, 이영일 등 육칠 명이 모여 앉아 두 패로 나뉘어 화투를 치고 있는 것이 아닌가.

하늘이 무너지는 것 같았다. 나는 도관 스님을 외면하고 2층으로 올라가서 장 원장을 불렀다.

"장 원장, 지금 화투나 치고 앉아있을 때요. 이게 지금 사무실이고 법당이에요? 다른 사람도 아니고 장 원장이 어떻게 이럴 수가 있어요. 나와 강호병이는 일본에서 어떻게든 그 동안 어렵게 이룩한 학문을 펼치려고 동분서주해 온 심신이 지쳐서 있는데……."

놀랍게도 장 원장은 사죄는커녕 마치 다른 사람이 된 것처럼, 그 동안 이렇게 밖에 될 수 없었던 이유를 장황하게 늘어놓기 시작했다.

"정말 죄송한 일이긴 합니다. 원장님, 그러나 저도 오죽하면 이 지경까지 오게 되었겠습니까."

그러면서 오히려 나에게 협박하는 말투로 천만 원을 급하게 돌려주지 않으면 내일부터 당장 포교원을 그만두겠다는 것이 아닌가. 너무나 황당했다. 꼭 무엇에 홀린 기분이었다.

그 다음날 마당을 쓸고 있는데 장동환과 비슷한 옷을 입은 사람이 우리 사무실 앞에 있는 '아바타' 라는 기 연구원에 들어가길래, 강호병에게 가서 알아보라고 하였다. 그런데 밥 하는 공양주 한 사람이 뜻밖의 사실을 내게 알려 주었다. 내가 일본을 왔다 갔다 할 때부터 장원장은 이미 '아바타' 를 자주 드나들었다는 것이었다. 우리 포교원은 팽개치고 아침에 출근해서 그쪽에서 있다가 저녁에 돌아오곤 했다는 것이다.

이럴 수가! 나는 그만 말문이 막히고 말았다. 나는 한동안 그 자리에 얼어붙은 듯 서 있었다.

며칠 후, 김은경 씨로부터 일이 이렇게 된 전말을 소상히 들을 수가 있었다.

그녀는 "N사장과 함께 펀드 회사를 설립했다. 나를 그 곳의 고문으로 선정하고 학문을 이용하여 고객 상담도 하고 주식 투자도 하기로 했다. 이것은 N사장도 적극적으로 추진하는 일이다. 이렇게까지 하게 된 직접적인 동기는 앞으로 나를 후원하기 위한 일종의 방법 모색이다. 그곳에는 장동환을 비롯하여 포교원을 출입하던 많은 사람들과 포교원의 식구들도 함께 할 것이다."라고 말했다.

나는 울화가 치밀어 도저히 견딜 수 없는 지경이 되었다. 어떻게 이럴 수가 있을까? 그동안 학문에 대한 일념으로 애정을 가지고 오늘까지 저들을 사랑했거늘 저들이 내게 되돌려 보여줄 수 있는 것이 정작 이것뿐이었던가. 나는 절망했다.

일본 포교원 활동

침울했던 날들이 지나고 다시 아침이 찾아왔다.

시든 꽃잎과도 같았던 마음이 다시 생기를 되찾고 그 긴 밤의 고요만큼 나의 사색도 학문도 날이 갈수록 깊어져가고 있었다. 부슬부슬 봄비가 내리는 아침 공기는 더할 나위 없이 상큼했다. 뿌리까지 얼어붙었던 땅을 뚫고 연록의 새순이 돋아 오르고, 여기저기서 나무들이 당당하게 새 옷을 입고 나섰다.

나는 일본 포교원 활동을 위해 조직을 재정비했다. 한국의 업무는 다시 도관 스님이, 일본 쪽은 강호병이 책임지기로 했다. 나는 양쪽을 왔다갔다하며 전체 업무를 관장하기로 했다.

나의 학문과 비법을 알리기 위해 4월 9일에 강호병과 나는 다시 일본으로 건너갔다. 일본에서의 포교활동은 하루하루가 전쟁과 다름없었다. 아침 일찍부터 저녁 늦게까지 포교를 하고 숙소에 돌아오면 몸은 비에 젖은 빨래처럼 축 쳐졌다. 그래도 정신은 그 어느 때보다 더 맑고 투명했다. 우리는 서로 의지하면서 밤낮없이 힘을 모아 뛰었다.

지성이면 감천이라더니, 포교원에 사람들이 찾아왔다. 간질에 뇌성마비 증세가 있는 네 살짜리 손자를 둔 재일교포 아주머니였다.

이 아이는 부모님들의 반대를 무릅쓰고 어렵게 결합하여 얻은 첫 자식이었는데, 어렵게 결합한 부모의 심정을 아는 듯 태어나서는 잔병치레도 하지 않고 별 탈 없이 무럭무럭 잘 자라주었다고 했다. 그렇게 잘 자라주던 아이가 두 돌을 지날 무렵부터 밤마다 악몽에 시달렸다. 초기에는 몽유병과 비슷한 증세를 보이기 시작하더니 급기야 경기를 동반한 간질을 앓기 시작했다는 것이다.

일본의 현대 의학이 세계적 수준임은 누구도 부인할 수 없다. 이 부부는 아이를 데리고 정신과로부터 일본 내에서 제법 이름이 알려졌다는 심리치료 의학회까지 어디 한 군데 안 다녀 본 곳이 없을 정도로, 아이가 앓고 있는 병의 실체를 규명하기 위해 부부가 할 수 있는 노력이란 노력은 다해봤지만 아무 소용이 없었다고 했다. 그렇게 절망하고 있던 차에 사람들의 입으로 전해지는 소문을 듣고 여기까지 오게 되었다는 것이다. 이제는 아이의 병을 낫게 한다는 기대는 고사하고 왜 이런 증세가 반복적으로 계속되고 있는지 그것만이라도 알고 싶어 찾아 왔다고 했다.

나는 그들의 절박한 심정을 충분히 이해하고도 남았다. 나 역시 세상 속에서 얻은 자식이 엄연히 있고 그 자식들이 세상 무엇보다도 귀엽고 소중하다는 생각을 한시도 잊어 본 적이 없기 때문이었다. 이 세상에 자식을 둔 부모의 심정은 모두 다를 바가 없으리라.

나는 먼저 그 아이의 용태를 살피기 시작했다. 아이는 오랜

병마와 싸우느라고 그런지 안색이 몹시 탁하고 눈동자가 심하게 풀어져 총기라고는 찾아 볼 수가 없었다. 나는 즉시 그 아이의 부모들과 함께 그 아이를 중심에 놓고 기도를 시작했다. 그 아이는 눈을 가늘게 뜨고 이러한 나의 행동을 불안하게 지켜보고 있었다. 한참을 그 아이와 그 부모들의 기운을 감싸고 있는 모든 요인들을 짚어갔다. 역시 그들의 고조모가 당신의 아들이 일본으로 강제 징집이 되어 사지에 끌려간 사실에 충격을 받고, 그 아들을 잊지 못하다가 한을 남기고 세상을 하직한 영혼이 이 아이에게 미치고 있음을 알아 낼 수 있었다. 나는 그들 부부를 안심시킨 다음 천도를 시작했다.

나는 그 자리에서 천도를 시작하면서 우리나라에서는 느끼지 못하던 참으로 이상한 경험을 하게 되었다. 그것은 큰 해일과 같은 묵직한 파장의 덩어리였는데, 처음에 나는 그 파장의 실체를 알지 못했다. 그 파장이 덮쳐 올 때마다, 내 온몸으로는 심한 통증과 전율들이 전류처럼 흘러서 흡사 모니터 위를 지나는 전파의 파장처럼, 내 온몸이 공중으로 떠다니는 듯 중심을 잡을 수 없었다. 그때마다 나는 정신을 집중했고 끝내는 그것이 일본 전역으로 떠다니는 징용자들의 영혼임을 알 수가 있었다.

나는 경악했다. 이 모든 영혼들도 하나같이 나를 통하여 이 이국에서 생을 억울하게 마감한 한을 씻어 보고자 했던 것이다. 나는 이 아이를 중심으로 맴돌고 있는 고조모의 영혼처럼, 이들의 영혼을 언젠가는 반드시 천도할 것이라고 다짐했다.

얼마의 시간이 지나고 나는 이 아이를 괴롭히고 있는 조모님의 영혼을 천도하여 잘 보내드릴 수 있었다. 아이는 그 자리에서는 물론이거니와 이후 회복되어 재롱도 피우고 활기에 넘쳤다. 유치원에서도 또래 친구들과 잘 어울린다고 매번 그 부모들이 밝은 소식을 전해 왔다.

이 일이 계기가 되어 일본 내에 나의 학문과 학문의 효용에 대한 소문이 퍼지기 시작했다. 소문은 날개가 달린 듯 순식간에 퍼져 나갔다. 드디어 원근에서 찾아드는 사람들로 문전성시를 이뤘다. 그 당시 일본은 지방 자치제 선거를 할 때여서 상담을 위해 포교원을 찾아온 현직 시의원들도 여럿 되었다. 나는 비로소 일본이라는 곳에 참 잘 왔구나 하는 생각이 들었다. 나의 꿈도 머잖아 이루어 질 것이라는 생각에 가슴이 부풀어 오르고, 그간의 여러 가지 일들로부터 간신히 자유로워질 수 있었다.

나날이 나의 학문의 경계가 확장이 되어 강호병과 나, 둘이서 포교원을 운영하기에는 손이 모자랐다. 직원을 들이기 위해 광고를 냈다. 다방면에 실력을 갖춘 인재들이 면접을 보러왔다. 그 중에 K대를 졸업하고 일본으로 공부를 하러 온 한 여성이 눈에 확 들어왔다. 그녀는 일본 병원에서 목에 종양이 있다는 진단을 받았다고 했다. 나는 그녀에게 나의 학문을 설명해주고 천도를 해주었다. 효험은 그날부터 있어 오랜 시간이 흐르지 않아 혹이 없어진 것은 물론 완쾌되었다. 그러자 그는 나의 학문에 깊은 관심을 드러냈다. 내 밑에서 수도하면서 공부하고 싶다고 했다. 그렇게 하여 그녀는 우리 사무실의 직원으로 채용됐는데, 공부뿐 아니라 일본어 통역업무도 함께 맡았다.

우리는 힘을 합하여 열심히 일했고 하루하루가 신명이 났다.

나는 비로소 나의 본분을 되찾게 되었다. 곧 한국으로 돌아가서 지리산의 스승님도, 총무원장 스님도 찾아뵙고 총무원 후원도, 불쌍한 사람들도 도울 수 있겠구나 생각하면서 학문과 일에 몰두하였다.

드디어 나는 비자 체류기간에 맞춰 한국으로 돌아왔다.

그러나 서울 사무실에 도착해 보니 예전보다 더욱 엉망진창이 되어 있었다. 도관 스님은 포교활동은 아예 접어놓은 상태였다. 말도 잘 안 통하는 일본에서 그렇게까지 고생하며 노력을 했는데 억장이 무너져 내리는 것 같았다. 나는 한동안 도저히 견딜 수 없는 고통 속에서 지내야 했다. 그러나 무한정 그렇게 있을 수만은 없었다. 식음을 전폐하다시피 하면서 많은 생각을 했다. 결국 총무원장 스님을 찾아뵙고 상의를 드렸다. 원장 스님도 별 뾰족한 묘안이 없었다. 결국 모든 사무실과 동산포교원을 정리하기로 결정했다.

부처님 불상은 원장 스님이 가져가기로 했다. 한국에 있는 모든 것을 정리하고 나니, 본격적으로 일본에서 영혼 공부에만 전념할 수 있었다. 영혼 공부에 전념하는 동안만은 누구보다 행복했다. 한국에서 손을 떼다시피 하고 일본에서 전력투구하다 보니, 오히려 일본인에게 더욱 많이 알려지게 되었다. 알려진다는 것은 곧 내 학문의 전당을 확장할 필요가 있음을 시사하는 것이었다. 컴퓨터며, 갖가지 집기들도 들여놓고 포교원도 증축했다. 어느새 포교원 분위기는 몰라보게 달라졌고 무엇보다 나와 내 학문을 믿는 사람들의 의식은 놀랍게 변화되어 있었다.

한국에 다시 돌아올 때에는 주위의 여러 사람들에게 도움을 줄 수 있을 만큼 안정되어 있었다. 나는 꿈에 그리던 지리산 스승님에게 찾아가 근황을 묻고 당당하고 자랑스러운 제자의 모습을 보여드렸다. 언제나 나의 고향이 되어 주시는 스승님은 힘내라며 격려를 아끼지 않았다. 초발심으로 돌아가 자신을 곧게 세워보겠다는 결심을 다시금 하게 해 준 스승님, 나는 그 분의 존재에 다시금 감사를 하지 않을 수 없었다.

간 경화 시한부 인생의 절망

아침부터 비가 내리고 있었다.

빗물에 씻기는 나뭇가지에서 푸른 물이 뚝뚝 떨어지고 있었다. 여름으로 들어서고 있었다. 그때 비를 맞으며 무언가가 허공을 가르고 있었다. 조그마한 새 한 마리였다. 마당 건너편 나뭇가지에 날아오른 새는 분주히 빗물을 털어 냈다. 문득 비를 맞으며 날아야 했던 조그마한 새의 사연이 궁금해졌다. 뱀이 집이라도 습격한 것일까? 빗속을 뚫고 무거운 날갯짓을 한 곡절은 만만치 않은 그 무엇이었으리라. 아무리 미물이라도 죽고 사는 것이 삶의 문제가 아닌가. 하물며 사람이란…….

그때 문을 여는 소리가 들렸다. 그리고 누군가 마당 안쪽으로 들어섰다. 초로의 여인이었다. 나를 쳐다보는 그녀의 시선이 빗물에 젖고 있었다. 더욱 세차게 비가 쏟아졌다. 어느새 나뭇가지에 있던 새는 보이질 않았다. 그리고 새 대신 그 초로의 여인이 내 시야로 점점 들어오고 있었다.

그녀는 방에 들어서자 무너지듯이 자리에 앉았다. 깊고 깊은 절망이 그녀를 밑으로, 밑으로 끌어당기고 있었다. 그리고 그녀는 나에게 마지막 구원의 손길을 호소하고 있었다. 그녀는 첫마

디부터 울먹이며 말을 이었다.

"선생님, 우리 남편이 죽어가요. 우리 착한 남편이……."

그녀는 설움에 북받쳐 말을 제대로 잇지 못하고 있었다. 그녀의 울음은 나에게 오기까지의 그 길고 긴 고통의 시간들을 담고 있었다. 그동안 화려한 말장난의 함정들에 빠져 얼마나 많은 상처를 받았겠는가. 죽어가는 자와 그를 지켜보는, 그를 사랑하는 사람들을 상대로 거짓 구원과 안식의 함정을 파 놓는 짓이란 얼마나 잔인한 것인가?

그즈음 나를 찾아오는 대부분의 사람들은 적어도 한 두 번씩은 거짓 영혼 연구가들에게 속아 본 경험이 있는 사람들이었다. 벼랑 끝에서 마지막이라는 심정으로 나에게 온 사람들이었다. 그만큼 그들을 대하는 나의 자세는 신중에 신중을 기할 수밖에 없었고, 그러기에 몇 배로 내 정신과 체력은 소진될 수밖에 없었다. 몇 달 새, 나는 무려 몸무게가 십 킬로그램 가까이 빠져 있었다. 그녀는 조금 진정이 됐는지 천천히 말을 이었다.

"선생님, 제 남편이 간경화 진단을 받고 지금은 중환자실에 누워 있습니다. 젊었을 때부터 그렇게 술을 좋아하더니……. 하지만 그냥 그렇게 보낼 수는 없습니다. 저랑 애들 먹여 살리겠다고 세상에 그 험한 일도 마다하지 않고 저랑 애들한테는 싫은 내색 한 번도 않던 사람입니다. 그런 사람이 앞으로 길어 봐야 3개월 정도밖에 못 산답니다. 어떡해요? 선생님, 저희 남편 좀 살려주세요. 선생님 소문 듣고 이게 마지막이다 싶어 찾아 왔습니다. 제발 저희 남편 좀 살려주세요!"

그녀의 어깨는 다시 들썩이고 있었다. 거친 그녀의 손마디에서 별로 순탄하지 않았을 그녀의 삶이 느껴졌다. 문득 내 어머니의 손마디가 생각이 났다. 아들 하나 있는 것이 자살까지 시도하며 속을 썩여 드려서 그랬는지 근래 들어 부쩍 나이가 들어 보였다. 오래간만에 아들 노릇 한답시고 해 드린 반지가 손마디에 걸려 들어가지 않았다. 그때 나는 얼마나 가슴이 미어졌던가.

겉보기에는 여위신 양반이 손가락 마디마디가 유독 굵어져 있었기 때문이다. 저것이 다 이 못난 아들 탓이려니 생각하니 코끝이 찡해 왔었다. 나는 어머니의 손마디가 그녀의 손마디에 겹쳐져 그녀가 더욱 애틋하게 생각됐다. 우선 그녀의 마음을 진정시켰다. 그리고 직접 그녀의 남편을 찾아가 보기로 했다. 그 만큼 신중을 기하고 싶었다. 그런데 그녀는 왠지 멈칫대고 있었다.

"저, 그냥 선생님 여기서 말씀드리면……"

그녀는 말끝을 흐렸다. 역시 돈이 걱정되는 모양이었다. 다시 나는 악순환이 반복되는 걸 보아야 했다. 대개 가난한 자에게 더 큰 불행이 많이 닥치는 법이다. 그런데도 그들은 그 불행을 예방할 길이 없었다. 천도 비용이 만만치 않았기 때문이다. 나는 천도비용은 너무 신경 쓰지 말고 형편 되는 대로 하면 된다며 그녀를 안심시켰다. 사실 한 사람을 천도시키는 데는 꽤 많은 시간과 비용이 들었다. 웬만한 사람한테는 무척 부담이 되는 액수였다. 그러나 어쩌랴. 내가 조금 손해 본다고 해서 저 고통 받는 이들을 외면 할 수는 없는 일이었다.

나는 그녀와 함께 그녀의 남편이 입원해 있는 S대 대학병원으로 갔다. 그녀의 남편은 6인 실에 입원해 있었다. 지나치는 의사나 간호사들이 나를 힐끔힐끔 쳐다봤다. 그들의 눈에서 비웃음이 느껴졌다. 내 행색을 보고 어떤 사람인지 짐작했음이라.

오죽이나 많은 가짜 영혼연구가들이 병원 주위를 어슬렁대며 마음이 약해진 환자와 가족들을 유혹했겠는가. 의사나 간호사들이 나를 그런 눈초리로 보는 것이 어쩌면 당연한 것인지도 몰랐다. 더군다나 국내 최고를 자부하는 병원의 의사, 간호사들이 아니겠는가. 그들의 눈에 나의 정신세계가 이해가 될 리가 없었다. 철저하게 과학적이고 실증적 사고에 물들어 있고 또한 그렇게 교육받아 온 사람들이었다.

그녀의 남편은 한눈에 보기에도 안타까울 만큼 죽음의 기운이 짙게 드리워져 있었다. 침대 끝을 보니 '한기술(59세)' 이라고 쓰인 명패가 보였다. 아직 이 세상을 뜨기엔 이른 나이였다. 그는 나를 보더니 눈으로만 인사를 하고 있었다. 움직일 힘도 없어 보였다.

나는 그의 눈을 자세히 들여다보았다. 퀭하니 들어간 눈은 맑고 착해 보였다. 나는 그 맑은 그의 눈동자 속 깊이, 깊이 나의 시선을 내렸다. 그때 아! 무언가 걸리는 것이 있었다. 누군가 울고 있었다. 양손에는 피를 잔뜩 묻힌 어린 소년이 집을 뛰쳐나오며 공포에 사로잡힌 울음을 토해 내고 있었다. 나는 다시 소년이 뛰쳐나온 집안으로 시선을 깊숙이 던졌다. 피 냄새가 진동하고 있었다. 내 등에 식은땀이 배어 나왔다. 그리고 마루에 쓰러져 있는 한 사내가 보였다. 마루는 그에게서 흘러나

온 피로 온통 빨갛게 물들고 있었다. 그리고 그의 손목은 이미 피가 굳어 가고 있는 듯했다. 나는 그의 얼굴을 보았다. 갑자기 사내의 감겼던 눈이 번쩍 뜨였다. 소름이 온 전신에 쫙 끼쳐 왔다. 누군가 내 손을 덥석 잡았다. 나는 깜짝 놀라 얼른 시선을 거두었다.

정신을 수습해 주위를 둘러보았다. 병실 안 모든 사람들이 나를 주시하고 있었다. 모두 긴장된 얼굴들이었다. 한기술 씨는 내 손을 잡고 있었다. 나를 쳐다보는 그의 눈망울에서 굵은 눈물이 뚝뚝 떨어지고 있었다. 나는 그의 손등을 토닥여 주었다. 그는 이젠 안심이 된다는 듯이 고개를 끄덕였다.

다음 날, 나는 천도 준비를 해서 한기술 씨의 아버지 묘지로 갔다. 그 묘지에 서린 기운과 맞닥뜨리자 역시 그의 영혼이 문제였다. 그의 영혼이 구천을 떠돌며 이 육계를 벗어나지 못했다. 한기술 씨의 병도 거기에서 다분히 연유하고 있었다.

묘지는 산중턱에 있었다. 한기술 씨가 효자라 그런지 묘지는 무척 말끔히 정돈돼 있었다. 나는 묘지를 둘러보던 중 나의 영혼에 다가오는 입김을 느꼈다. 죽은 자였다. 나는 먼저 한기술 씨 처를 산 아래로 내려 보냈다.

죽은 자와의 만남은 순간의 흐트러짐을 용서하지 않는 고도의 정신집중을 요하는 일이었다.

그래서 될 수 있으면 주위의 사람들을 물리치는 경우가 많았다. 나는 가부좌를 틀고 묘 앞에 앉았다. 나는 내 정신 속에서 하나 둘 서서히 햇빛을 지워 나갔다. 그리고 완벽한 어둠의 상태에

도달했다. 그런데 칠흑 같은 어둠 속에서 발자국 소리가 났다. 허공을 밟는 소리였다. 나는 다시 눈을 떴다. 눈에 갑자기 흰빛이 쏟아졌다. 나는 눈을 부릅떴다. 흰빛 속에 그가 서 있었다. 그의 얼굴은 무척 지쳐 보였다. 그는 나를 향해 손을 뻗었다. 손끝은 가늘게 떨고 있었다. 나는 천천히 그의 손목을 잡고 고통으로 일그러진 눈빛과 마주 앉았다. 그의 얼굴이 편안해지고 있었다. 나는 그의 손을 잡고 오랜 시간을 그렇게 앉아 있었다. 그는 나를 보더니 희미한 미소를 보였다. 그리고는 서서히 어둠 너머로 사라져 갔다. 사라지는 끝 어둔 하늘을 유성의 무리들이 그의 모습을 가르고 있었다.

나는 가부좌를 풀고 서서히 눈을 떴다. 맑은 햇살이 묘지에 쏟아지고 있었다. 그리고 투명한 바람 소리가 내 이마에 와 닿았다. 몸은 한없이 피곤했지만 내 정신은 이루 말할 수 없이 편안해지고 있었다. 자, 이젠 또 한 분의 고통을 덜어 드렸구나! 하는 뿌듯함이 저 밑바닥에서부터 서서히 온몸으로 퍼지고 있었다. 마침 궁금함을 견디지 못하고 올라온 한기술 씨의 처가 조심스럽게 내 표정을 살피고 있었다. 나는 미소를 띠며 말했다.

"잘 됐어요. 이젠 괜찮아지실 겁니다."

그녀는 제자리에 펄썩 주저앉으며 고맙다는 말을 연신 했다. 그녀의 눈에는 어느새 또 다시 눈물이 맺히고 있었다.

내가 천도한 지 얼마 후 한기술 씨는 병원에서 퇴원했다. 의사들은 기적이라고 말을 했지만 한기술 씨 내외는 그것이 기적이 아님을 알고 있었다. 다만 기적이라고 말하는 자들이 결코 이해하지 못할 저 깊고 웅숭한 정신의 세계가 있음을 이젠 한기술 씨 부부는 알고 있었다.

병원에서 퇴원한 후 한기술 씨 내외는 곧장 나를 찾아와 이 은혜를 어떻게 갚아야 하냐며 어쩔 줄을 몰라 했다. 그러면서 수줍게 무엇인가 보자기에 싸인 것을 내게 내밀었다. 보자기를 풀어 보니 작은 접시 하나가 있었다. 그의 부모님이 아꼈던 물건인데 그가 간직하다가 이거라도 드려야 할 것 같아 들고 왔다는 것이다. 나는 그 물건을 그들의 앞에 조용히 다시 밀어 놓고 그 마음만 받겠다고 했다. 그들은 더욱 죄송스런 표정을 하며 또 찾아 뵙겠다며 떠나갔다.

그 이후로 그들은 틈 날 때마다 나를 찾아와 내 안위를 걱정하고 조금이라도 나한테 도움이 될 것이 무엇이 있나 하며 살피곤 한다. 그들 내외의 순수함이 나에게는 아름답게만 보인다. 가끔 나는 하늘을 볼 때마다 그들의 맑은 영혼이 떠오른다. 그리고 그들의 깊고 맑은 눈빛까지도 잔잔한 무늬처럼 내 마음에 남는다.

■ 운정 식당과의 인연

계룡산에 있을 때였다.

하루는 동학사 부근에서 운정 식당을 경영한다는 분이 찾아왔다. 그는 오랜 세월을 특별한 지병도 없이 맥이 없고 시름시름 앓아누워서 언제나 주위 사람들로부터 걱정을 들었다고 했다. 그래서 그는 주위의 절에서 기 치료도 받아보고 안 다닌 병원이 없을 정도로 다 다녀 봤지만 소용이 없었다는 것이다. 그때마다 뚜렷하게 병의 원인도 알지 못한 채 사업문제, 자녀들의 진로문제 등이 어우러져 하루하루가 근심과 시름의 나날이라는 것이다. 업친 데 덮친 격으로 이제는 밤마다 악몽에 시달리는 날이 늘어서 삶을 포기하고 싶은 생각밖에는 들지 않는다는 것이다.

나는 그의 말을 들으며 그의 목소리에서 자꾸만 기가 흩어지고 바람이 세는 듯한 소리를 들었다. 그의 안색을 보니 핏기가 없이 창백했다. 필시 그는 오랫동안 시름에 겨워서 나날을 보냈을 것이고 그렇다면 온몸의 화기가 폐로 몰려서 자칫 폐를 크게 손상했을지도 몰랐다.

그의 성정이 매우 급하기도 했지만 나는 먼저 영으로 귀속된 그의 가족사를 천천히 짚어 내려오기 시작했다. 아니나 다를까. 오래 전에 돌아가신 그의 조모님께서 아직도 이승을 떠나지 못하고 여러 귀의처를 전전하며 방황하다가 그에게 의지하여 당신을 위무하고 천도해 줄 것을 간곡히 요구하고 있었다. 나는 그에게 이러한 사실을 알리고 영혼천도를 제의했고 그는 어차피 다급한 처지라 흔쾌히 응했다. 나는 그로부터 꼬박 이틀 밤낮을 온 정성을 다해 영혼 천도를 집제하고 영계에 귀의토록 조모님의 영혼을 천도하여 잘 보내드렸다.

그렇게 천도한 바로 다음 날부터, 그의 몸은 가벼워지기 시작해서 아픈 곳이 서서히 사라지고, 그동안 소원하게 멀어졌던 부부간의 애정도 깊어졌고, 계획했던 사업도 잘 풀리게 되었다. 이제는 집안의 온 가족이 어두웠던 과거의 악몽에서 벗어나 화목하고 따뜻하게 잘 지내며 산다. 그는 지금도 내 가까이에서 친분을 나누며 살아가고 있고 그때의 악몽을 회상하면 꿈인 것 같다고 말한다. 나는 이렇듯 소박하고 순결한 사람들을 만나면 그들이 바로 내 스승이겠거니 생각하고 언제나 나를 경책하는 계기로 삼는다.

지금도 내가 기거하는 수행처와 그들이 가까이 인접해 있어서 어쩌다가 내가 외출을 한다거나 볼일이 있어 드나들 때면 작은 힘이라도 나눌 수 있을까 애쓰는 그들의 모습이 그저 고마울 뿐이다.

고시합격의 숨막히는 순간들

자식이 잘 되기를 바라는 부모의 심정이야 무엇에 비길 데가 있겠는가.

나도 그 마음이 어떤 건지는 자식을 낳아 기르기 전까지는 알 수 없었다. 그런데 막상 내가 자식을 낳아 길러 보니 무엇보다도 먼저 생각이 나는 것은 다름 아닌 어머니였다. 어머니도 나 때문에 그때 이랬을테지 라는 생각이 문득 문득 날 때가 많다. 그럴 때마다 뜬금없이 시골집에다 전화를 해서 어머니의 안부를 묻곤 한다. 어머니는 부쩍 전화하는 횟수가 잦은 내가 한편으론 '이놈이 또 왜 그러나?' 하며 내심 걱정하는 눈치였다.

나는 내 어머니를 생각해 자식의 안위가 걱정 돼 찾아오는 사람들에겐 특별히 세심한 배려를 한다. 그들은 하나같이 자기 자신을 위한 소원은 한 가지도 빌지 않는다. 오로지 처음부터 자식 걱정이다. 대학에 붙겠냐, 시집은 잘 가겠냐, 큰아들이 사업이 잘 안 되는데 어떻게 하면 좋겠냐는 둥 부모가 자식이 잘 되기를 바라는 마음은 끝이 없다.

추운 겨울이었다. 눈보라가 창문너머로 끊임없이 휘날리고 있었다. 궂은 날씨인데도 불구하고 한 중년 부인이 찾아 왔다. 무척 소박하게 단장한 분이었다. 그녀는 자리에 앉자마자 궁금한 점을 풀어놓기 시작했다. 말에는 구수한 호남 사투리가 묻어 나왔다.

그녀에게는 사법고시를 준비하고 있는 서른이 다 된 큰아들이 있었다. 그런데 고시에 거듭 낙방을 해서 요즘 들어 아주머니와 아들은 매우 힘들어하고 있었다. 그녀는 자기 아들이 고시에 붙을 수 있게 힘 좀 써달라고 나에게 애원을 했다. 나는 그녀의 힘 좀 써달라는 얘기가 무척 재밌게 들렸다. 마치 내가 무슨 고시 문제를 채점하는 사람 아니면 법원 어디 높은 데 있는 사람인 것처럼 생각됐기 때문이다. 그리고 스스럼없이 내게 그런 말을 하는 그녀가 무척 순박해 보였다.

나를 찾아오는 사람들 중엔 상담을 하면서도 끝끝내 무언가를 자꾸 숨기려 하는 분들이 있다. 하지만 지금 이 분은 본인의 부끄러운 부분까지도 굳이 숨기려 들지 않았다. 속된 말로 톡 까놓고 얘기하는 유형들이라고나 할까. 그러다보니 듣는 나도 경계심 없이 편안하게 듣게 되고 더욱 정이 가게 되었다.

나는 그녀에게 걱정 말라며 그 분 집안의 내력을 듣고 어른들의 제사날짜 등을 받아 놓았다. 그녀는 고맙다며 자기가 동대문에서 포장마차를 한다고 한번 꼭 들려 달라고 했다. 그래도 동대문 쪽 포장마차에서는 제일 인기 있는 곳이라며 이름이 '짱이야 포장마차' 라고 했다.

'짱이야 포장마차'

나는 속으로 이름을 되새겨 보았다. 나도 모르게 웃음이 '픽'

하고 흘러 나왔다. 오늘은 눈이 너무 많이 오고해서 하루 포장마차를 쉬기로 하고는 큰 맘 먹고 나를 찾아 왔다는 얘기였다.

무척 밝게 사는 분이었다. 대개 저런 분에게는 큰 액운 같은 것이 삶에 끼어 있지 않다. 사람들이 누굴 볼 때, 그 사람 얼굴이 밝은지 아니면 어둔 그늘이 있는지를 따지는 것은 다 일리가 있는 것이다. 나는 그 자리에서 곧바로 그녀의 집안 조상의 영혼들과 접속을 시도했다.

어디서 웃음소리가 났다. 혼자서 웃는 웃음소리가 아니었다. 여러 명이 무엇이 그렇게 재밌는지 동시에 웃고 있는 소리였다. 나는 정신을 더욱 집중해 그 웃음소리로 더 가까이 다가갔다. 드디어 영혼의 모습들이 보였다. 모두 하나같이 미소 띤 표정들이었다. 내가 지금까지 수많은 영혼 접속을 시도해 봤지만 이런 경우는 처음이었다. 오히려 내가 그들에게 위로를 받아도 될 것 같았다.

'그런데 왜 고시에 계속 떨어졌지?'

이해가 잘 되질 않았다. 더욱 유심히 그들 주위를 살펴보았다. 그때 내 손을 툭치는 누군가가 있었다. 아래를 내려다보니 어린 여자아이의 영혼이 나를 올려 보고 있었다. 그런데 심술이 가득 난 표정이었다. 순간 '아! 이 아이 때문이구나' 라는 생각이 들었다. 어려서 제대로 피어 보지도 못하고 죽은 영혼이었다.

천도가 끝난 후, 나는 아주머니에게 혹 윗대 어른들 중에 어려서 비명횡사한 분이 있냐고 물었다. 그러자 아주머니는 깜짝 놀라는 표정을 하며 그걸 어떻게 아느냐고 물었다. 아주머니는 이미 돌아가신 자기 시아버님의 여동생이 어려서 죽었다는 소리를 들었다고 했다. 동네 잔칫날 어른들이 신경을 안 쓰는 사이에 우물에 빠져 죽었다는 것이었다. 그녀는 그 얘기를 한참 하더니 나에게 감탄사를 연발했다.

“오메오메, 정말 도사요, 잉. 정말 도사여. 오메, 진짜로 도사를 보는 겨, 내가.”

나를 ‘도사’라고 부르는 그녀의 말투가 또 한 번 나를 즐겁게 했다. 나는 천도를 시키고 발복을 해 드렸으니 아들에게 좋은 일이 있을 거라고 아주머니에게 말했다. 아주머니는 그 말보다는 내가 자기 집안 얘기를 알아맞춘 게 더 신기한 듯, 아들 얘기는 별 신경도 안 쓰는 눈치였다. 유쾌한 분이었다.

그리고 몇 달 후에 한 통의 전화가 왔다. 그 아주머니였다. 드디어 아들이 고시에 붙었다는 것이다. 다 내 덕이라면서 자기 포장마차에 꼭 오라고 신신당부를 했다. 자기는 장사를 하느라 올 수가 없으니 내가 한 번 오면 있는 힘을 다해 대접하겠다는 거였다. 나는 그러마 해놓곤 막상 그 약속을 까맣게 잊고 지냈다.

■ 젊은 영혼을 위한 진혼곡

나를 찾아오는 사람 중에는 고시와 연관된 사람이 꽤 되는 편이다. 고시생을 둔 집의 가족들, 또는 고시생 본인들 등등.

하루는 어떤 젊은이가 나를 찾아왔다. 몹시 주저하는 기색이 역력했다. 내 앞에 앉아 있을 때까지도 쭈뼛쭈뼛하며 곤혹스런 표정을 지었다. 그런데 얼굴에 병색이 완연해 있었다. 심상치 않은 기운이 느껴졌다. 나는 그에게 소리를 꽥 질렀다.

"그러다간 죽어. 이 사람아, 정신 차려!"

그는 깜짝 놀라서는 그제야 정신을 차려 자신의 말을 하기 시작했다.

그는 최고 명문대인 S대 법대를 나온 수재였다. 최고의 수재들이 모인 그곳에서도 우수하다는 소리를 듣던 그였다. 그런데 이상하게도 그는 고시에 계속 낙방하고 있다는 것이었다. 한 일 년 전부터는 건강까지 나빠지기 시작했다는 것이다. 그는 나에게 상담하면서도 내심으로는 '엉뚱한 짓을 하고 있는 건 아닌가' 하며 자존심을 상해하는 눈치였다. 어쩔 수 없는 일이었다. 지금까지 배워 온 것이 가시적인 증거를 중시하는 '법' 이라는 학문이지 않는가.

나는 일단 그 젊은이의 조상들의 영혼을 살펴보았다. 그런데 이상하게도 구천을 떠돌고 있는 영혼이 보이지 않았다. 풀리지 않는 수수께끼같이 그 젊은이가 실패하는 이유가 잘 보이지 않았다. 내가 곤혹스러워 하자 젊은이는 아예 그러면 그렇지 하는 은근한 비웃음의 시선을 내게 던지고 있었다. 나는 은근히 부아가 났다. 나는 대뜸 그의 손을 잡고 일어섰다.

"같이 가자."

나의 뜬금없는 말에 그는 눈을 동그랗게 떴다.

"자네가 사는데 말이야."

나는 그를 앞세워 무조건 그가 사는 곳으로 갔다. 그는 시골이 고향으로 신림동에 있는 고시원에 들어가 공부를 하고 있었다.

고시원은 예의 그 칙칙함으로 가득 차 있었다. 하나같이 누렇게 들뜬 얼굴들이었다. 나는 그가 공부하고 있다는 고시원 방에 들어가 보았다. 성인 한 명이 누우면 꽉 찰 조그만 크기의 방이었다. 그 좁은 방조차도 책 등으로 반이 채워져 있었다.

나는 방에 들어서다 나도 모르게 뒤로 움칫 물러났다. 무언가 불길한 기운이 방안에 가득 채워져 있었다. 정신을 집중해서 다시 살피니 방 안은 한 치 앞도 제대로 보이지 않는 검붉은 기체로 가득 채워져 있었다. 온통 죽음의 냄새가 진동했다. 그런 곳에서 아직까지도 버티고 있는 그가 용했다. 웬만한 사람 같으면 벌써 큰일을 당하고도 남을 정도로 방안은 죽음의 기운으로 철철 흘러넘치고 있었다. 이런데서 지금까지 견뎌 내고 있으니 이 젊은이의 생명의 기운도 대단히 센 것이었다. 이곳이 아닌 다른 곳이었다면 벌써 뭔가 크게 이름을 떨치고도 남았을 거란 생각이 들었다. 그러나 이미 이 방에서 지내는 동안 젊은이는 이 죽음의 기운에 얽혀 들어가 있었다. 그건 방을 옮긴다고 해결될 일이 아니었다.

젊은이는 방안이 죽음의 기운으로 가득 차 있다는 내 말을 잘 믿으려 들지 않았다. 나는 필히 이 방에 무슨 곡절이 있을 것 같아 젊은이와 함께 고시원 총무를 불러 꼬치꼬치 캐묻기 시작했다.

처음에는 완강히 부인하던 총무도 내 집요한 추궁에 입을 열기 시작했다. 그 고시원 방에서 삼 년 전에 한 고시생이 음독자살을 했다는 것이었다. 고시원 건물 주인이 돈을 써서 입막음을 해서 주위에 별로 소문이 나지 않았었다는 것이다. 그 말을 듣고 그제서야 젊은이는 내 말을 믿는 것 같았다. 젊은이는 어쩌면 좋겠냐며 이젠 나에게 완전히 의지하는 듯한 표정이었다. 조금 전의 나를 쳐다보던 의심스런 눈초리는 이미 온 데 간 데 없었다.

나는 그날 밤, 혼자 그 방에 앉아 있었다. 그리고 총무에게 말해 같은 층의 다른 방도 완전히 비우게 했다. 완전히 나 혼자 앉아 불행하게 죽은 영혼을 맞을 준비를 했다. 나는 한 가닥 불빛을 비추던 촛불마저도 껐다.

좀처럼 영혼은 모습을 드러내지 않았다. 다만 그 무시무시한 죽음의 기운만이 내 온몸에 쏟아져 내리고 있었다. 나는 있는 힘을 다해 몸 속 맨 밑바닥으로부터 뜨거운 빛을 뿜어 올렸다. 빛이 죽음의 기운과 부딪혔다. 맹렬한 소용돌이가 일었다. 나는 꿈쩍도 않고 그 소용돌이 속에 몰입해 들어갔다. 그리고 소용돌이가 멎고 내 바로 앞에 한 영혼이 앉아 있었다.

초점 흐린 시선의 그는 아직 어린 얼굴이었다. 배를 움켜쥐고 있는 손이 가볍게 떨리고 있었다. 안타까웠다. 저렇게 젊은 나이에 출세라는 강박관념에 시달리다 결국 죽음의 세계로 도망치고 말았다니, 가엾은 생각이 내 가슴을 저몄다.

문득 영혼의 눈에서 눈물이 번지고 있었다. 나는 가만히 그의 등을 토닥여 주었다. 그리고 그의 아픈 배를 문질러 주었다. 한 시간, 두 시간, 나는 온 정성을 다해 그의 배에 가득 찬 독기를 풀어냈다. 그러다 나는 나도 모르게 지쳐 떨어졌다. 혼절한 것이었다. 그만큼 그 방에 낀 죽음의 기운은 무서운 것이었다.

누군가 나를 흔들어 깨웠다. 고시를 준비하는 젊은이였다. 그는 걱정스런 눈초리로 나를 보고 있었다. 나는 눈을 뜨자마자 방 주위를 살펴보았다. 그리고 안도의 한숨을 내셨다. 방안은 이젠 무색무취의 공기로 가득 차 있었다. 나는 걱정스런 얼굴을 하고 있는 젊은이에게 이젠 됐다고 말했다. 일어서려는데 핑하고 현기증이 났다. 젊은이가 얼른 나를 부축했다. 혼자 집으로 가기에는 무리였다. 젊은이의 부축을 받아 집으로 돌아왔다. 그리고 나는 몇 날 며칠을 꼼짝 못하고 누워 있어야 했다.

젊은이는 며칠 후 나를 찾아와 고맙다며 나에게 봉투를 내밀었다. 봉투에는 십만 원짜리 수표 한 장이 들어 있었다. 젊은이는 무척 미안한 표정이었다. 나는 도로 젊은이에게 돈을 돌려주며 돈 대신 시험에 꼭 붙는 걸로 대신하라고 했다. 그리고 네가 합격하는 것은 내 덕택이 아니라 그곳에 살았던 한 젊은 친구의 덕택이다, 라고 말했다. 그 불행했던 한 젊은 친구의 영혼을 위한 최선의 길은 네가 합격하는 것이라고도 덧붙였다. 그는 거듭 감사하다는 말을 하며 내 집을 나섰다.

나는 요즘 가끔 텔레비전 뉴스를 볼 때마다 낯익은 얼굴을 본다. 굵직굵직한 사건이 터질 때마다 단골 담당검사로 등장하는 한 젊은 검사이다. 그는 바로 예전에 나에게 찾아 왔던 그 젊은 고시생이다. 그는 내가 천도를 한 지 얼마 후 사법고시에 합격했다. 그것도 차석의 성적으로 합격했다. 그 후 그는 승승장구해서 지금은 서울 검찰청에 있다. 가끔 그에게서 안부 전화가 온다.

며칠 전에는 전화를 하더니 내가 선생님 언제 찾아 갈 건지 맞춰 보라며 장난을 걸어 왔다. 아직도 예전의 순수함을 그는 간직하고 있었다. 전화를 끊고 뜰을 바라보았다. 문득 그 때 그 좁은 방에서 보았던 슬픈 영혼의 모습이 떠올랐다. 부디 그곳에서라도 평온한 안식을 누리기를……. 무엇이 발가락을 핥아 쳐다보니 며칠 전 누군가 갖다 놓은 강아지였다. 강아지의 조그만 꼬리가 살랑대며 내 마음속으로 파고들고 있었다.

스승님의 죽음

1999년 한여름에 지리산으로 내려갔다.

사방이 매미 소리와 계곡물 소리로 가득 찬 산은 이내 세속의 시름들을 잊게 해주었다. 여름산을 좋아하는 이들의 발걸음은 잦았지만 여전히 산은 세속과는 다른 곳이었다. 더구나 한여름에 오르는 사람들이란, 그 자체가 산이라 할 수 있음으로 해서 그들과 동질감이 느껴졌다.

그동안 나는 어떻게 살아왔던가. 말할 수 없이 지친 심신으로 나는 새삼 지난날들을 돌이켜 보았다. 서울과 일본에서의 생활이 주마등처럼 스쳐갔다. 그 생활들은 도무지 현실감이 느껴지지 않고 한바탕 꿈을 꾸고 난 기분이었다. 그렇게 열심히 한다고 했는데 결국 돌고 돌아 제자리에 서 있는 것이 아닌가. 나는 한시라도 빨리 스승님이 보고 싶어 조바심이 났다. 내 삶의 어두운 언저리에서 만난 스승님. 그 분을 뵈면 모든 것이 확실히 달라지고 길을 찾을 수 있을 것만 같았다. 나는 그동안 나도 모르게 내 몸과 정신 속에 스며든 독성을 풀어내고 싶었다. 나는 설레는 마음으로 토굴 앞에 섰다.

"스승님! 접니다, 스승님."

잠시 후 반가운 목소리가 들렸다.

"들어오게."

들어서니 토굴 안이 유난히 깨끗이 정리되어 있었다.

"어서 오게. 일파 아니신가. 얼굴이 말이 아닐세 그려. 허허허."

스승님은 '내 다 알고 있다, 인석아.' 하는 표정으로 나를 바라보았다. 그 자애로운 눈길에 갑자기 눈물이 왈칵 쏟아졌다. 마치 객지를 떠돌다 온 탕아가 고향에 와 부모를 대하는 심정이었다.

나는 그 동안 있었던 일을 모두 스승님에게 얘기하기 시작했다. 말하는 동안 나도 모르게 울분이 솟구치는가 하면 내 스스로가 원망스럽기도 해 눈물을 흘리기도 했다. 그렇게 한바탕 속에 담았던 얘기를 꺼내놓고 보니 막혔던 속이 후련해지는 것 같았다. 스승님은 온화한 미소로 나를 품어주고 내 상처를 달래 주었다.

"그들을 원망하지 말고 용서해 주시게. 그것이 인생사라네. 그들을 용서하는 대신 자네는 더욱 넉넉한 마음을 가지는 법일세. 앞으로 수많은 사람들의 제각각의 인생사를 가지고 그들의 고통을 이해하고 덜어줘야 할 자네가 아닌가. 그런 것 가지고 너무 울고, 원망하고 해봤자 자네가 원대한 꿈을 이루는데 결코 도움이 되질 않네."

"……."

"나는 다 알아. 네 마음을. 어느 누구보다도 잘 알아. 내가 왜, 무엇 때문에 토굴에서 생활했겠나? 자네보다 더 먼저 세상 사람들에 대해 실망을 하기도 했고 더 많이 원망도 했었네. 그러나 세월이 가면 흘러온 세월의 두께만큼 살아온 날들이 아득해져서 미움도 가고 원망도 가는 법이네. 결국 남는 것이라곤 새까맣게 타다 남은 회한 한 줌만 시간의 말미에 덩그렇게 붙어서 지난 자취를 증명하고 있을 뿐, 다 부질없는 일이네. 미워하는 감정을 오래 담아두고 있으면 결코 나 자신한테 좋질 않네. 무조건 용서하는 마음으로 살아야지. 자네는 보통 사람과는 다르지 않은가. 자네가 선택한 길이고 운명이긴 하네만 이제 자네는 수행자가 아닌가. 증오심을 갖는다는 것은 그들을 위해서도 자네를 위해서도 결코 현명한 방법이 아니네.

물은 똑같은 물이지만 젖소가 마실 때와 뱀이 마실 때 두 성분이 다르듯이 지금 자네가 안고 있는 어지러운 마음들은 사람을 안 좋게 할 수도 있어. 사람을 살릴 수 있다는 것은 죽일 수도 있다는 뜻이야. 병을 고칠 수 있다는 것은 병을 앓게 할 수도 있다는 이치와 같은 것이지. 그럼 우리의 학문을 어느 곳에 써야하는가 라는 판단은 자네 몫이야. 내가 자네에게 내 모든 학문을 전수한 것은 자네의 근본 자리가 원래 청정하고 곧았기 때문이라는 걸 잊지 말게. 사람을 믿는다는 건 곧 자기 자신을 믿는 것만큼 쉬운 일이 아니라네. 그건 아주 귀한 본성의 인연이지. 자칫 잘못하면 엄청난 악의 도구로 사용될 수 있는 비법을 아무한테나 전수하겠나. 난 자네를 믿네. 암, 그렇고 말고. 자네는 누구보다 잘 해낼 수 있는 사람이야."

"그렇지만 스승님. 그들이 쉽게 용서가 안 됩니다. 저도 나름대로 노력해 보았지만 순간순간 다시 그들이 미워집니다."

"미워하는 마음도 갖지 말며 성내는 마음도 갖지 말게. 그것들이 종내는 나를 무너뜨리는 진균의 씨앗이 되네. 용서하게. 아무 것도 모르는 미혹한 사람들 아닌가. 오래지 않아 다 크게 후회들을 할 걸세. 그때는 늦었다는 것을 깨닫게 되겠지."

스승님의 말을 들으니 가슴에 맺혔던 한이 조금씩 풀어지는 느낌이었다. 스승님은 나의 속마음을 낱낱이 꿰뚫어보고 있었던 것이다. 어쩌면 내가 세간에서 무엇을 어떻게 했는지 말하지 않았어도 이미 알고 있었는지도 모른다.

"나도 이제 평생을 살아왔던 이 지리산 자락이 적적해지기 시작했네. 세상을 훨훨 날아 여행도 하고, 제주도도 가보고 싶네. 떠나고는 한 번도 뒤돌아보지 않았던 내 고향이네."

지금까지 한 번도 이 수행처를 떠나고 싶다는 말을 하지 않던 분이 별안간 여행을 다니겠다니, 연세도 있으신데, 방정맞은 생각이 들었다.

"스승님, 저도 같이 가겠습니다. 스승님 곁에 있고 싶습니다."

스승님과 동행하기를 자청한 내 의도를 간파하였는지 스승님은 아무 말이 없이 묵묵히 나를 보고 있다가 조용히 웃었다.

나는 그 동안 흐트러진 마음도 정리할 겸 스승님을 모시고 제주도로 내려갔다.

여름 한 철은 우리나라의 어디나 마찬가지로 피서하는 인파들로 온 산하가 몸살을 앓는 계절이다. 특히 제주도를 이 철에 여행한다는 것은 고생을 각오하지 않고서는 좀처럼 어려운 일이다.

주로 가족 단위의 여행객들이 많았는데 게 중에는 외국인들도 듬성듬성 눈에 뜨였다. 그들의 표정은 하나같이 밝았으며 아직도 이 동방의 조용한 아침의 나라에 대한 신비주의적 탐닉이 끝나지 않았는지 성가실 만큼 눈에 보이는 대로 카메라의 셔터를 눌러 사진 찍기에 여념이 없었다.

나와 스승님도 예외가 아니어서 그들의 호기심을 자극하기에 충분한 모습이었다. 특히 스승님께서 어디를 다니나 한 번도 손에서 놓아본 적이 없는 주장자를 든 모습이 그들의 눈에는 무척 신기롭게 보였던 모양이다. 내국인들도 마찬가지였는데, 특히 어린아이들이 가까이 다가와 직접 스승님이 들고 계신 주장자를 손으로 만져보기도 했다. 나는 혹시 스승님이 불편해 하시지 않을까 걱정을 하면서도 그들의 행동을 적극적으로 말리지는 않았다. 그런 모습을 지켜보고 있는 스승님도 그렇게 귀찮지는 않은 모양이었다. 가끔씩 어린아이들의 머리를 쓰다듬어 주시며 잔잔하게 웃음을 머금고 있기도 했다.

제주에 도착하자 나는 오피스텔을 하나 얻어 생활했다. 스승님은 며칠에 한 번씩 들러주었고 스승님 밑에서 공부한 사형되는 분에게 나를 소개시켜 주기도 했다. 스승님과 함께 지내는 제주도 생활은 이루 말할 수 없이 뜻깊은 귀한 시간이었다. 제주도의 아름다운 산수 여기저기를 찾아다니면서 함께 영혼을 천도할 때 느끼는 보람과 가슴 벅찬 일들을 나는 평생 잊지 못할 것이다.

현대사의 격변기 속에서 이름도 없이 쓰러져간 억울한 영혼들을 천도하며 차츰 나는 내 마음 속에 옹골차게 박혀 있던 미움과 분노를 삭여가고 있었다. 그리고 좀 더 시간이 흐르자 오히려 나를 괴롭히고 힘들게 했던 그들이 고맙기까지 했다. 그들이 아니었다면 스승님과 이런 소중한 시간을 보낼 기회가 있었을까. 그때 모든 일들이 제대로 풀렸다면 나는 지금도 한국과 일본을 오가며 정신없이 뛰어다니느라 나를 돌아 볼 엄두도 내지 못했을 것이다. 거기까지 생각이 미치자 도관 스님, 김은경, 배효경, 장동환 등 모든 사람들이 잘 됐으면 하는 마음이 들었다.

제주도에서 많은 것을 얻게 되자, 나는 다시 혼자 지리산으로 들어가 내 정신을 가다듬고 싶었다. 스승님은 여전히 나의 뜻을 헤아려 주고 용기를 북돋워주었다. 연로한 분을 혼자 제주도에 남겨 두고 혼자서 길을 떠나온다는 것이 마음에 걸리는 일이었지만 한편 사형이 가까이 있어서 마음이 놓였다. 그날 당장, 스승님에게 인사를 드리고 지리산으로 훌쩍 떠났다.

지리산은 내 마음의 고향이나 다름이 없었다. 나는 다시 혹독한 수행구도에 들어갔다. 온몸에 고통이 번지고 허깨비가 보이기까지 했다. 그러나 나는 이를 악물고 이겨낼 수 있었다. 아무리 혹독한 고통이라도 내가 원한 수행구도는 희열을 동반했다. 이것이야말로 내가 추구하던, 내가 염원하던 길이었던 것이다.

그러던 어느 날, 잠결에 갑자기 스승님이 찾아 왔다. 스승님은 자리에 앉자마자 나에게 이상한 말을 하였다.

"일파야, 나는 이제 떠날 때가 된 것 같다. 내 먼저 가서 좋은 자리 잡아 놓을 테니 인간세상 여행 많이 하며 덕도 많이 쌓고 따라 오너라. 혹 내가 잘 못 간다면 네가 좋게 나를 보내주길 바란다. 알겠느냐?"

"스승님, 왜 지금 그런 말씀을 하세요? 스승님! 스승님!"

온몸에 땀이 흥건했다. 깨어나 보니 순간적으로 그것이 꿈이었다는 것을 깨닫고는 다행스럽게 느껴졌지만, 아무리 돌이켜 보아도 그것은 불길하기 짝이 없는 꿈임에 틀림없었다. 꿈이라 여기기에는 너무나 생생한 꿈. '혹 스승님에게 무슨 일이 생긴 게 아닐까.' 나는 조바심이 났다.

서둘러 제주도로 연락을 해봤다. 우려했던 것은 현실로 드러났다. 스승님이 돌아가신 것이다. 이미 모든 장례 절차마저도 끝난 뒤였다. 내게 연락할 방법이 없었다고는 하지만, 스승님의 임종도 지키지 못했다고 생각하니 절벽 아래로 끝없이 내 자신이 추락하는 슬픔에 휩싸였다. 죄스러운 나머지 그 자리에 그대로 서서 영원히 이 괴로운 시간과 함께 목숨을 끊어버리고 싶은 심정이었다.

펑펑 눈물이 쏟아지기 시작했다. 통한과 회한과 반성의 눈물이었다. 내가 이러고도 제대로 된 제자란 말인가. 이런 제자를 무엇이 미더워 꿈속까지 찾아 오셨단 말인가. 스승님의 인자하던 미소, 때로는 아주 무섭게 학문을 전수하던 근엄한 모습과 지난날들이 눈앞에 생생히 떠올랐다. 스승님이 아니었다면 지금의 내가 존재했을까. 눈물이 하염없이 흘러내렸다.

'스승님, 부디 평안한 곳으로 가십시오. 스승님의 존함에 누가 되는 일이 없도록 최선을 다하겠습니다.' 라는 다짐이 가슴 저 밑바닥까지 단단히 뿌리를 내리고 있었다.

국가를 위한 영혼 천도 다짐

제자 성현에게 나는 스승님에 대한 얘기를 했다.

그럴 때면, 내 눈에는 어느덧 경련이 일며 가슴 속에서 뜨거운 것이 복받쳐 올랐다. 당신이 알고 있는 모든 것을 내게 알려주고자 애쓰며 오직 세상에서 고통 받는 사람들을 위해 봉사할 것을 강조하였던 나의 스승님이 불현듯 떠오르는 것이었다. 스승님이 지금의 내 모습을 본다면 도대체 뭐라고 할까. 그런 생각을 하자 울먹이는 가슴이 진정이 되지 않았다. 나는 간신히 마음을 다독거리며 제자 성현을 바라보았다. 성현의 얼굴이 어느 새 상기되어 있었다.

"나는 그 길로 다시 지리산에서 계룡산으로 옮겨 수행구도를 계속했다. 그러던 중 자네를 만나게 된 것이지. 자네도 나름대로 방황을 하고 있던 때라 나에게 자네의 이야기를 하게 되었을 테고. 결국 이렇게 인연을 맺게 된 것이겠지. 하여튼 그 당시 나는 생각이 많을 때였지. 의지할 곳도 없는 이 땅에서 나는 앞으로 어떻게 살아야 할까, 스승님으로부터 전수 받은 이 고귀한 학문을 어떻게 사용해야 하나, 돈 때문에 서로를 배신하고 이용하고 이용당하는 세상에서 어떻게 이 영혼의 세계와 소통하는 순수한 학문을 순조롭게 전파할 수 있을까 하는 것이었네. 성현아, 자네는 내게 유난히 사람들을 믿지 못한다고 했지? 그런데 실은 그것이 내가 사람을 믿지 못하는 것이 아니라 조심하는 것이란 걸 알아야 한다. 지난날의 우를 다시는 범하고 싶지 않다는 말이다. 알겠느냐?"

"네, 선생님."

"학문을 연구하고 체계를 갖추어 좋은 곳에 쓰고 싶은데 세상 사람들이 그걸 사리사욕을 채우려는데 이용하려만 드니 큰일이다. 내가 이 땅에 태어났으니 죽기 전에 이 나라를 위해 무엇인가를 하고 싶다. 이젠 거기에 내 모든 힘을 기울여야겠다. 우리나라에 떠도는 못 가신 수많은 영혼들을 잘 천도해서 모든 국민이 건강하고 나라가 날로 번창할 수 있도록 내 한 몸 바쳐 일조를 할 생각이다. 구천을 떠돌며 절규하는 영혼들의 울부짖음을 외면할 수는 없다. 그래서 대전의 국립묘지에 잠드신 영령들을 천도 해드릴 방법을 찾아 요즘 고심 중이다. 아무도 모르게 나 혼자 하자니 경제적으로나 모든 면이 힘들고 부족하지만 뜻이 있는 곳에 길이 있다 하니 여기서 그만 둘 수는 없지 않겠느냐."

"예, 옳은 말씀입니다. 선생님."

스승님도 나에게 무엇인가를 일깨울 때 이런 기분이었을까. 진지하게 내 말을 듣고 있는 성현의 얼굴을 보니 안타까움과 대견함이 교차하면서 가슴 한 켠이 알싸했다.

"자네는 나에게서 공부를 배우고 있다만 자네에게 하고 싶은 말은, 이다음에 자네도 나처럼 영혼의 세계를 느끼게 되면 이 학문에 대한 체계를 구축하고 이론을 정립하는데 많은 노력을 기울여 주길 바란다. 그렇게 되기까지는 혹독하게 공부하고 두루 연구를 많이 해야 될 것이다. 지금 세계에서 우리나라가 암 발생률이 최고 수위에 올라 있다는구나. 특히 여성들은 자궁암, 유방암이 많이 생긴다고도 하고. 물론 큰 종합병원에서 수술, 항암제, 조직검사 등 치료와 약물 개발에 의한 다양한 연구들이 많이 진행이 되고 있을 것이다. 그것도 매우 중요하지. 하지만 내가 보는 관점은 조금 다르다. 자연유산, 인공유산 등이 많은 게 문제야. 자의든 타의든 간에 한 생명이 물리적인 힘에 의해 살해되거나 유기 되는 이러한 현상들이 반복적으로 수도 없이 자행되는 한, 이 불행한 악순환의 고리는 끊을 수 없을 것이다.

생명이란 무릇 천(天), 지(地), 인(人)의 기운들이 합치되어 하나의 물상으로 현현된 우주요, 그 실체들인데 이것을 함부로 다루고들 있으니 이러한 오만과 폭압적 사태를 하루 빨리 고치고 참회해야 할 것이다. 그렇게 수도 없이 자행된 패륜의 행위들로 하여 육체는 사라지지만 영혼은 이 지구상을 떠돌게 되는 것이다. 피어나 보지도 못한 영혼이 구천을 떠돌면서 그 부모나 후손들을 찾아와서 도와달라고 호소를 하는 것이니 이것을 누가 어떻게 막을 수 있다는 말이냐. 지금 세상에서 떠다니는 질병과 인간사의 갈등 요인들이 이러한 이유를 벗어남이 없고 곧바로 그 영향이 여자들에게 미쳐서 여자들에게 자궁암, 유방암 등이 많은 것이다. 모든 종교의 성직자들은 절대 낙태를 해서는 안 된다고 강조를 한다. 그것도 곧 이와 같은 이치에 있기 때문이다. 이러한 문제를 한시라도 잊지 말고 앞으로 공부도 열심히 하고, 수행구도도 열심히 하도록 해라."

"예. 잘 알겠습니다, 선생님. 그런데 지리산의 스승님께서는 잘 가셨는지요?"

"그럼. 아주 잘 가셨지. 아주 잘 가셨어."

"저도 한 번 그 영혼이나마 뵙고 싶군요."

"그래, 너도 만나 뵈었으면 좋으련만 내가 살아가는 동안 다시는 그런 분을 또 만날까 싶어."

그 말을 하고 나니 더욱 스승님 생각이 간절해서 목이 메이는 통에 나는 눈을 지그시 감고 생각에 잠겼다.

"이 귀중한 학문과 비법을 전수해 주셨는데, 제자인 나는 스승님을 위하여 아무 것도 해드린 것 없이 세상을 아직도 부유하고 있으니……."

"선생님, 검사는 뭐라고 합니까? 앞으로는 어떻게 되시는 거예요? 왜 이렇게 늦게 나오셨어요?"

"검찰청에 들어가니 무척 바쁘더군. 그래서 몇 시간 앉아서 기다렸어. 내가 서울이 싫어 대전으로 주소지를 옮겨놓고 여기저기 왔다 갔다 했었는데 그 때 몇 번 연락을 했다가 닿지 않으니 기소중지를 했다더구나. 만약 일본이나 가려다가 공항에서 단속 대상이 되었으면 어떻게 될 뻔했겠나. 물론 조사해보면 다 밝혀질 일이지만 말이다. 만약 내가 위법을 했다면 마땅히 법의 심판을 받아야지. 하지만 나는 이 학문으로 다른 사람을 괴롭힌 적이 없어. 한 점 부끄러움이 없지. 그런데도 나에게 죄를 묻는다면 나는 달게 받겠다. 이제 와서 누굴 원망하겠냐. 원망이 곧 나를 해치는 독인 걸. 설사 교도소에 간다해도 별 상관은 없다. 그 안에서라고 내가 수행구도를 못할 것은 없으니까. 내 몸이 법당이고 내 마음이 부처인데 어딜 가든지 무슨 상관이란 말이냐. 하지만 자네한테 면목이 없구만. 못 볼 것을 보였으니……."

"아닙니다, 선생님. 잠시나마 제가 불순한 생각을 했던 것이 죄송스러울 뿐입니다."

어느 새, 벌써 동이 트고 있었다. 성현이와 이런 저런 이야기로 밤을 꼬박 새운 것이다. 밤을 새워 이야기를 나눌 수 있는 제자가 있다는 것은 하나의 행복이리라.

"성현아, 자네도 이 공부를 하게 되면, 많은 사람들과 만나고 대화를 나누겠지. 자네에게 예언을 해달라고 부탁도 할 것이고 말이다. 그때마다 왜 그들에게 예언을 해줘야 하는가를 떠올리도록 해라. 다른 어떤 것보다 그들의 고통을 치유해주기 위해서라는 걸 말이다. 거기에 다른 것을 개입시키지 말아라. 너무 욕심 내지 말고. 그러다간 자칫 내가 범한 우를 너도 범하게 되느니. 명심하도록 해라."

"예, 선생님. 명심하겠습니다."

눈빛을 빛내며 이야기를 듣는 성현을 보며 나는 내 제자의 앞길에는 더 이상 불신이나 미움이 없기를 간절히 바랐다.

계룡산, 천도의 수행처

나는 지금 솔바람을 벗 삼아 계룡산 자락에 수행처를 마련하고 기거를 시작했다.

인간의 욕망이란 끝이 없어서 하나를 가지면 둘을 얻고, 둘을 가지면 셋, 백, 천을 얻기를 원하다가 끝내는 그 하나도 온전하게 갖지 못하고 이 짧은 인연의 생을 마감하는 법이다. 이것은 밤새 어둔 세상을 나붓거리며 풀끝에 맺혔던 이슬이 날이 밝자 흔적도 없이 사라지는 찰나의 순간보다 더욱 부질없는 일이다. 인간이 나고 먹고 잠자는 이 시간이 내일도 여전히 변함이 없을 줄 알지만 그것은 천지만 알 뿐이다. 이러한 천지의 이치를 누가 바로 깨달아 미련하고 어두운 이 마음을 밝혀줄 수 있을까.

무장무애(無障無碍)한 문을 살피면, 어디나 막힘이 없는 길을 안다고 했거늘 혼란하고 화를 자초하는 것은 모두가 실체가 아니면서 실체인양 어른거리는 헛것에 망집하여 그 자성을 잃어버림에 있는 것이다. 이것은 곧 천지의 이치를 왜곡하여 부모를 홀대하고 내다 버리는 패륜의 극단적 행위와 다를 바가 없으니 미리 올바른 문을 살펴 화를 물리침이 마땅하다.

빛이 들고 바람이 부니 내 눈을 멀게 하고 귀를 어둡게 했던 한때의 과보가 오로지 견고하게 예사롭지가 않다. 아침에 무심히 가지 끝에 앉았다가 날아가는 저 새들의 몸짓도, 작은 풀잎의 무늬며 꽃들도 모두가 예사롭지가 않다. 참회하고 또 참회할 일이다.

인간이 무릇 인간다워 진다는 것은, 오늘의 내 과보가 내일의 과보로 다시 만나지 않기를 경책하여 스스로에게 묻는다는 것이고, 물어서 길을 얻는다는 것은 비로소 그 근본의 이치를 바로 안다는 것이다. 이 세상에 놓인 자갈 하나 모래 한 줌에도 수, 만, 억, 겁의 무량한 시간들이 돌아 그저 그대로 놓인 것이 없고, 놓인 자리는 반드시 영성이 깃들어 나고 들고 앉고 눕는 일마다 그 기운이 미치지 않는 법이 없다.

내가 무심코 어두운 밤길을 걸을 때 내 발 밑을 기어가다 죽임을 당한 작은 벌레 하나가 있었다고 한다면 그 무거운 업장의 깊이는 말로써 다하여 표현할 방법이 없다. 하물며 작은 일 하나도 이러할 진데 어찌하여 천지와 영혼의 이치를 망각하고도 편안하게 살기를 바라겠는가.

오늘도 하늘에는 무수히 명멸하는 별들이 있듯이 오로지 낮과 밤을 다투어 나타나고 나타나지 않기를 반복하고 있을 뿐, 안식처를 얻지 못해 무주 공천을 떠도는 불쌍하고 갸륵한 영혼들이 어찌 없을 수 있겠는가.

내가 이제 계룡산 수행처에서 선정에 들어 그들을 바라보면 어둡지 않는 구석이 없고, 안타까워 통절할 사연들이 없는 분들이 없다. 하늘이 위대하고 땅이 위대하나 본래 그 자리에 놓인 대로 움직이지 않으니, 그 영혼들을 모셔서 가고 못 가게 하는 것은 오로지 영혼을 위무하여 올바르게 천도하는 하나의 방법밖에는 없다.

이것을 일러 혹 사람들은 혹세하여 무민한다고 하고 혹은 일신의 영달을 쫓아 그 수족을 편안케 함을 도모한다고 말하는 이들이 있기는 하나, 그들도 또한 이러한 지극한 이치를 안다면 함부로 가볍게 말하여 어두운 업장을 쌓는 일은 감히 하지 못할 것이다.

삼백육십오일을 하루같이 천지 기운의 이치가 한 치의 어긋남이 없이 만상을 거두어 그 품에서 키우듯이 나고 죽고를 끝없이 반복하는 생멸의 이 무량한 순환이치에 어찌 기운이 화하여 성한 영혼이 없다고 할 수 있겠는가.

어느덧 계룡산에도 여름이 오고 온 산을 쿵쾅거리며 산이란 산은 죄다 옮겨 놓을 것 같은 저 계곡의 물이 흘러서 강과 산, 바다와 육지가 둘이 아니고 스스로 몸을 낮추어 하나로 평등해졌음을 증명하는 모습과 같이 이 고토에 떨어져 나도 작은 씨앗이 되고 싶을 뿐이다.

씨앗은 마르거나 진자리나 높거나 낮은 자리를 가리지 않고 온전히 그 기운을 보존하여, 작거나 크거나 화려하거나 보잘 것이 없거나 나름대로 온힘을 다해서 존재하는 것이고, 빛과 바람과 적당한 때를 맞추어 그 모양 됨을 스스로 드러내는 것이니. 수행하고 익으면 나도 이러할 뿐이다.

오늘 하루도 사람들이 삶의 고통과 죽음의 고통으로부터 자유스럽지 못한 것은 저녁에 일어나 아침에 쓰러지는 부질없는 내 몸을 의지하여 그것이 오로지 참된 것인 줄 착각하여 참된 자성을 버리고 영혼을 버리기 때문이다.

노자는 이렇게 말했다.

"사람들이 앉으나 서나, 걸어가나 멈추거나 잠시도 그 걱정으로부터 놓여나지 못하는 것은 자성 밖 몸에 너무 집착하기 때문이다. 그런 고로 내가 내 몸을 없다고 생각하고 생각하는 그 마음조차 일어나지 않으니 비로소 참 자성의 문이 열렸다 할 것이다. 이것이 바로 길이요, 영혼의 온전함이다. 영혼은 영원하니 형체로 꾸민 이 몸이 무엇이 그리 중요하고 안타까울까."

사람들은 이 우주의 시작과 끝을 모르면서 끝을 걱정한다. 시작을 모른다는 것은 이 우주가 온통 하나였기 때문이고 그 끝을 모른다는 것은 무한 광대한 전체를 모르기 때문이다. 있음이 없음이요, 없음이 있음이다. 색즉시공, 공즉시색(色卽是空, 空卽是色)인 것이다.

오로지 욕심과 성냄과 어리석음의 삼독(三毒)을 모두 버려서 이치에 닿아 그 영혼을 바로 깨닫는다면 사는데 망집이 없고 걸림이 없다.

기도하고 기도할 뿐

우주를 본다는 것은 나를 바로 보는 것이다.

사람들은 영혼의 실체는 보지 않고 헛되고 헛된 육신의 거푸집에만 매달려 자성의 밭을 갈지 않고 나무를 키워 그 열매를 거두지 못한다. 이 육신은 덤불과 같아서 언제 쓰러지고 없어질 줄 모르는 것이니, 이 육신에 매달려 자성을 버리는 어리석음은 없어야 한다.

이 육신의 곳간에 거한 영혼을 다듬고 바로 수지(受持)한다면 저 우주가 나를 이곳에 있게 한 오묘하고 지극한 이치가 분명히 있을 것이다.

우주는 모든 생명의 본체요 시작이며 그 끝이다. 나에게 이러한 사명을 부여한 영혼의 소리 없는 소리들이 온 천지를 휘돌아 내 귀에 들린다. 시공이 있어서 이 유한한 공간을 유영하면서 나는 오늘도 이 지극한 뜻이 무엇인가를 느끼고 깨닫는다. 눈을 감을 때마다 귓가를 윙윙거리며 천지간을 맴도는 영혼들의 소리, 사명의 소리, 기도의 소리가 들린다. 명상과 기도, 그 영원한 생명의 길 위에 내가 있고 고통으로 신음하는 영혼들이 있다. 이제 영혼들의 고통과 통한의 드라마는 나로 하여금 끝을 맺어야 한다. 영원한 우주의 기운으로 이어져 누구나 사랑 받고 사랑하면서 살아야 한다. 불귀의 영혼으로부터 고통 받는 가난한 사람들의 질곡의 삶도 이제는 끝나야 한다.

영혼이 무엇인지, 천지의 이치가 무엇인지, 천지와 그 부모가 둘이 아닌 이치가 또한 무엇인지 모르는 이가 없어서 정성을 다하고 효도를 다하는 아름다운 세상이 되어야 한다. 아름다운 세상에는 서로가 서로를 속이지 않고, 서로가 서로를 증오하지 않고, 서로가 서로를 시기하지 않으며 영원히 거듭나서 서로를 보듬어 살리는 참 세상이 되어야 한다.

기도하고 기도할 뿐이다.

이 말을 듣고 사람들이 혹 의심하여 비웃거나 외면한다면 그들은 영원히 이 고통의 인과를 벗어나지 못할 것이다. 그들은 기도할 줄을 모르고 진정한 죽음의 의미를 깊이 알지를 못한다. 영혼은 항상 죽음의 끝마디에서 존재한다. 영혼이 없다면 죽음도 없다. 이것이 그들이 모르는 천지의 이치다. 그들에겐 영원히 죽음에서 오는 불안과 공포와 비탄만 있을 뿐이다.

사람들은 영혼에 대해 어떤 단정도 내리지 못한다. 있다, 없다, 그 누구도 증명을 통해 자신 있게 말하지 못한다. 이것이 그들로 하여 의심하고 회의에 들게 하는 가장 큰 이유 중 하나이다. 무슨 이유일까? 논리적이고 실증적이고 과학적인 판단을 앞세워 그들은 스스로 눈과 귀, 그리고 모든 영성의 문을 굳게 닫아버리려 한다. 불신의 벽은 차올라 더 높은 담장을 쌓고 담장 안에선 지금 무슨 일이 일어나고 있는 줄 모른다. 바로 그 곳이 내가 시작하려는 길이고 끝을 내야 하는 궁극의 소임이다.

2000년 11월. 나라 경제는 다시 IMF 사태가 오는 것이 아니냐는 우려의 목소리가 흘러나왔다. 주가는 바닥으로 곤두박질을 치고, 서민들은 살기가 힘들다고 아우성이고, 다시 노숙자가 늘어난다는 보도가 나왔다. 나는 그 해 11월에 내년, 1월 주식시장 개장과 때를 같이 해 코스닥에 상장 되어 있는 S기술 주식이 오를 것이니 개장 시기에 사서 2월초에 팔면 좋을 것이라는 예언을 한 예가 있다. 내 말을 믿고 따르는 사람들 중에 경제적으로 어렵지만 올바르게 사는 분들에게 미력이나마 도움을 주었으면 하는 바램에서였다.

당시 주식 시장은 끝을 모르고 바닥을 헤매고 있었다. 벤처기업들이 너도나도 무너진다 어쩐다 해서 아무도 주식에 투자 할 엄두도 내지 못하고 있을 때였다. 하지만 결과는 나의 예언대로 되었다.

내가 오를 거라고 예언한 바로 그 종목은 1월 개장과 동시에 상한가 행진을 계속해 2월초에는 1월초와 비교해 거의 네 배가 올랐다. 그로 인해 나의 예언을 믿고 따르는 많은 이들이 큰 이득을 볼 수 있었다. 그러나 이러한 내 능력은 바른 이타의 정신에 입각한 옳은 쓰임에 한해서만 그 의미가 있다. 자신을 위해 또 하나의 아집을 만들 때 그것은 아무 의미가 없다.

나는 나를 찾아와서 세상을 살아가는 지혜와 방법을 묻는 사람들에게 말한다.

신은 그 하나를 얻어 영검하고, 땅은 그 하나를 얻어 그득하다.

신은 천의 덕을 말하고 귀는 지의 덕을 말한다.

도가 만물에 기를 베풀어 드러나는 것이 영이고, 영은 목숨이요, 목숨은 곧 만물이 누리는 생기이다.

천의 사 체(日 · 月 · 星 · 辰)와 지의 사 체(火 · 水 · 土 · 石)를 영이 없는 물질로 보지 말라.

그리하면 그 복록이 만대를 이루리라.

글을 마치며

내 여정의 시작은 작지만 간절한 소망에서 시작되었고, 그 여정의 일단락에 서 있는 지금 역시 그 간절한 소망과 함께 있다.

'운명'

신은 결코 인간에게 불행한 운명을 주지 않았다. 그 분은 그저 우리를 변함없이 도와 주고 계실 뿐이다.

인간 운명은 천신(天神)과 지신(地神)의 기(氣), 조상신(祖上神)과 후손의 기가 어우러져 만들어진다. 우리 선조는 눈에 보이지 않는 조상과 후손의 영혼이 미치는 영향을 '효' 사상으로 이어 왔고, 먼저 가신 영혼의 평안한 안식을 위하여 선산과 묘지 문화로 전통을 이어 왔다.

살아 생전 부모에 대한 효의 마음을 돌아가신 후에도 이어가는 것이 제사와 차례요, 그 영혼의 안식을 빌며 음덕을 비는 것이 성묘와 벌초인 것이다. 또 명당을 찾고, 중요시했던 것도, 터 자체의 기(地氣)를 생각한 것도 있지만 실은 그 터에 계신 영혼의 기를 염두에 두었던 것이다.

우리 선조는 산 자에 대한 효의 마음을 돌아가신 영혼에까지 이어 조상 섬기기에 정성을 다하였고, 조상의 영혼을 편안히 모시고자 영혼 천도제, 49제를 비롯한 많은 연례를 행하였으며, 집집마다 사당을 두어 조상에 대한 예를 다하였다. 이것은 눈에 보이지 않는 조상의 기가 후손의 운명에 결정적인 영향을 끼친다는 믿음에서 비롯된 것이었으며, 후손들에게 부모를 섬기듯 언제나 베푸는 마음으로 올바른 삶을 살아야 한다는 가르침으로 계승되어 왔다.

오늘날 서구 문명과 문화가 범람하고 다양한 형태의 사상과 종교가 갑론을박하는 사회에서 인간 행복의 기본 원리인 '효 사상과 영혼 철학' 이 간과되고 사라져 가는 것에 통탄을 금할 수 없다.

물질적 영욕과 개인의 영달을 꾀하는 것이 결코 나쁘다는 것이 아니다. 누가 뭐라 해도 인간 행복은 육체적 안락과 물질적 풍요로움을 기초로 하는 것이기 때문이다. 배고픈 소크라테스도 좋을 수 있지만 기왕이면 배부른 소크라테스야말로 완벽한 행복이 아니겠는가?

내 운명의 행복을 빌며 그 행복을 추구하며 사는 우리 모두는 이제 그 기본 바탕을 다시 다져야 할 때이다. 나에게 직접적 영향을 주는 5대까지의 조상귀의 안위를 살피고 구천을 떠도는 수많은 원귀 중 내게 찾아 온 영혼을 편안하게 모시며 효의 마음으로 가족과 이웃을 사랑하며 살아가야 한다.

당부하건대, 여러분 모두 각자가 영혼의 안부를 스스로 알아보고 확인 실험을 해 보기를 바란다. 묘지든 사진이든 지방이든 마찬가지이다. 그리고 못 가신 영혼이 있다면 반드시 영혼 천도로 평안한 곳으로 모시고 그 기가 바뀌었는지도 확인해 보라. 운명은 그 기(氣)의 변화에서 시작된다.

믿음보다는 불신과 의심이 팽배한 현실에 좌절과 절망을 느낀 때도 많았지만, 나를 믿고 따라준 많은 이들의 마음속에 진실로 행복과 즐거움이 가득한 것을 볼 때 너무도 큰 보람과 감동을 느낀다.

오늘도 구천을 떠돌며 절규하는 수많은 영혼들의 안식을 위하여 간절한 마음으로 기원한다.

상담 및 후원

저희 연구원에서는 일제 침략 등 해외 독립운동 희생자들, 월남파병 희생자들로 일본, 중국, 동남아시아, 미국 등 세계도처에 산재해있는 우리 선열들의 원혼을 조사 발굴하여 한분의 영혼이라도 그 원한을 위로해 드리고 천도를 하고 있습니다.

특히 서울 동작동에 위치한 국립현충원에 잠들어 있는 54,460 신위의 순국 영혼들과 대전 국립 현충원, 경남 마산의 3·15 묘지, 수유동 4·19 묘지, 광주 5·18 묘지, 경북 영천과 전북 임실에 있는 호국원에 안치된 순국 영혼들과 일본 지역에 묻혀있는 원혼들을 〈범민족적인 천도·위령사업〉이라는 사명적 목표를 걸고 추진하고 있으며, 자료 수집을 위한 순례기도를 하고 있습니다.

무엇보다 정확한 비법으로 명확하고 확실한 천도를 해드리는 것이 중요합니다. 그래서 천도를 하기 위해서는 많은 시간과 자금이 필요합니다. 모든 것이 턱없이 부족하여 이에 뜻있는 분들의 정성어린 손길과 후원이 필요합니다.

후원을 원하시거나, 개인적으로 저자를 만나고 싶은 분들은 연락을 주시기 바랍니다.

〈휴대전화 : 010-3715-2696 카카오톡 ID : laka1234〉